Es geschah in
Berlin
1914

Jan Eik

Der Ehrenmord

Kappes dritter Fall

Kriminalroman

Jaron Verlag

Jan Eik geboren 1940 in Berlin als Helmut Eikermann, ist seit 1987 freiberuflicher Autor und Publizist. Er schrieb zahlreiche Kriminalromane und -erzählungen sowie Hör- und Fernsehspiele. Zu seinen Veröffentlichungen gehören u. a. «Der siebente Winter» (1989), «Der Geist des Hauses» (Ein Friedrichstadtpalastkrimi, 1998) und «Trügerische Feste» (2006). Im Jaron Verlag erschienen von ihm «Schaurige Geschichten aus Berlin» (2007) und «Der Berliner Jargon» (2009) sowie in der Reihe «Es geschah in Berlin ...» «Der Ehrenmord» (2007) und «Nach Verdun» (2008, mit Horst Bosetzky).

Originalausgabe
2. Auflage 2010
© 2007 Jaron Verlag GmbH, Berlin
www.jaron-verlag.de
Umschlaggestaltung: Bauer + Möhring, Berlin
Satz: Pinkuin Satz und Datentechnik, Berlin
Druck und Bindung: CPI – Clausen & Bosse, Leck

ISBN 978-3-89773-556-9

Für Clara (1886–1976) und Klärchen (1902–1985)
als später Dank für die Geschichten aus der Adalbertstraße

EINS

BRUNO ZWIETASCH fuhr mit einem unterdrückten Stöhnen aus einem unruhigen Albtraum. Normalerweise schlief er tief und traumlos. Normalerweise aber goss er sich auch abends keine acht Gläser Bier und ein paar Kümmel hinter die Binde. Das konnte er sich nicht leisten, schon gar nicht, wenn er mit seiner *Wanda* seit vierzehn Tagen festlag und noch immer keine Ladung in Sicht war. Drüben im Urbanhafen hatten sie ihn auch am Sonntag nur zum Besten gehalten, und aus Ärger darüber war er dann in einer der hundert Kneipen versackt und hatte kaum den Weg zurück zum Kanal gefunden. Erst allmählich war ihm aufgegangen, dass die dreisten Kerle im Hafen ein Schmiergeld erwarteten, und das und die Hitze dazu hatten seinen Groll so weit gesteigert, dass er noch mehr trinken musste, und sei es für die letzten Notgroschen.

Ein verrückter Sommer war das, mal heiß, mal kalt und mit Sturzregen, und seine einzige Hoffnung, dass der Wasserstand weiter fallen würde und die größeren Kähne nicht mehr genug Wasser unter dem Boden haben würden, war längst dahin. Seine *Wanda*, ein kleiner Oderkahn von gut 21 Meter Länge und kaum drei Meter Breite, tauchte voll beladen nur 78 Zentimeter tief ein. So viel Wasser führten Spree und Oder allemal, zumal vierzehn Tonnen Ladung erst einmal aufgetrieben sein wollten. Es schien, als brauche Schlesien in diesem Sommer keinerlei Stück- oder Schüttgut aus Berlin.

Die schmutzige Brühe in dem enggemauerten Kanal, in den sie ihn mit der *Wanda* abgeschoben hatten, stank vor sich hin. Normalerweise störte ihn auch das nicht. Als Schiffer war er an jede Art von Wassergeruch gewöhnt, und an den Mief in seiner engen Koje ebenfalls. Das Bullauge ließ sich ohnehin nur schwer öffnen. Als er es jetzt dennoch beinahe mit Gewalt aufriss, weil ihn der schwüle Dunst zu ersticken drohte, drang auch nicht der Hauch eines frischen Lüftchens zu ihm herein.

Ein Weilchen lag er noch schwer atmend, dann zwang er sich, an Deck zu steigen. Das Bier drückte auf die Blase.

Als er den spärlich behaarten Kopf aus der Luke schob, meinte er doch so etwas wie eine leichte Morgenbrise wahrzunehmen. Wie spät es sein mochte, war schwer auszumachen. Die Feder seiner Uhr war vor Wochen gesprungen, und Geld für eine Reparatur wollte er nicht aufwenden, solange Antek an Bord war, der nichtsnutzige Schwager, der stolz eine vergoldete Taschenuhr sein Eigen nannte. Aber jetzt war Anton Gomolla schon die dritte Nacht nicht heimgekehrt, hatte sich irgendwohin verdrückt, der Schubiak, und ihn und die *Wanda* alleingelassen im Unglück. Aber so war das eben mit den Katholischen, verwandt oder nicht – sie waren falsch von Natur aus.

Schwankend trat Bruno an die Bordwand, brachte mit Mühe sein steifes Glied aus der Hose und pisste mit weitem Strahl in das blasige Kanalwasser, auf dem allerhand Unrat schwamm. Er hustete, schickte dem Urin noch einen gehörigen Batzen Schleim hinterher und wollte sich gerade umwenden, als ihm etwas Größeres, Helles auffiel, das da in der trüben Brühe vor sich hin dümpelte.

Um es genau zu erkennen, war es noch zu dunkel. Bruno hob den Blick. Über den vierstöckigen Häusern an der breiten Uferpromenade glühte der erste rötliche Schein. Irgendwo klapperte ein einsamer Droschkengaul über das Pflaster. Zeit zum Aufstehen eigentlich auch für einen rechtschaffenen Schiffer, der sein Tagewerk vollbringen wollte. Aber nicht für einen, der nicht wusste, ob er heute oder übermorgen oder vielleicht nie mehr eine Ladung ins heimatliche Schlesien bekommen würde. Also ließ Bruno schwimmen, was da schwamm, und kroch schwerfällig in seine Koje zurück.

Zeiten waren das, dachte er im Einschlafen. Irgendwo auf dem Balkan hatten sie einen leibhaftigen Erzherzog erschossen. Die Männer in der Kneipe hatten von nichts anderem gesprochen und getan, als würden sie am liebsten morgen in den Krieg ziehen gegen Russland oder gegen wen auch immer. Von Paris war die Rede gewesen, obwohl das kaum auf dem Balkan liegen konnte.

Bruno hatte zu allem verständnislos geschwiegen. An seine Militärzeit dachte er ohne Freude zurück, und als ihm im Traum sein alter Spieß mit blutunterlaufenen Augen aus einem Jaucheteich entgegenglotzte, wunderte er sich nicht darüber.

Als er erwachte und mit dumpfem Schädel an Deck kroch, stand die Sonne hoch über den Häusern. In der Ferne ratterte die Hochbahn über den Viadukt. Hinter ihm bimmelte eine Straßenbahn über die nächste Brücke; Fuhrwerke ratterten beiderseits des Kanals über das Pflaster. Geschäftig rannten die Menschen die Straße entlang. Unter den Bäumen am Ufer spazierten Kindermädchen mit den ihnen Anvertrauten und achteten darauf, dass die Gören dem Gitter nicht zu nahe kamen, hinter dem die Mauer steil zum Wasser abfiel. Das war nicht tief, wie Bruno wusste, aber tief genug für ein Kind, um darin zu ertrinken.

Trotz der Hitze überlief Bruno unwillkürlich ein Schauer. Seine frühmorgendliche Beobachtung fiel ihm ein. Er hatte es nicht eilig, danach zu gucken, aber nach einem Weilchen ließ sich sein Unbehagen nicht länger unterdrücken, und er trat an die Bordwand. Das Bündel oder was immer es sein mochte, schwamm dicht unter dem Heck an der Oberfläche und war in all den Stunden kaum ein, zwei Meter weiter getrieben. Kein Wunder, dieser sogenannte Kanal besaß zwar einen hochgestochenen Namen und vertrackte Bögen und Ecken, um die man nur schwer herumgelangte, aber kein Gefälle für eine angemessene Strömung.

Das Bündel sah wie straff gespannter Stoff aus, zweifarbig, hell und dunkel, und ließ nichts Gutes vermuten. Dennoch griff

Bruno zögernd nach dem langen Bootshaken und fischte danach. Etwas Schwarzes durchbrach die schlierige Wasseroberfläche, dann etwas ehemals Weißes, und schließlich wehten gelbliche Strähnen in der trüben Brühe.

Bruno schluckte und zog eilig den Bootshaken ein. Seine böse Ahnung hatte ihn nicht getrogen. An der Kanalmauer, kaum drei Meter vom Rumpf seiner Zille entfernt, schwamm eine Frauen-leiche.

ZWEI

HERMANN KAPPES ZIMMER lag zwar nach hinten raus, doch die Geräusche und die Gerüche, die aus dem engen Hof durch das weit offene Fenster hereinströmten, weckten ihn früh. Er würde nie begreifen, weshalb Hausfrauen sofort nach dem Aufstehen damit begannen, topf- und pfannenklappernd Kohl oder andere stark riechende Mittagsmahlzeiten zuzubereiten, aber es war eigentlich auch egal. Er war es gewohnt, früh aufzustehen, und er hoffte, dass ihn Mutter Mucke, seine Zimmerwirtin, nicht schon zu dieser Stunde mit ihrem Geschwätz und ihrer Neugier den Nerv rauben würde.

Nach seinem Geschmack ging man den Tag besser gemächlich an, frühstückte gut und machte sich rechtzeitig auf den Weg zur roten Burg am Alexanderplatz, um möglichst vor von Canow und Dr. Kniehase dort einzutreffen. Galgenberg, dem seine fünf Kinder sowieso wenig Schlaf gönnten, hatte dann bereits die Hälfte seines *Tageblatts* gelesen und fläzte sich hinter dem Schreibtisch, als hätte er die ganze Nacht im Präsidium verbracht. Kappe hatte den Kollegen im Verdacht, zumindest gelegentlich direkt aus der Kneipe zum Dienstantritt zu erscheinen, obwohl Galgenbergs korrekte Kleidung einen solchen Schluss eigentlich nicht zuließ.

Wie jeden Morgen stellte sich die Frage des Wegs, den er nehmen wollte. Seit die Kraftomnibuslinie 24 über den Moritzplatz, die Jannowitzbrücke und die Alexanderstraße direkt am Präsidium vorbeiführte, benutzte er diese am liebsten. Das kraftvolle Motorengeräusch erinnerte ihn an die Fliegerei, für die er schwärmte, obwohl er genau wusste, dass ihn schon auf dem Omnibusoberdeck ein seltsam beklemmendes Gefühl überkam. Deshalb blieb er lieber im Parterre stehen, und bei Regen stieg er gelegentlich in den Pferdeomnibus Nr. 7. Außerdem verkehrten direkt vor seiner Haustür in der Waldemarstraße drei Straßenbahnlinien, von denen die 22 und die 46 auf Umwegen ebenfalls zum Alex fuhren.

In letzter Zeit benutzte er sie nicht so häufig, bestand doch die Gefahr, dabei unverhofft auf Klara Göritz zu treffen. Dass er einmal Wert darauf legen würde, seiner großen Liebe möglichst nicht zu begegnen, hätte er sich selber nicht träumen lassen, aber im Augenblick war ihre Beziehung ein wenig getrübt, um es milde auszudrücken. Deshalb hatte er den vergangenen Sonntag draußen in Hoppegarten zuerst beim Galopprennen und später auf Börnickes Grundstück verbracht und sich von der todlangweiligen Hertha, seiner Cousine, anhimmeln lassen. Dann doch lieber Klara mit ihren Ansprüchen, lautete sein Fazit des verdorbenen Wochenendes, an dem ihm zudem Paul Börnicke mit seiner plumpen Kriegsbegeisterung auf die Nerven gegangen war. Den als Schwiegervater – nee!

Er und Klara waren ja nicht direkt verkracht miteinander, doch hatte der Dienst ihn in letzter Zeit einige Male gehindert, die Verabredungen mit ihr einzuhalten, und Klara hatte das prompt übelgenommen. Als er sie dann eines Abends unverhofft vom Kaufhaus Hertzog am Köllnischen Fischmarkt hatte abholen wollen, verließ sie den Personalausgang zu seiner Überraschung im trauten Gespräch mit einem stutzerhaft gekleideten Individuum, das Kappe mit seiner inzwischen gewonnenen Menschenkenntnis ohne zu zögern als einen Hochstapler oder Heiratsschwindler charakterisiert hätte, wäre der Kerl nicht zwangsläufig zum Personal des Kaufhauses zu zählen gewesen. Von seinem Platz im abendlichen Schatten der Petrikirche aus beobachtete er die beiden, die sich ganz ungezwungen gaben und lachend miteinander die Richtung zum Spittelmarkt einschlugen, wobei der Kavalier Klara beim Überqueren des Fahrdamms galant den Arm bot, den sie nicht ablehnte.

Ein heißer Stich durchfuhr Hermann Kappe. Für einen Moment war er versucht, den beiden im Eilschritt zu folgen, dem Stenz den steifen Hut vom Kopf zu schlagen und Klara zur Rede zu stellen – doch bezwang er sich rechtzeitig. Es geschah ihm ganz recht, dass sie sich so schnell tröstete, als wüsste sie von seinem jüngsten Abenteuer mit der reizvollen Zeugin eines brutalen Überfalls, das auf seinem Gewissen lastete. Wenn die Sache rauskam, war er außerdem seine Stellung im Präsidium los.

Wie hatte ihn diese niedliche Person aber auch angehimmelt und sich dabei alles andere als zurückhaltend erwiesen – ganz anders als Klara, die ihm ein wenig zu oft und ernsthaft von Verlobung und Ehestand sprach, statt ihm ihre Liebe mal eindeutig und praktisch zu bekunden. Auch andere Väter haben schöne Töchter, lautete eine der Galgenbergschen Weisheiten, deren tiefe Wahrheit Kappe bis dahin gerne bestritten hatte – zumindest was die Unfehlbarkeit der eigenen Person anging. Ihm wurde jetzt noch heiß, wenn er an die anschmiegsame Rieke dachte. Aber vielleicht war es nur der heiße Kaffee ...

Da ihm Mutter Mucke nicht in die Quere kam, gelangte Hermann Kappe heute recht früh aus dem Haus und nahm gerade noch wahr, wie ein besonders korrekt gekleideter kleiner Herr das Nebenhaus verließ und die kurzen Beine zu eiligem Marschtritt auseinanderriss. Kappe kannte den Mann vom Sehen und wusste von seinem Nachbarn Trampe, dass er in der Ritterstraße im Keramikexport tätig war, weshalb ihn Trampe verächtlich als Nachttopp-Indianer bezeichnete. Der war bei den Preußen Spieß, behauptete Trampe außerdem, und die Kleinsten sind immer die Gemeinsten!

In letzter Zeit sprach Trampe noch häufiger und noch abfälliger vom Militär als sonst. Am Sonnabend hatte er versucht, Kappe zu überreden, ihn am Dienstag zu einer Massenversammlung gegen den Krieg zu begleiten. «Das klassenbewusste Proletariat erhebt im Namen der Menschlichkeit und der Kultur flammenden Protest gegen das verbrecherische Treiben der Kriegshetzer», hatte er aus seinem sozialdemokratischen Parteiorgan vorgelesen. «Kein Tropfen Blut eines deutschen Soldaten darf dem Machtkitzel der österreichischen Gewalthaber geopfert werden!»

Kappe hatte für den Dienstag vorsichtshalber dienstliche Unabkömmlichkeit vorgeschützt. Er hielt nichts von dem ganzen Kriegsgerede, das von Tag zu Tag zunahm. Was gingen ihn Österreich und Serbien an? Der Balkan war weit, und der Kaiser rasselte gerne mal mit dem Säbel, den er mit seinem verkürzten Arm nicht zu führen imstande war. Waren nicht der Zar und der englische König seine Cousins? Mit der Verwandtschaft zankte man sich bestenfalls, führte doch aber nicht gleich Krieg!

Es war ein sonniger Morgen, und so beschloss Kappe, den Weg zum Alex ausnahmsweise per pedes zurückzulegen. Er war kein großer Fußgänger vor dem Herrn – auch das ein ständiger Streitpunkt zwischen ihm und Klara, die am liebsten jeden Sonntag eine andere Wandertour in der Berliner Umgebung absolviert hätte, möglichst in Begleitung noch anderer Pärchen oder Leute, die Kappe durchweg gleichgültig, wenn nicht sogar unsympathisch waren. Am Ende lief es immer darauf hinaus, ihn mit neugierigen Fragen über seine Arbeit zu behelligen und ihn später, nach dem Genuss etlicher Gläser Bier, seiner berufsbedingten Schweigsamkeit wegen zu uzen.

Mit der Zeit hatte sich herausgestellt, dass alles, was Klara liebte – ins Theater Gehen, Tanzen, Wandern oder Schwimmen – Kappes Geschmack nur begrenzt traf. Im Theater, wenn es nicht gerade das Thalia oder das Rose-Theater waren, ermüdeten ihn langstielige Monologe, beim Tanzen ärgerte ihn, dass Klara sich von anderen Kerlen auffordern ließ, statt zu wandern, lief er sich in der Riesenstadt oft genug im Dienst die Hacken ab, und Schwimmen – er war der Sohn eines Fischers, der das Wasser nie höher als bis zu den Knien an sich heranließ. Sich in einer Badeanstalt anderen Menschen halbnackt zu präsentieren, wäre ihm alleine nie in den Sinn gekommen.

Dennoch ging er gerne mal am Luisenstädtischen Kanal entlang. Er warf dem dicklichen Nachttopfhändler, der nach rechts zum Elisabethufer abbog, einen letzten Blick hinterher, bevor er die Waldemarbrücke überquerte und der faulige Geruch des stehenden Gewässers ihm in die Nase stieg. Ein paar nach Teer und Unrat riechende Lastkähne schmorten in der Morgensonne. Kappe verlor alle Lust, seinen Weg zum fauligen Wasser des Engelbeckens fortzusetzen, und ging lieber gleich an der Rückfront der Markthalle vorbei zur Dresdener Straße. Hier war es ein wenig schattiger. Trotzdem wischte er sich erst mal den Schweiß aus dem Genick, als er in die breite Prinzenstraße einbog. Geschäft reihte sich hier an Geschäft, und dazwischen war jeweils eine Kneipe. Traute man den Reklametafeln, so befanden sich in manchen Häusern ein halbes Dutzend und mehr Läden, von den Werkstätten in den Höfen und von den Kellerlokalen, aus denen es muffig stank, ganz zu schweigen.

Mein Gott, wie viele Menschen schon am frühen Morgen auf so einer Straße herumwuselten! Die vollbesetzten Straßenbahnen bimmelten sich ihren Weg frei, Fuhrwerke ächzten knarrend daher, Droschkenkutscher knallten mit der Peitsche, der Pferdeomnibus bahnte sich seine Spur, und die Kraftwagen knatterten stinkende Wölkchen aus dem Auspuff, die sich mit dem warmen Mief der Stadt vermischten. Und dazwischen Händler mit ihren Karren und Hunderte von Fußgängern, die in alle Richtungen strebten, nur nicht in die von Kappe gewählte. Das versprach ja wieder ein Tag zu werden!

Wie oft hatte er sich danach gesehnt, wenigstens mal einen Sonntag alleine mit Klara zu verbringen, und seine Pläne dafür waren weit gediehen, denn jeden Sonntag besuchte die ebenso gestrenge wie neugierige Mutter Mucke den Gottesdienst in der Emmauskirche am *Lauseplatz* – eine einzigartige Gelegenheit, Klara in sein Zimmer zu schmuggeln. Doch Klara sperrte sich wider Erwarten mit aller Entrüstung, zu der so ein hochgekommenes Dorfmädchen fähig war. Wie anders dagegen die blonde Rieke, eine echte Berlinerin, die wusste, was einem im besten Saft stehenden Mann guttat. Dabei war sie verlobt, wie sich zu Kappes

Kummer bald herausgestellt hatte. «Aber deswegen können wir uns doch trotzdem gelegentlich mal ein paar schöne Stunden miteinander machen», hatte sie ihm unverblümt angeboten, und er hatte empört abgelehnt. Eine Eselei, wie er inzwischen wusste. Was ging ihn der Verlobte an? Kümmerte sich Klaras Stenz vielleicht um Hermann Kappe?

Eine Unmutsfalte über der Nase, stiefelte Kappe die Neanderstraße hinauf in Richtung *Janovenbrücke*. Es hatte ein Weilchen gedauert, bis er sich Galgenbergs Ausdrucksweise angewöhnt hatte, aber inzwischen fiel es ihm schwer, wenigstens von Canow gegenüber die korrekten Bezeichnungen wie «Lausitzer Platz» oder «Jannowitzbrücke» zu gebrauchen. Als er diese überquerte, bereute er längst, zu Fuß gegangen zu sein, denn die Alexanderstraße zog sich noch einmal ein ganzes Stück bis zum Präsidium.

Dort angelangt, war er anscheinend tatsächlich der Erste in der Abteilung und fand noch drei Minuten Ruhe, sich von dem Weg zu erholen, bevor Galgenberg munter und kregel hereinstürmte, seinen Strohhut quer durch das Amtszimmer segeln ließ und ihn mit einer seiner öden Scherzfragen begrüßte: «Na, Kappe? 'N Satz mit Kandelaber?»

Genervt verzog Kappe das Gesicht.

«Meine Olle kann de Laberwurscht nich vertraren!»

Kappe grinste verkniffen. Hatte er nicht neulich in einer Kneipe auch so einen Spruch vernommen?

«'N Satz mit Telefonstangen», forderte er. «Na, Herr Kollege?»

Ratlos sah ihn Galgenberg an. «Was ist denn mit Ihnen los, Kappe? Meinen Sie den? Der Hund von mein Nachbarn hat Junge bekommen. Da kriege ich och 'ne Töle von.»

Kappe schüttelte den Kopf. «Die besten Teele von Stangenspargel sind die Köppe!», sagte er stolz.

Galgenberg schien beeindruckt. «Donnerwetter! Hätte ich Ihnen nicht zugetraut, Kappe. Sie machen sich!»

«Hat er wieder eine seiner genialen kriminalistischen Eingebungen?» erkundigte sich Dr. Kniehase, der im Hereinkommen Galgenbergs Lob vernommen hatte. «Oder wollen Sie sich etwa als Kriegsfreiwilliger stellen? Beim Portier fragen dauernd Männer an, wo man sich melden muss.»

«Is denn schon Kriech?», fragte Galgenberg scheinheilig. «Ich habe das *Tageblatt* heute noch nicht gelesen.»

Er warf die Zeitung auf den Tisch. *Die Bemühungen zur Lokalisierung des Krieges ...*, las Kappe. Das klang nicht sonderlich beunruhigend. Und die Überschriften, die Galgenberg gleich darauf zitierte, auch nicht: *Günstigere Auffassung in Petersburg – Prestigepolitik, aber keine besondere Angriffslust. England vollkommen desinteressiert – Appell der französischen Presse an Kaiser Wilhelm.*

Ein paar Seiten weiter fand Galgenberg etwas, das Kappe entschieden intensiver lesen würde als das Kriegsgetöse: *Der Flug über den Atlantik.* Er reichte Kappe das Blatt, der sich sofort in die ausführliche Meldung über den Leutnant Porte vertiefte, der in der nächsten Woche mit seinem Curtiß-Flugboot *Amerika* von Neufundland aus starten sollte.

Mit einem unerwarteten Ruck öffnete sich die Tür, und von Canow spazierte herein. «Na, meine Herren? Was meldet unsere vaterländische Presse?», erkundigte er sich jovial.

Nun gehörte die Zeitungslektüre nicht unbedingt zu den dienstlichen Obliegenheiten der Kriminalwachtmeister, doch Galgenberg wusste nur zu genau, was von Canow am liebsten hörte, und las wie aus der Pistole geschossen: «Kaiser Wilhelm hat gestern Abend sechseinhalb Uhr Bergen auf dem Kreuzer *Rostock* ohne vorherige Ankündigung verlassen. Er wird heute Nacht in Kiel erwartet. Die deutsche Flotte erhielt Befehl, sich an einer bestimmten Stelle ...»

Von Canow hob die Hand. «Unsere stolze Flotte!», sagte er. «Die wird den Engländer noch das Fürchten lehren!»

Er griff nach dem *Tageblatt*, das Galgenberg ihm eilfertig reichte. «Steht da gar nichts über die gestrigen Kundgebungen in Berlin?»

Er blätterte um und war beruhigt. «Ah ja, hier: Die Skandalszenen vor der russischen Botschaft. Massenansammlungen und Verkehrsstockungen Unter den Linden und in der Friedrichstraße. Das hätten Sie sich ansehen sollen, meine Herren! Kann sein, dass wir auch noch zur Bereitschaft abkommandiert werden, falls diese Begeisterung anhält. Und davon gehe ich aus. Jeder deutsche Mann kennt eben seinen Platz!»

Und schritt erhobenen Hauptes hinaus.

Keiner der drei sprach es aus, aber Kappe fiel nichts anderes ein als einer von Galgenbergs frechen Sprüchen: Hohle Köpfe trägt man leicht hoch.

DREI

MARTHA JUNGNICKEL, geborene Zeppenfeld, verwitwete Unrauh, war nahe daran, die letzten Nerven zu verlieren. Nur mit einer leichten Kittelschürze bekleidet, fegte sie schwitzend durch Flur und Küche ihrer düsteren Hinterhofwohnung und wusste nicht, wo ihr der Kopf stand. Wie jeden Morgen hatte Otto das Haus am frühen Morgen auf der Suche nach Arbeit verlassen, und auf der Chaiselonge in der einzigen Stube schlief Max grunzend seinen Rausch aus. Jedenfalls vermutete sie das, denn er war erst gegen Morgen hier aufgetaucht.

Im Flur – eigentlich nur ein totes Stück Gang zwischen Küche und Stube – stand Hugo quäkend in seinem Bettverschlag. Sie wusste nicht, womit sie ihn füttern sollte. Das Küchenspind war leer bis auf einen Mehlrest. Da half es nichts, dass sie zum x-ten Mal Tiegel und Tüten beiseite räumte. Sie hatte selber Hunger.

Durch das weit geöffnete Küchenfenster drang aus dem engen Hof nur der faulige Geruch der Müllkästen herein. Kein Hauch bewegte den feuchten Dunst, den die brodelnde Wäsche im Zinkbottich auf der Kochmaschine verbreitete.

Verzweifelt sank Martha auf den Küchenschemel. Was sollte nur werden? Sie hatte der Pankratzen in der Britzer Straße für heute die kleine Wäsche versprochen, konnte dort aber unmöglich mit dem quäkenden Gör anrücken. Die ehrpusselige Pankratzen wusste nicht einmal, dass Lina ein Kind hatte.

Dabei brauchte sie das Geld von der knickrigen alten Kuh. Wenigstens ein paar lumpige Groschen! Max darum anzugehen war hoffnungslos. Wenn der erst am frühen Morgen in die mütterliche Wohnung fand, dann war das ein Zeichen dafür, dass er abgebrannt war bis auf den letzten Pfennig. Sonst nächtigte er lieber bei seinen Weibern oder wer weiß wo.

Max, den sie mit knapp siebzehn geboren hatte, war immer ihr Sorgenkind gewesen und geblieben, und auch jetzt, wo sie ihn am dringendsten gebraucht hätte, war wenig von ihm zu erwarten. Bei der Hitze verkaufte der Heringsbändiger, bei dem er gelegentlich aushalf, bestimmt keine Fische. Außerdem hätte Max dann längst mit dem in der Markthalle sein müssen.

Als Hugos Blöken die Schmerzgrenze ihrer Ohren überschritt, fuhr sie auf und hastete in den Flur. Halt's Maul, hätte sie ihn am liebsten angeschrien und derb durchgeschüttelt, aber als das greinende Kind die dünnen Arme nach ihr ausstreckte und ein klägliches «Mam – mam» hören ließ, nahm sie den Jungen wortlos, wenn auch nicht gerade zärtlich, auf den Arm und ließ ihn an ihrem Finger saugen.

«Ja, brüll nur Mam-mam!», sagte sie. «Die hat dich längst vergessen, deine Mam-mam. Die sehen wir vorläufig nicht wieder.»

Ganz wohl war ihr bei diesen Worten nicht. Immerhin hatte sie selber die Tochter dazu gebracht, im Zorn die Wohnung zu verlassen. Nicht zum ersten Mal. Aber zum ersten Mal war sie drei Nächte lang nicht nach Hause zurückgekehrt.

Mit Hugo auf dem Arm betrat sie das Berliner Zimmer, in dem trotz der Größe des Raums die stickige Luft stand wie eine Wand. Sie schlängelte sich zum einzigen Fenster und riss es auf. Kaum drei Meter entfernt kramte Rataizik herum. Lauernd sah er zu ihr auf und grüßte spöttisch: «Morjen, Frau Jungnickel. Wolln Se Ihren Nachwuchs belüften?»

Der unverschämte Kerl hatte ihr gerade noch gefehlt. Ewig lungerte er vor ihrem Fenster herum mit seinen Glubschaugen. Und Lina hatte er schon ein paar Mal angefasst, wenn sie die Treppe saubermachte.

Wortlos wandte Martha sich ab und trat an Max' Schlafstelle.

«Wach uff, du verlotterter Kerl!», fuhr sie ihn an. «Du jehst jetzt los und suchst Linan, hörste?»

Max hörte nicht oder tat wenigstens so. Dafür erschien für einen Augenblick Rataiziks Rundschädel unterhalb des Fensterbretts. Martha legte Hugo auf dem Fußboden ab, hastete zum Fenster und beugte sich weit hinaus. «Kümmern Sie sich man um Ihren eigenen Dreck, Herr!», fuhr sie den Mann an, der gebückt zwischen den rostroten Müllkästen unter dem Fenster stand, als suche er etwas. «Sonst fällt mir am Ende noch versehentlich der Inhalt von mein' Nachtjeschirr aus't Fenster!»

Rataizik richtete sich auf und grinste ihr frech ins Gesicht. «Denn passen Se mal uff, dass Ihn' nich noch wat andret aus'm Fensta fällt, junge Frau!», antwortete er mit einem anzüglichen Blick auf den Ausschnitt ihrer Schürze. Unwillkürlich raffte Martha den dünnen Stoff über dem üppigen Busen zusammen und knallte mit der anderen Hand das Fenster zu. Sein scheinheiliges «Was is denn man mit Ihre Lina los?» hörte sie gar nicht mehr.

Das hatte man davon, wenn man Parterre wohnte. Hochparterre nannte sich das hier, weil im Hausflur vier Stufen nach oben führten und unter den Fenstern deswegen noch Platz für die Müllkästen blieb.

«Du stehst jetzt uff!», brüllte sie den Sohn an und versetzte ihm eine derbe Kopfnuss. «Ick hab et satt mit euch! Eena immer fauler als der andere, und sich bei Muttan durchfressen, det könnta! Aber wo unsereins det Brot hernimmt, intressiert die Herren nich!»

Das war zumindest Otto gegenüber ungerecht, wie sie wusste, und aus Wut darüber schlug sie noch einmal zu, wenn auch nur mit halber Kraft.

«Steh uff, und such Linan!»

Max wehrte ihre Hand ab wie eine lästige Fliege, bevor ihm zum Bewusstsein kam, dass die eigene Mutter seinen Schlaf störte. Er stieß mit derber Faust nach ihr und murrte: «Such doch deine dämliche Lina aleene! Wirst schon wissen, bei wem se sich verkrochen hat.»

«Weiß ich eben nicht!», entgegnete Martha Jungnickel ungewohnt kleinlaut und weinerlich. Sie zog einen wackligen Stuhl mit durchgesessenem Korbgeflecht heran und ließ sich darauf nieder. Hugo kroch zu ihr, zog sich am Schürzensaum hoch und stieß wieder sein jämmerliches «Mam – mam» hervor.

«Maxe! Es handelt sich schließlich um deine eijene Schwester …», beschwor Martha ihren Ältesten.

«Höchstens zur Hälfte», brummte der. «Lass mir bloß mit die in Ruhe!»

Das fehlte Martha gerade noch, an den längst dahingegangenen Richard Jungnickel erinnert zu werden, der ihr außer Lina nur einen Batzen Schulden hinterlassen hatte und die böse Erinnerung an all die Weibsbilder, mit denen er sich abgegeben hatte, bevor er eines kalten Herbstabends besoffen vom Kutschbock gefallen und von dem Fuhrwerk überrollt worden war, das ihm nicht einmal gehörte.

Sie schluckte, weil der Unfall sie an die verschwundene Tochter erinnerte, und sagte zu Max: «Als sie klein war, hast du sie jemocht …»

«Ja, und wenn se uff mir jehört hätte, jings ihr heute blendend, und du brauchtest dir nich mit det Jör abzuplaren. Aber dämlich wie ihr Weiber seid, hat se den ersten besten uff de Treppe rübersteigen lassen …»

Mit einem Schritt stand Martha am Kanapee, und ihre Hand fuhr ein weiteres Mal in Max' Gesicht. «Versündje dir nich, du Lude!», keifte sie. «Du wolltest sie uffn Strich schicken, du Strolch!»

«Na und?» Max richtete sich auf. Tiefe Kratzspuren zierten seinen ausgemergelten Oberkörper. «Da hätte se wenigstens 'n paar Sechser vadient bei ihr Vergnüjen. Aber sie macht's ja lieber umsonst, die feine Dame! Wer weeß, vielleicht hat se ja 'n reichen Kober mit orntlich Asche erjattert. War doch immer ihr Traum!»

«Und lässt mir hier mit det Jör alleene? Nee, mein Lieba! So eene is meine Lina nich! Ick sahre dir, et is wat passiert, und wir müssen ihr suchen!»

«Denn such ma scheen.» Max schloss die Augen und ließ sich auf seine Schlafstätte zurücksinken, als ginge ihn die ganze Angelegenheit nicht länger etwas an.

«Komm, mein Kleena.» Beinahe zärtlich hob Martha ihr greinendes Enkelkind auf und ging zur Tür. «Denn müssn wa uns ehm bei die Blauen nach deine Mutter erkundigen. Die wer'n schon wissen …»

«Biste meschugge?» Mit Schwung warf Max das Bettzeug von sich und stand auf. Nackt und bleich und drohend stand er da, die langen Haare hingen ihm wirr ins Gesicht. Ängstlich klammerte sich Hugo an Marthas geschwollenes Bein und beguckte Maxens langgezogenes Glied.

«Bei die Blauen! Wat Bessret fällt dir wohl nich ein, wie? Willste, dass die hier komm' und allet koppstellen, dein Spinde durchwühlen und inne Nachbarschaft rumhorchen?» Er äffte das Gerede nach: «Bei die Jungnickeln is nämlich de Tochter verschwunden! Wer weeß, wo die ihr hinjetan ham … Diese Leute is doch alles zuzetraun!»

«Na, wat soll ick denn machen? Du hilfst mir ja nich, det Mädel zu suchen.»

Max warf seine langen Locken nach hinten und strich sie mit beiden Händen glatt. «Mensch, wat gloobste denn, wat ick die janze Nacht jemacht habe? Überall bin ick rumjekrochen und habe rumjefraacht …»

«Nenn mir nich Mensch! Ick bin immer noch deine Mutta! Haste wenichstens wat rausjekricht?»

«Nich die Bohne. Keena will ihr jesehn ham.»

«Aber es war schon die dritte Nacht!», jammerte Martha. «So lange is se noch nie wechjebliem.»

«Eenmal is keenmal.» Ungeniert kratzte sich Max die Hoden. «Noch sind ja die Nächte warm.»

«Und wer hat dir so zerschrammt in die warmen Nächte?» Anklagend wies die Mutter auf die Nagelspuren auf seiner Brust.

Max' Miene verfinsterte sich. Doch dann überzog ein breites Grienen sein Gesicht. «Allet aus reine Liebe, nischt weiter», sagte er stolz. «Manchmal sind die Mädels wie doll und verrückt.»

Martha schüttelte den Kopf. «Doll und verrickt – det werd ick hier ooch noch mal.»

VIER

GEGEN MITTAG war die Temperatur so weit angestiegen, dass Galgenberg nicht nur sein Jackett ausgezogen, sondern sogar die Hemdsärmel zweimal umgeschlagen hatte – ein geradezu unerhörter Vorgang, wie Kappe fand. Sie hatten das Fenster geschlossen und die schweren Vorhänge vorgezogen, aber die Hitze war aus dem engen Hof längst eingedrungen und erschwerte jede Tätigkeit. Kappe hockte apathisch hinter dem Schreibtisch und tat, als brüte er über seinem Bericht. In Wahrheit dachte auch er darüber nach, sich wenigstens etwas Luft zu verschaffen, als Dr. Kniehase zur Tür hereintrat und ihn mit einem maliziösen Lächeln musterte.

«Gehe ich recht in der Annahme, dass Sie noch immer in der Gegend des seines Geruchs wegen unrühmlich bekannten Luisenstädtischen Kanals wohnen, mein lieber Kappe?», fragte er anzüglich.

Kappe missfiel allein schon der Ton der Frage. Aber was half es? Er musste nicken. «Waldemarstraße», fügte er vage hinzu.

Kniehase griente und sah dabei aus wie ein Hamster, der ein Loch im Getreidespeicher entdeckt hat. «Na, dann kommen Sie mal», sagte er. «Da wollen wir beide mal einen netten kleinen Ausflug unternehmen. Ich hole nur meine Photo-Utensilien.»

Er überließ es Kappe, den schweren Photokoffer zu schleppen. Sie verließen das Gebäude durch die übliche Seitenpforte, und Kniehase schlug auch richtig den Weg nach rechts zur Jannowitzbrücke ein. Statt jedoch die nächste Haltestelle anzusteuern, überquerte er an der Ecke leise vor sich hin pfeifend die Alexanderstraße. Ob Kappe ihm folgte, schien ihn nicht zu interessieren.

Erst vor dem Postamt an der Magazinstraße wandte er sich halb um und sagte: «Habe noch ein paar dringende Briefe abzusenden. Warten Sie ruhig hier.»

Verblüfft blieb Kappe in der knallenden Sonne zurück. Der hatte vielleicht Humor! Außerdem war er sich ziemlich sicher, dass es sich bei den dringenden Briefen um Kniehases Privatkorrespondenz handelte. Aber das ging ihn nichts an.

Unruhig schritt er vor dem Postgebäude auf und ab und hatte sich gerade entschlossen, doch in die kühle Schalterhalle einzutreten, als Kniehase forsch heraustrat und es tatsächlich wagte, ihn zur Eile anzutreiben: «Nun aber los, Kappe! Das wird heute vielleicht noch ein langer Tag!»

Kappe stiefelte einen halben Schritt hinter ihm. «Dann ist es aber besser, wir nehmen jetzt den Omnibus oder die Straßenbahn», sagte er.

«Nehmen wir», entgegnete Kniehase, schritt aber unbeirrt auf der falschen Straßenseite weiter und bog in die Blumenstraße ein. An der Haltestelle für den Kraftomnibus Nr. 2 blieb er stehen und sah sich nach Kappe um.

«Der fährt aber nicht in die Luisenstadt», wandte der ein.

«Habe ich behauptet, wir müssten in die Luisenstadt?», fragte Kniehase zurück. «Keine Angst. Da kommen Sie noch früh genug hin. Jetzt geht's erst mal an einen angenehm kühlen Ort, mein lieber Kappe. Warten Sie's nur ab.»

Seestraße stand an dem Omnibus, und natürlich musste Kniehase auf das offene Verdeck steigen. «Kommen Sie, Kappe, hier oben ist die Luft frischer», rief er auch noch, so dass Kappe ihm widerstrebend folgen musste, wobei ihm der Koffer zusätzliche Nöte bescherte. Wohin dieser Geheimniskrämer Kniehase mit ihm wollte, war ihm noch immer ein Rätsel.

Vorsichtig manövrierte er sich zu der Mittelbank auf dem Deck und ließ sich neben Kniehase nieder. Zu seinem Schrecken gewahrte er, dass der Bus nach links abbog und die Waisenbrücke überquerte. Auch das noch! Er schloss die Augen, um nicht hinunter auf das Wasser blicken zu müssen, und hoffte, Kniehase würde es nicht bemerken.

«Machen Sie ruhig noch ein Schläfchen», sagte der großmütig. «Wir fahren noch eine ganze Weile.»

Kappe schämte sich, doch die brennende Sonne und der Lärm in den staubigen Straßen überwältigten ihn wie eine Lähmung. Als er die Augen wieder öffnete, überquerten sie gerade den Spittelmarkt.

Mehr als eine halbe Stunde verging, bevor sie endlich die Linden passiert hatten, unter denen halb Berlin unterwegs zu sein schien.

Erst hinter der Weidendammer Brücke überkam Kappe eine plötzliche Ahnung, wohin die Reise ging. Und richtig. Am Oranienburger Tor kletterten sie von ihrem Hochsitz und bogen gleich darauf in die Hannoversche Straße ein. Das hatte ihm nach dieser Fahrt wahrhaftig noch gefehlt. Da leuchtete auch schon der gelbe Klinkerbau in der Sonne: das Leichenschauhaus.

Seit seiner ersten Berliner Leiche war er nun schon einige Male hier gewesen, aber dass er sich an das Haus und dessen eigenartige Atmosphäre gewöhnt hatte, konnte er wirklich nicht behaupten.

Um seine Beklommenheit zu überspielen, wandte er sich betont sachlich an Kniehase: «Wen hat man denn aus dem Luisenstädtischen Kanal geborgen?»

Kniehase hob die Schultern. «Wir werden sehen», sagte er sibyllinisch.

Ein spitzbärtiger junger Mediziner mit goldumrandetem Kneifer, der sich als Doktor Levinson vorstellte, erwartete sie. «Das hat ja gedauert!», merkte er kritisch an. «Da sind wir ja schneller in Paris, wenn's ernst wird!»

Kniehase musterte ihn säuerlich. «Ist die Frau nicht sowieso tot?», fragte er. «Die rennt uns doch nicht weg.»

«Na, beinahe wäre sie weg gewesen.»

Der Doktor eilte ihnen mit langen Schritten voraus und öffnete einladend die Tür zum Sektionsraum. Kappe roch die Leiche, bevor er sie auf dem Metalltisch wahrnahm.

«Die Herren von der Feuerwehr waren nämlich der Meinung, es handle sich um eine ordinäre Wasserleiche. Doch weit gefehlt!» Doktor Levinson schlug das Tuch zurück, und Kappe sah zuerst das lange goldblonde Haar, bevor er das aufgedunsene Gesicht der jungen Frau wahrnahm, auf dem sich blutunterlaufene Flecke abzeichneten.

«Sehen Sie selbst – die *Cyanosis* und die konjunktivalen Blutungen sprechen eine eindeutige Sprache», erklärte der Pathologe ebenso lebhaft wie unverständlich und legte dabei den zerschundenen Hals der Leiche frei. «Knorpel eingedrückt. Dazu Blutungen in der Mundschleimhaut und etwas schwächer in der Halsmuskulatur. Von einem etwas älteren Bluterguss unter dem rechten Auge und etlichen Flecken am ganzen Körper einmal abgesehen. Blaue Flecke zum Beispiel an den Oberschenkeln.» Und schon schlug er das weiße Tuch über den strammen, kurzen Beinen der Frau zurück.

Eine dicke Fliege brummte durch den Raum. Bei aller Beherrschung hielt es Kappe nicht länger neben der Leiche. Er hielt den Atem an und machte mit weichen Knien einige Schritte zum Fenster. Als er sich wieder umwandte, fiel sein Blick auf eine weite Schale mit blutig-hellem Inhalt.

Er stöhnte hörbar auf. Levinson, der seine Ausführungen keinen Augenblick unterbrochen hatte, maß ihn mit einem spöttischen Kneiferblitzen. «Das ist ein Fötus», sagte er belehrend. «So haben Sie auch mal ausgesehen – etwa drei Monate nach Ihrer Zeugung.»

«Sie war also schwanger?», vergewisserte sich Kniehase.

Levinson nickte. «So ist es. Und es wäre nicht ihre erste Geburt gewesen. Sie hat übrigens auch unmittelbar vor ihrem Tod noch koitiert.»

«Eine Vergewaltigung?», erkundigte sich Kniehase, dem das alles nichts auszumachen schien.

Der Doktor zuckte die Achseln und spreizte seine Hände. «Ich glaube kaum. Die Verletzungen sind sämtlich älteren Datums.»

Er bedeckte die Leiche wieder mit dem Tuch und wandte ihr den Rücken zu. «Ein wahres Glück, dass ich heute Dienst habe und nicht einer von diesen ... Nun ja, lassen wir das. Sie ist jedenfalls unzweifelhaft erdrosselt worden und nicht ertrunken. Mit höchster Wahrscheinlichkeit mit jenem Seidentuch erwürgt, das sie noch um den Hals trug.»

Er griff nach einem bunten Tuch, das auf dem Tisch neben der unsäglichen Schale lag. Kniehase bat um ein Behältnis und fragte: «War das Tuch verknotet?»

Levinson runzelte die Stirn. «Nicht fest», sagte er. «Vermutlich hat es ihr der Täter wieder umgelegt, bevor er die Leiche ins Wasser stieß.»

«Oder die Täterin», gab Kappe zu bedenken. Eifersucht war schließlich auch ein Mordmotiv.

«Das glaube ich kaum», widersprach der Doktor scharf. «Es handelt sich bei der Toten um eine dralle, kleine Person mit kräftigen Händen.»

«Irgendwelche Abwehr- oder Kampfspuren?», wollte Kniehase wissen.

«Nichts dergleichen.»

Kniehase hob die Schultern. «Tja, wenn Sie sich tatsächlich so sicher sind ...», sagte er.

«Absolut sicher. Wir werden selbstverständlich noch den Mageninhalt und die Lunge genauer untersuchen, doch wird das kein anderes Ergebnis erbringen.»

«Und wie lange, glauben Sie, hat sie im Wasser gelegen?»

«Schwer zu sagen bei diesen Temperaturen. Nicht länger als zwei, drei Tage, meine ich. Vielleicht haben Sie ja 'ne passende Vermisstenmeldung ...»

Eine halbe Stunde später hatte Kniehase seine Photos gemacht, und sie verließen den gelben Klinkerbau. Mit widerstrebenden Fingern trug Kappe in der anderen Hand nun auch noch den feuchten Wäschesack mit der Kleidung der Toten. Schmuck oder irgendetwas anderes, was auf ihre Identität hingedeutet hätte, war nicht bei ihr gefunden worden.

Der nachmittägliche Verkehr auf der überfüllten Friedrichstraße schleppte sich stockend dahin. «Wollen wir nicht auf die Busfahrt verzichten und die zwei Stationen mit der S-Bahn fahren?», schlug Kappe vor, obwohl ihm Wäschesack und Photokoffer eine Last waren. Kniehase war einverstanden, doch als sich kurz darauf eine grellgeschminkte Kokotte an seinen Arm hängte und ihm mit deutlichen Worten nahelegte, doch erst mal etwas Kaltes mit ihr zu trinken und dann ..., verfluchte er Kappes Idee. Energisch schubste er die Frau beiseite und schnauzte Kappe an: «Sie wissen anscheinend nicht, was das hier für eine Gegend ist! Jetzt sprechen einen die Nutten schon am hellerlichten Tag an, als fürchteten sie, dass wir morgen alle ins Feld ziehen!»

Kappe, den vertrackten Beutel weit von sich haltend, hielt es für angebracht zu schweigen.

FÜNF

OTTO UNRAUH war ein eher schmächtiger, in den Schultern allerdings breit auslegender junger Mann mit kurzem Haar und kantigem Gesichtsprofil, zu dem das eingedellte Nasenbein nicht recht passen wollte. Entgegen allen Hänseleien, es wäre ihm bei einer der üblichen Auseinandersetzungen unter den «Scharfen» vom Moritzplatz gebrochen worden, verdankte er es dem Sport, dem er sich mit Leib und Seele verschrieben hatte, dem Boxen nämlich. Fast jeden Abend verbrachte er in dem heruntergekommenen Tanzsaal der Sportklause in der Alexandrinenstraße, in der auch die «Scharfen Jungs» vom Moritzplatz verkehrten, die ihn durchaus respektvoll zu den ihren zählten. Er trank ein, zwei Bier, trainierte mit Sprungseil und Sandsack, guckte den anderen im Ring zu und diente in letzter Zeit häufiger mal dem einen oder anderen für ein paar Sechser als Sparringspartner. Geld brauchte er immer, und mit Arbeit sah es mau aus. Mit Boxkämpfen übrigens auch. Nur hin und wieder gelang es ihm, seine gefürchtete Linke einzusetzen. In der Riege galt er nur als Vertretung. Außer einer ausgeleierten Turnhose besaß er ja nicht mal vernünftige Sportkleidung.

Fragte man ihn nach seinem Beruf, so bezeichnete er sich als Stubenmaler – eine Profession, die auch sein Vater ausgeübt hatte, bevor ihn die Lungenschwindsucht mit knapp 33 Jahren dahingerafft hatte. Das käme von dem giftigen Blei in den Farben, hatte in der Schule ein Lehrer erklärt. Otto hatte da seine Zweifel. Man aß die Farbe schließlich nicht.

Es war inzwischen zwei Monate her, dass er die letzte Stube

gemalert und tapeziert hatte. Den meisten Leuten in der Gegend ging es wie ihm: Sie hatten kein Geld. Die goldenen Jahre der prächtigen Neubauten schienen endgültig vorbei zu sein.

Otto scheute keine Arbeit. Im Urbanhafen kannte man ihn und wusste, dass man bedenkenlos die schwersten Säcke auf seine breiten Schultern laden konnte. Aber im Augenblick gab es wenig zu laden. «Is sich wie abjeschnitten», murrte der Schieber achselzuckend in seinem breiten Ostpreußisch. «Wird Zeit, dass der Kriech anfangt.» Und irgendwann, als Otto am späten Nachmittag noch einmal nachfragte, schob er eine beiläufige Bemerkung nach, die Otto wie ein Tiefschlag in die Magengrube traf: «Hast jeheert? Heut morjen ham se ne Marjell ausn Luisenstädtschen jezoren. Mit janz langes blondes Haar ...»

Im Nu stand Otto vor dem Riesenkerl, der ihn um einen halben Kopf überragte. «Sag das noch mal!», forderte er. Der Mann, der seit Jahren den Kolonnenschieber für den Lademeister spielte und sich seiner Macht über die Hilfskräfte bewusst war, guckte ihn verständnislos an. «Was is denn mit dich, du Lorbass? Wird ja wohl nicht deine Braut jewesen sein, oder?»

«Hast du sie gesehen? Ich meine die ...» Er suchte nach einem anderen Wort als Leiche. «... das Mädchen?»

«Äich nich. Hat mir ejner von die Schiffers erzählt, die da mit ihre Kähne im Kanal liejen ...» Er wies hinüber zur Kanaleinfahrt am anderen Ufer.

Um welchen Schiffer es sich handelte, wusste er angeblich nicht. Um einen von den Oberschlesiern, mit einem gewissen Antek als Bootsmann. Mehr war von ihm nicht zu erfahren.

Otto, von bangen Ahnungen überwältigt, stürzte los. Im Laufschritt überquerte er die Admiralbrücke und war schon drauf und dran, nach links zum Kanal abzubiegen, als ihm zum Bewusstsein kam, dass seine Sorge vielleicht unbegründet sein könnte. War es nicht besser, vorher in der Adalbertstraße vorbeizugehen? Möglicherweise war Lina im Laufe des Tages aufgetaucht.

Zu Hause im Hinterhof jedoch traf er nur seinen Bruder Max an, der sich gerade ausgehfertig machte. «Musste dir noch jedulden, Bruderherz», sagte der mit milder Nachsicht, «bevor de det Aas verdientermaßen eens uffs Maul haust.»

Nie wieder, hatte Otto längst beschlossen, würde er sich von seiner Wut überwältigen lassen und die Schwester schlagen. Immer hatte er sie verehrt und beschützt, sein blondes Engelchen, auch vor Max, gegen den er manchen bösen Verdacht hegte. Aber als sie dann so mir nichts, dir nichts schwanger wurde und statt einer vernünftigen Auskunft über den Vater oder Vergewaltiger – oder wie immer man einen Kerl nennen wollte, der sich heimtückisch über ein fünfzehnjähriges Kind hermachte – nur schnippische, um nicht zu sagen rotzfreche Antworten lieferte, war ihm ein paar Mal die Hand ausgerutscht. «Ich hasse euch alle», hatte Lina gekreischt, «dich mit deinem Glauben an die Jungfrau Maria und Maxe, das olle Schwein, sowieso!»

Und Max hatte seinem Ruf alle Ehre gemacht, ölig gegrient und gesagt: «Nu sei wenichstens jetz uff Draht, und schnapp dir die Kerle. Et jibt jenuch, die machens jerne mit 'ner Schwangeren.»

Das alles ging Otto durch den Kopf, während er Max beobachtete, der vor dem Spiegel stand und sich Pomade ins Haar klatschte. «Was würdest du denn sagen, wenn sie tot wäre?»

«Na herzlichen Jlückwunsch!» Max drehte sich um und lachte unbekümmert. «Denn kannst du dir ja künftig um det Balg kümmern, Onkelchen.»

Er blieb vor Otto stehen. Die Zeiten, wo er dem Jüngeren mal ganz auf die Schnelle seine körperliche Überlegenheit bewiesen hatte, waren vorbei.

«Wo ist Hugo überhaupt?», fragte Otto.

«Mutta wirdn wohl mitjenomm' ham bei de Wäsche.»

Max ging zur Tür, die aus dem Berliner Zimmer direkt ins Treppenhaus führte. «Wie kommsten überhaupt dadruff, det se nich mehr leben tut?»

«Sie haben heute morgen 'ne Wasserleiche aus dem Kanal gezogen. Eine mit langen blonden Haaren …»

«Ach du jrüne Neune!» entfuhr es Max. Das war sein einziger Kommentar.

SECHS

ES WAR EIN BÖSES ERWACHEN für Anton Gomolla, als die mollige Emmi plötzlich in panischer Hast ins herrschaftliche Schlafzimmer stürmte und ihn anschrie: «Du musst sofort verschwinden! Ab in die Küche und weg durch die Hintertür!»

«Was ist passiert?», erkundigte er sich und fuhr dabei vorsichtshalber schon in seine Hosen. So aufgeregt kannte er die eher phlegmatische Emmi gar nicht. Es musste einen triftigen Grund geben, ihn aus dem Paradies zu vertreiben, in dem er sich gerade wohl zu fühlen begann. Vor gut einer Woche hatte er das späte Mädchen kennengelernt, und vor drei Tagen war er endgültig bei ihr in der Achtzimmerwohnung geblieben, Beletage am Luisenufer mit Blick auf den Kanal. Wenn er sich aus dem Fenster lehnte, konnte er die *Wanda* an der Ufermauer erkennen. Aber er lehnte sich nicht aus dem Fenster. Niemand durfte merken, dass er sich hier bei Emmi eingenistet hatte, bis die Herrschaft aus der Sommerfrische in Heringsdorf zurückkehren würde.

«Die schicken vorher ein Telegramm», hatte Emmi ihn und sich selber beruhigt, und da das schmale Lager in ihrer niedrigen Dienstbotenkammer für zwei wirklich nicht ausreichte, waren sie der Bequemlichkeit wegen umgezogen ins eheliche Schlafzimmer des Herrn Professor und seiner Frau Gemahlin.

Die jedoch, beunruhigt von den sich täglich mehrenden Tartarenmeldungen über den bevorstehenden Krieg, beschlossen plötzlich und unerwartet und ohne es telegrafisch anzukündigen, die Heimreise anzutreten. Nun standen sie nebst ihrer gelangweilt den Sonnenschirm drehenden Tochter Mechthild, in wortreiche

Verhandlungen mit dem Droschkenkutscher verwickelt, unten vor der Haustür. Der Mann verlangte für das Hinauftragen des umfangreichen Gepäcks glücklicherweise mehr, als der knickrige Herr Professor Nothnagel zu zahlen bereit war, sodass Emmi genügend Zeit blieb, den zeitweiligen Liebsten eilig durch Korridor, Küche und Hinterausgang zu bugsieren und im Schlafzimmer Laken und Kissen abzuziehen, als wäre sie beim Bettenbeziehen überrascht worden.

Die professoralen Verhandlungen waren zu keinem Ende gelangt, als Anton Gomolla über die gewendelte Hintertreppe und durch den Dienstbotenausgang im Hof das Haus verließ und sich aufrechten Ganges und mit einem höflichen Lüpfen seiner nicht ganz neuen Schiffermütze an dem Gepäckgebirge vor Haustür und Vorgarten vorbeischlängelte.

«Halt, junger Mann!», fuhr ihm die sonore Stimme des Professors ins Genick, gerade als er glaubte, der Gefahr endgültig entronnen zu sein. Einen Augenblick dachte er an Flucht, dann siegte seine angeborene Unerschrockenheit. Was wollte der ihm denn?

Herr Professor Nothnagel begehrte nichts anderes als seine Hilfe, und unter diesen veränderten Bedingungen war auch der Droschkenkutscher bereit, dem Gepäcktransport in den ersten Stock näherzutreten. Als Erstes wuchteten sie den schweren Reisekorb nach oben, wo die in der Tür auftauchende Emmi fast der Schlag traf, als sie Antons ansichtig wurde. Sein beruhigendes Augenblinzeln schien sie kaum wahrzunehmen.

Zwanzig Minuten später und um eine Mark reicher – wenig genug für die Schlepperei – schlenderte Anton gemächlich über die Oranienbrücke und näherte sich unaufhaltsam der *Wanda*, die im Licht der hellen Nachmittagssonne schwarz und nutzlos an der Kaimauer des Kanals lag.

Schwager Bruno stand im Heck und erklärte mit weit ausholenden Gebärden einem Fremden etwas, das offensichtlich das schmuddlige Kanalwasser betraf. Anton konnte es nur recht sein, dass da noch jemand anwesend war, so dass Bruno seinen ersten

Zorn wohl oder übel würde zügeln müssen. Vielleicht, und das wäre die glücklichste Lösung, wollte der Mann ja auch eine Ladung in Auftrag geben. Obwohl der eigentlich nicht danach aussah. Er wirkte eher wie ein ... «*Cholera!*» entfuhr es Anton, obwohl er sich geschworen hatte, nicht polnisch zu fluchen, um den Schwager nicht zusätzlich gegen sich aufzubringen. Aber wenn das kein verkappter Greifer war, dann hatte er, Anton Gomolla, noch nie einen gesehen.

Zur Flucht war es zu spät, denn Bruno hatte ihn längst entdeckt und wies jetzt mit dem ausgestreckten Zeigefinger auf ihn, der sich vergeblich im Schatten der Bäume zu verkrümeln versuchte.

«Antek!», rief Bruno und schien erfreut über sein Auftauchen. «Komm her, du wirst schon erwartet!»

So ein verräterischer Hund! Aber was wollte man von einem Deutschen und noch dazu einem Evangelischen anderes erwarten, und sei es der eigene Schwager? Er hatte seine Schwester von Anfang an vor dem gewarnt.

Mit einem flauen Gefühl im Magen schritt Anton über die schmale Planke an Bord.

Eigentlich hatte er ja ein fast reines Gewissen, von ein paar hoffentlich längst vergessenen Stückchen in der Heimat mal abgesehen. Hier in Berlin hatte er sich so gut wie nichts zuschulden kommen lassen, und die Sache mit Emmi schien auch gut ausgegangen zu sein. Also erst mal hören, was der junge Kerl überhaupt wollte.

Der kam gleich zur Sache, kassierte, eins fix drei, Antons zerlumpte *Flebben* und fragte: «Na, wo haben wir denn die letzten drei Nächte verbracht?»

Zwietasch, das falsche Aas! Musste dem Greifer brühwarm mitteilen, dass er nicht auf der *Wanda* geschlafen hatte. Als ginge ihn das was an! Am Ende würde der es auch in der Heimat rumerzählen, und die schwarze Maria würde Antek die Hölle heiß machen ...

«Antworten Sie gefälligst!», fuhr Kappe den bedrippt vor ihm Stehenden an. Dass den das schlechte Gewissen plagte, sah ein Blinder mit dem Krückstock.

«Ja, also …», begann Gomolla langsam in seinem harten Deutsch, «das ist nämlich so …» Umständlich zog er die Mütze vom Kopf. «Ich habe da einige Landsleute begegnet und sie geholfen. Bei der Arbeit – Sie verstehen?»

Kappe nickte und wartete. Er war sich sicher, dass dieser Gomolla sich die Geschichte gerade erst ausdachte, weil er etwas zu verbergen hatte. Etwas, das mit dem toten Mädchen zusammenhing? Hatte er sie vor Tagen ermordet, war einfach abgehauen und jetzt in der Hoffnung zurückgekehrt, niemand hätte die Leiche gefunden? Zumindest nicht hier im Kanal, direkt hinter der *Wanda*? Andererseits hätte ein Schiffer eine Leiche wohl kaum unmittelbar neben dem eigenen Kahn ins Wasser geworfen. Auch an der *Wanda* hing eine Nussschale von Beiboot, mit dem Gomolla wenigstens ein Stück den Kanal hätte entlangstaken können. Außerdem gab Zwietasch an, den Schwager nie länger alleine auf der *Wanda* gelassen zu haben.

Kappe verfolgte Gomollas langatmig vorgetragene Ausflüchte nur mit halbem Ohr und unterbrach ihn schließlich: «Nun erzählen Sie mal – wie hieß denn die junge Frau, deretwegen Sie so plötzlich verschwunden sind?»

Antek starrte ihn offenen Mundes an. Wie konnte der etwas von Emmi wissen, die er doch erst vor ein paar Minuten verlassen hatte?

«Ich verstehe nicht, wen Sie meinen …», stotterte er.

«Oh, Sie wissen schon. So eine kleine, dralle Person. Noch ziemlich jung …»

Das klang nicht unbedingt nach Emmi. Drall war sie gewiss. So nannte man das hier. Aber jung? Antek schüttelte den Kopf.

«Mit langen blonden Haaren», fuhr Kappe fort und spürte förmlich, wie der Mann aufatmete.

«Ich kenne keine Frau mit blondes Haar», sagte er fest und blickte Kappe treu in die Augen.

«Na schön, wie Sie wollen. Dann begleiten Sie mich jetzt am besten zum Präsidium, und dort werden wir das alles genau aufschreiben.»

«Nein.» Angstvoll sah sich Antek nach seinem treulosen Schwager um, doch der tat, als kenne er ihn gar nicht. «Ich will nicht ins Gefängnis! Ich habe nichts getan!»

«Nur in den vorläufigen Gewahrsam», beruhigte ihn Kappe, «bis wir geklärt haben, wo Sie sich tatsächlich aufgehalten haben.»

Die Aussicht, mit einem widerspenstigen Delinquenten noch einmal den weiten Weg zum Alex unternehmen zu müssen, missfiel ihm. Seine offizielle Dienstzeit war seit einer halben Stunde beendet. Gomollas Vernehmung samt Protokoll würde unweigerlich an ihm hängenbleiben. Also konnte er auch bis morgen damit warten.

Er musterte Gomolla von oben bis unten und tippte ihm mit dem Zeigefinger auf die schmuddlige Hemdbrust. «Sie bleiben heute Nacht hier. Und Sie entfernen sich keinen Schritt von ihrem Kahn, verstanden? Sonst ...» Er machte eine unmissverständliche Geste des Kassierens.

Gomolla nickte eifrig.

«Morgen um zehn melden Sie sich im Polizeipräsidium bei der Kriminalabteilung. Bei Herrn Galgenberg», fügte er hinzu. Sollte der ruhig auch was für sein Geld tun, wo er immer so stolz auf seine Vernehmungskünste war.

Kappe wandte sich zum Gehen. Die Furcht, wieder über das schmale Brett balancieren zu müssen, wollte er sich nicht anmerken lassen. «Sie sind verantwortlich, dass er sich morgen pünktlich meldet!», ordnete Kappe an.

Zwietasch salutierte. Schließlich hatte er gedient und wusste, was sich gehörte.

Gomolla aber erkundigte sich kleinlaut: «Und was ist mit Papieren?»

«Kriegen Sie morgen wieder», antwortete Kappe. «Aber nur, wenn alles in Ordnung ist.»

Anton Gomolla hob die Schultern. «Ich weiß gar nicht – was ist passiert?»

Das wird dir dein Schwager schon erzählen, dachte Kappe, und der legte auch gleich in voller Lautstärke los: «Sie haben eine Wasserleiche gefunden. Heute Morgen. Eine junge Frau mit langen blonden Haaren.»

Du selber hast sie gefunden, dachte Kappe, doch er konzentrierte sich darauf, mit eiligen Tippelschritten die Planke zu überqueren und sich über das rettende Ufergeländer zu schwingen. Den jungen Mann, der ihn dabei beobachtete, bemerkte er erst, als der ihn ansprach.

«Ist das wahr mit der Leiche?» fragte er mit rauer Stimme.

«Wird wohl so sein», entgegnete Kappe knapp. Es war nicht seines Amtes, die Neugier jedes Passanten zu befriedigen. Doch war etwas an dem jungen und ärmlich gekleideten Burschen – außer der gebrochenen Nase –, das ihn für einen Augenblick zögern ließ.

«Vermissen Sie jemanden?», fragte er.

«Na ja – nicht direkt. Oder eigentlich doch. Ich werde mal den Schiffer fragen...»

«Moment mal!» In Kappe, der vor einer Minute beschlossen hatte, es für heute gut sein zu lassen, erwachte der Kriminalwachtmeister, als der er sich sofort zu erkennen gab, worauf der Bursche sich erst einmal umwandte, als suche er einen Fluchtweg. «Also – wer sind Sie und wen suchen Sie?»

«Bloß meine Schwester. Sie wird schon wieder auftauchen ...»

Nach langem Hin und Her erfuhr Kappe, dass er es mit Otto Unrauh aus der Adalbertstraße 101 zu tun hatte, der seine sechzehnjährige Halbschwester Lina Jungnickel suchte, von der er zögernd eine recht genaue Beschreibung abgab. «Sie hat lange blonde Haare. Aber die trägt sie nicht offen», schloss er.

Kappe nickte bedächtig. «Sie werden in die Hannoversche

Straße fahren müssen», sagte er mit belegter Stimme. Es dauerte einen Augenblick, dann verstand Otto.

«Haben … Sie die Tote gesehen?», erkundigte er sich tonlos.

Kappe nickte.

«Das übersteht Mutter nicht», sagte Otto, drehte sich um und wollte davontrotten.

SIEBEN

AUGUST PANKRATZ, 31 Jahre alt und seines Zeichens wohlsituierter Oberbuchhalter mit Prokura im Comptoir der Cohn & Friesackschen Handelsgesellschaft mbH in der Ritterstraße, feine Gläser, Porzellane, Steingut etc., nahm seine Abendmahlzeit täglich in der elterlichen Wohnung in der Britzer Straße ein. Nichts ging über Mutters Küche, oder besser: über die der Köchin Frieda, der August von Kindheit an einen ansehnlichen Schmerbauch verdankte. Auch deswegen tat ihm der feierabendliche Marsch von der Ritterstraße aus am Ufer entlang, quer über den Wassertorplatz unter der Hochbahn hindurch und links hinein in die Britzer, ebenso gut wie der anschließende Verdauungsspaziergang zurück zur Waldemarstraße, wo er ein möbliertes Zimmer bewohnte. Gewöhnlich kam er dort allerdings erst spät an; einladende Kneipen lagen am Wege, und auch sonst hielt ihn mitunter die eine oder andere Annehmlichkeit auf.

Es hatte lange gedauert, bei Vater und Mutter die eigene Bleibe durchzusetzen, doch nach Vaters Schlaganfall, der dem Alten die linke Körperhälfte auf Dauer lähmte, hatte es August nicht länger in der hochherrschaftlichen, nunmehr endgültig von der hysterischen Mutter beherrschten Wohnung gehalten. Dorthin mal ein Mädchen, ja eventuell sogar eine Dame mitzubringen, war gänzlich unmöglich, obwohl zu Mutters täglichen Klagen die besonders laute über die nicht vorhandenen Enkelkinder gehörte, die stets anhielt, bis Augusts warnender Blick sie traf. Für die Zeit des Abendessens hatte er sich ausdrücklich Ruhe für seine vom Büroalltag angegriffenen Nerven ausbedungen.

«Ich kann auch in einer Gastwirtschaft essen!», drohte er, obwohl er dafür viel zu sparsam war. Aber nachdem nun auch Gustav, sein jüngerer Bruder, sich endgültig mit ihr zerstritten hatte und ausgezogen war, fürchtete Mutter nichts mehr, als den Kontakt auch zu ihrem Kronsohn zu verlieren.

Nur einmal hatte sie es gewagt, in seiner Junggesellenbehausung in der Waldemarstraße aufzutauchen und festzustellen, dass seine Wirtin eine viel zu junge Person zweifelhafter Reputation war, aber die wohlproportionierte Frau Wanierke hatte sich zu wehren verstanden und natürlich nichts über eventuelle Besucherinnen verlauten lassen.

August war sparsam, wie seine Konten bei Sparkasse und Köpenicker Bank bewiesen, wusste aber sein Geld an der richtigen Stelle anzulegen. «Schweigen ist Silber», pflegte er zu sagen, wenn er seiner Schlummermutter, die seine pünktlichen Zahlungen schätzte und ihm inzwischen manche vertrauliche Geste nachsah, ein zusätzliches Geldstück überreichte, das ihren Gehör- und Gesichtssinn für eine gewisse Zeit benebelte. «Man war ja auch mal jung ...», merkte sie dabei nicht ohne Koketterie an und erhielt dafür das prompte Kompliment, dass sie das doch wohl noch immer sei. Frau Warnieke war eine füllige Person von 35 Jahren, die sich ihrer Reize durchaus bewusst war. Eines Abends hatte sie ihn, mit einem seidenen Nachthemd nur leicht bekleidet, in seinem Zimmer heimgesucht, weil sie angeblich mit der Lampe nicht zurechtkam, und es war nicht bei der Lampenreparatur geblieben.

Am nächsten Morgen hatte er getan, als sei nichts Ungewöhnliches geschehen, und auch sie hatte mit keinem Wort auf die vergangene Nacht angespielt, deren Ereignisse sich allerdings in unregelmäßigen Abständen wiederholten. August Pankratz fand es an der Zeit, dass diese Art von Vertraulichkeit ein Ende fand. Es war nicht gut, wenn jemand so viel über ihn wusste. Mehrfach hatte er darüber nachgedacht, das Domizil zu wechseln, fühlte sich jedoch insgesamt bei der Wanierken recht wohl. Nun erforderten die Ereignisse auf dem Balkan mit großer Wahrscheinlichkeit sowieso eine grundlegende Änderung seiner Lebensumstände; da blieb die Kündigung des Zimmers noch das Geringste, was es zu bedenken galt.

August befand sich seit Tagen in einer geradezu euphorischen Stimmung, die ihn am Sonntag in die Innenstadt getrieben hatte, wo er auf Tausende Gleichgesinnte stieß und mit ihnen gemeinsam die Linden entlangparadierte. Auch heute Abend hatte er wieder vor, zur Friedrichstraße zu fahren und sich inmitten der patriotisch gestimmten Menge zu erbauen.

Seine Mutter indessen – als hätten sie keine eindeutige Vereinbarung über ihre Tischgespräche getroffen – schwätzte unaufhörlich daher, während er schweigsam den wohlgeratenen Sauerbraten samt Rotkohl und Klößen in nicht zu kleinen Happen in sich hineinschaufelte und es vermied, den Blick in Richtung Vater zu erheben, der sich mit seiner zitternden Rechten um ein Gleiches bemühte. Soße und Rotkohlsaft rannen ihm dabei aus dem links herabgezogenen Mundwinkel.

«Kannst du dir vorstellen, dass diese Person hier plötzlich mit einem Kind auf dem Arm erscheint?!», fragte die Mutter voller Empörung. «Angeblich das Balg einer nichtsnutzigen Nachbarin.»

August stieß nur einen brummenden Laut aus, der ebenso gut Zustimmung wie Ablehnung – und nur die war gemeint – bedeuten konnte.

«Weißt du, was ich glaube?», fuhr die Mutter ungerührt fort und sandte einen schnellen Blick herüber zu ihrem Ehemann, der hilflos mit der Gabel auf dem Teller herumfuhr. Sie senkte die Stimme, als sei der Vater nicht nur halb gelähmt, sondern auch schwerhörig. «Es ist der Bankert ihrer Tochter! Die bringt sie nämlich nie mehr mit. Angeblich hat sie eine Stellung angetreten ...»

Verächtlich stieß sie die Luft aus.

August horchte auf. «Von wem redest du eigentlich?», erkundigte er sich unfreundlich.

«Na, von wem wohl? Von der Waschfrau, der Jungnickeln aus der Adalbertstraße!»

August hustete und hielt sich die Serviette vor den Mund. «Ach, die ...», sagte er langgezogen. «Kommt denn die immer noch ins Haus?»

«Ja, was glaubst du denn, wer deine Wäsche besorgen soll? Und seine ...» Die abfällige Handbewegung zum Vater hin war deutlich genug. «Was der verbraucht, wird immer mehr.»

August verzichtete auf einen Kommentar. Mitunter tat ihm der Alte zwar leid, aber was der sich als Familienoberhaupt den Söhnen gegenüber an Drohworten und Tiraden, ja an Wutausbrüchen und niederträchtigen Strafen geleistet hatte, konnte und wollte er nicht vergessen. Unwillkürlich fuhr seine Zungenspitze zum oberen falschen Schneidezahn, den er einer solchen Attacke verdankte. Und Gustav war es noch schlimmer ergangen.

«Du erinnerst dich gewiss an das süße blonde Ding, das sie früher immer mitbrachte. Gustav hatte wohl ein Auge auf sie geworfen ... Er hatte ja schon immer so einen gewissen Hang zum Ordinären ...» Lauernd sah sie ihn an. «Weißt du etwas von Gustav? Lebt er etwa – mit irgendeiner Person zusammen ...?

Der Vater stieß ein paar Laute aus, die wohl seine tiefe Abneigung gegen den Geschmack seines jüngeren Sohn ausdrücken sollten. Weder August noch die Mutter reagierten darauf. Resigniert verstummte der Alte und machte sich über das Kompott her.

Gewiss, August erinnerte sich an das dralle blonde Mädchen, verspürte aber nicht die geringste Lust, ausgerechnet mit seiner Mutter über diese Person oder über seinen Bruder Gustav zu sprechen.

Sie hingegen ließ sich nicht in ihrem Redefluss aufhalten. «Die beiden Söhne von der Jungnickeln – das heißt, die sind von ihrem ersten Mann –, die sollen ja auch recht missraten sein, sagt man allgemein. Frau Professor Nothnagel ...»

Unwillkürlich hob August den Kopf, was die Mutter als ein warnendes Zeichen auffasste, nicht auch noch Mechthild, die schon etwas altbackene Tochter der Familie Nothnagel zu erwähnen, von der sie lange Zeit gehofft hatte, sie einmal als Schwiegertochter in die Arme schließen zu dürfen.

Zu ihrer Überraschung jedoch fragte August mit einer Spur von echtem Interesse: «Sind denn die Nothnagels schon von der See zurück?»

«Heute Mittag eingetroffen. Die politische Lage, meint der Herr Professor. Die Frau Professor wäre mit Mechthild gerne noch geblieben.»

«Hmm ...», machte August nur und zwirbelte selbstvergessen die linke Spitze seines martialischen Schnauzbarts.

Die Mutter, Augusts Empfindlichkeit bezüglich der Nothnagelschen Familie eingedenk, kehrte lieber zu ihrem ursprünglichen Thema zurück. «Frau Professor ist jedenfalls der Meinung, sie ließe eine solche Person wie die Jungnickeln sicherheitshalber gar nicht erst in ihre Wohnung, weil die vielleicht bloß alles ... ausbaldowere, und die Herren Söhne dann später ...»

August unterbrach sie. «Mach dir keine unnötigen Sorgen. Demnächst rücken die Kerle sowieso ins Feld, da vergehen ihnen die Flausen!»

«Es gibt Krieg, nicht wahr?»

«Selbstverständlich. Glaubst du, wir ließen unsere österreichischen Brüder im Stich?»

«Ja, ja. Aber was wird aus eurer Firma? Liefert ihr nicht viel nach Petersburg?»

«Darum muss sich der Cohn gefälligst selber kümmern», entgegnete August. «Dem geht jetzt schon der Hintern auf Grundeis, weil Porzellan und Krieg ihm nicht so recht zusammenpassen wollen. Dabei vergisst er, dass man das Zerschlagene hinterher wieder ersetzen muss. Das wird ein Bombengeschäft, vor allem in Frankreich und in den neuen Kolonien, die wir dann beherrschen werden.»

«Na, wenn du meinst ...»

Endlich stand ihr Mundwerk mal ein Weilchen still, und er fand Zeit, ein wenig nachzudenken. Wie sich doch alles fügte! Nun war es endgültig an ihm, noch etwas Grundlegendes zu erledigen, das er nicht länger vor sich her schieben durfte. Ein deutscher Mann, der kurz davor stand, ruhmreich in den Krieg zu ziehen, hatte gefälligst auch seine häuslichen und familiären Verhältnisse in jeglicher Beziehung zu ordnen, und das gedachte er zu tun.

Als er sich erhob, fragte die Mutter beinahe zaghaft: «Wirst du denn auch in den Krieg ziehen?», und er antwortete markig: «Wie es die Pflicht jedes echten deutschen Mannes ist!»

«Und Gustav?»

August hob die Achseln. Der Bruder war schon immer ein bisschen schwach auf der Brust gewesen. «Mach dir um den keine Sorgen. In spätestens acht Wochen sind wir sowieso alle wieder aus Paris zurück!»

Er blickte ein letztes Mal zu seinem Vater. «Und dann trinken wir alle gemeinsam echten französischen Champagner!», rief er dem gestrengen Antialkoholiker zu.

Der Alte ließ nur ein unverständliches Gurgeln hören.

ACHT

OTTO UNRAUH wäre einerseits seinem ungebetenen Beistand nur zu gerne entkommen, andererseits war es ihm ganz recht, dass der Kriminale ihn begleitete und es ihm so erspart blieb, seiner Mutter die schlimme Nachricht alleine beizubringen.

Hermann Kappe jedoch hielt sich zurück, denn noch konnte die Identität der Toten ja keineswegs als gesichert gelten. Selbst nachdem er sich von der barmenden Martha Jungnickel das Einsegnungsphoto der vermissten Tochter hatte zeigen lassen, zögerte er. Ob dieser rundliche Backfisch im weißen Rüschenkleid tatsächlich jene Leiche in der Hannoverschen Straße war – das würde wohl nur die Mutter an Ort und Stelle endgültig feststellen können. Und Kappe befürchtete, dass niemand anderer als er selber daneben stehen würde.

Das hier war sein Fall, den hatte ihm Dr. Kniehase von Anfang an angehext, und er war ja auch erstaunlich weit gekommen, wenn es sich wirklich um Lina Jungnickel handeln sollte.

Sie hatte schon ein Kind, wie der jüdische Pathologe im Leichenschauhaus richtig angenommen hatte, und auf die Frage nach dem Vater wandte sich Martha Jungnickel nur schluchzend ab, und Otto tat, als ginge ihn die indiskrete Frage nichts an.

«Nun beruhigen Sie sich mal, Frau Jungnickel», sprach Kappe mit salbungsvoller Pastorenstimme. «Noch ist ja gar nicht geklärt, ob ausgerechnet ihre Tochter …» Beinahe hätte er fortgefahren: «… ermordet worden ist», doch er bremste sich rechtzeitig. Bis jetzt war nur von einer Wasserleiche die Rede gewesen, einer Ertrunkenen also, möglicherweise einer Selbstmörderin, wie der

Schiffer und sein verdächtiger Bootsmann, aber auch Otto und Martha Jungnickel annehmen mussten, und das blieb im Interesse der Ermittlungen besser so.

«Dennoch muss es ja einen Vater zu dem Jungen hier geben.» Kappe wies auf den kleinen Kerl, der auf den blanken Dielen herumkroch und ihn aus einigem Abstand misstrauisch beäugte.

Martha Jungnickel schnäuzte sich. «Sie könn' mir dotschlaren – ich kenn ihm nich! Wat mein' Sie, wat ick mit das Mädel allens anjestellt habe, damit se mir den Namen sacht! Es is ja schließlich auch von wejen die Alimente! – Aber nischt. Fraren Se den Jungen. Nich Otto?»

Otto nickte verbissen.

«Hatte sie denn irgendwelche … Männerbekanntschaften?»

«Nich, wat Sie denken!» Martha schniefte empört. «So eene is meine Tochter nich. Die jeht nich uffn Strich. Die is'n fleißjes Mädchen. Während ick bei fremde Leute waschen tu, macht sie hier det janze Haus reene, alle drei Uffjänge. Und die Klosetts. Die müssten Se mal sehen, Herr! Da verjeht Sie der Appetit. Aber sie hat nie jemurrt, war immer fröhlich und flink. Det könn' alle hier im Hause bezeujen.»

«Worum ging es denn bei Ihrer kleinen Auseinandersetzung, von der Sie vorhin sprachen?»

«Och, doch nischt Ernstet! Ums liebe Jeld, wie imma – oder wat weeß ick.»

«Immerhin ist sie danach verschwunden und nicht wieder aufgetaucht. Das war also am Freitagabend?»

Anscheinend wollte Otto etwas sagen, doch seine Mutter schnitt ihm das Wort ab. «Freitachabend», bestätigte sie. «Da isse frieha manchet mal wechjejang'. In' Kintopp am Moritzplatz oder so. Aber in letzter Zeit jar nich mehr.»

Kappe kannte das UT am Moritzplatz. Jetzt hatte er das Gefühl, dass der Bruder auch mal etwas sagen sollte, und wandte sich deshalb an Otto: «Wirkte Ihre Schwester in letzter Zeit irgendwie verändert?»

«Nich det ick wüsste», antwortete die Mutter an dessen Stelle.

Kappe sah dennoch den jungen Mann weiter an, bis der sich bequemte zu antworten: «Vielleicht ein bisschen. Sie war stiller als sonst ...»

«Weil ihr ihr jepiesackt habt, ihr Aasbande! Sachs doch den Herrn Kriminalen, des de ihr 'n Veilchen jehaun hast! Und Maxe, der ewig mit se stänkert ...»

Otto sah aus, als würde er gleich auf die eigene Mutter losgehen.

«Wer ist Max?», erkundigte sich Kappe.

«Mein ältster Sohn», gab sie kleinlaut zu. Ganz offensichtlich war es ihr unangenehm, den auch noch ins Spiel gebracht zu haben.

«Und der wohnt ebenfalls hier?»

Sie nickte. «Wenn er nich unterwejens is wie eben jetz ...»

«Beruf?»

«Wat wolln Sie denn von meine Söhne? Die ham nischt damit ze tun, des ihre Schwester ...»

«Wenn sie wegen jemand ins Wasser jejang' ist, denn höchstens deinetwejen!», knurrte ihr Sohn sie an. «Was du mit ihr jemeckert hast, geht auf keine Kuhhaut!»

«Dazu hatte ick ooch allen Jrund, wo se mir die Schande anjetan hat. Und jetz sitz ick da mit das Balch!»

Anscheinend kam ihr die tiefe Wahrheit dieser Feststellung im gleichen Augenblick zum Bewusstsein. Sie heulte auf und schlug die Hände vors Gesicht.

Kappe wusste nicht, wie er sich verhalten sollte, und so hob er die Hand zu einem halbmilitärischen Abschiedsgruß und wandte sich zum Gehen. Der Familie einen schönen Abend zu wünschen, schien ihm nicht angebracht.

Otto, froh darüber, ihn loszuwerden, öffnete ihm die Wohnungstür. «Am besten, Sie begleiten Ihre Mutter morgen früh zum Schauhaus», riet ihm Kappe väterlich.

Otto nickte zögernd.

Mit gekrümmten Zeigefinger winkte ihn Kappe zu sich ins Treppenhaus. Vielleicht bekam er doch noch etwas aus dem Burschen heraus. Aber er hatte die Rechnung ohne Martha Jungnickel gemacht! «Versuchen Se nich, den Jung auszuquetschen! Der weeß von nischt!», blökte sie. «Und wenn Se hier ins Haus rumhorchen tun, den sarick Ihn jleich, det die meisten bloß schlecht über unsereens reden wern! Solche Spanner wie der Rataizik oder der katholsche Josef, der olle Bock. Die sollten Se mal lieba fraren, warum se imma so hinter das Mädel her warn ...»

«Ist ja gut!», schnauzte Otto und zog die Tür hinter sich zu. Mit dem Kriminalen im Treppenflur zu stehen, erschien ihm im Augenblick angenehmer, als sich Marthas Gekeife auszusetzen.

«Hören Sie nicht auf das, was sie sagt», bat er Kappe. «Die meisten Leute hier im Haus können Lina gut leiden, das werden Sie selber merken.»

«Und dieser Rataizik – oder der gewisse Josef? Was ist mit denen?»

Otto verzog das Gesicht. «Auf so 'ne süße Motte wie die Lina sind die Kerle alle scharf ...»

Siegmund Rataizik allerdings nicht. Jedenfalls bestritt er energisch, auch nur einen Blick an dieses verworfene Gör der überaus ordinären Frau Jungnickel verschwendet zu haben. Wenn er dieser Familie jemals Aufmerksamkeit geschenkt haben sollte, so beruhe das lediglich auf dem Verdacht gegen die ungeratenen Söhne – und möglicherweise auch die Tochter –, die einen deutlichen Hang zu unrechtmäßigen Handlungen erkennen ließen, denen er als vorzeitig pensionierter preußischer Beamter gerne auf die Spur kommen würde. Lange genug sei er im Strafvollzug in der Lehrter Straße tätig gewesen, um einen Ganoven an der Nasenspitze zu erkennen und alle Tricks zu durchschauen. Otto und vor allem dieser Max seien eben besonders geriebene Gauner, und wenn der Tochter wirklich etwas widerfahren sei, wie Kappe mit aller Zurückhaltung andeutete und was seinen eigenen Feststellungen durchaus entsprach, so solle er nur zuerst einmal diese beiden ins Auge fassen und mit der ganzen Strenge des Gesetzes …

«Wissen Sie etwas darüber, wer der Kindesvater sein könnte?», unterbrach ihn Kappe schließlich.

Rataizik ließ ein abschreckendes Gelächter los. «Da kommt ein gutes Dutzend in Frage», behauptete er. «Mal hat sie mit den Kerlen hier aus dem Haus geschäkert, mal habe ich sie abends mit dem Sohn von irgendwelcher Kundschaft der Alten auf der Straße beobachtet …»

Namen wusste er nicht oder wollte sie nicht nennen.

«Weiß nichts Konkretes und macht sich wichtig. Dennoch überprüfen», war alles, was Kappe nach seinem halbstündigen Besuch in Rataiziks schmaler und unaufgeräumter Küche verärgert in sein Notizbuch schrieb, bevor er sich in den vierten Stock aufmachte. Auf halber Treppe begegnete ihm ein blonder junger Mensch, der fröhlich pfeifend über mehrere Stufen zugleich herabsprang. Kappe stellte sich ihm in den Weg. «Wohnen Sie hier im Haus?», fragte er.

«Ja. Sie aber nicht», lautete die knappe Antwort. Dabei versuchte der Mann, sich an ihm vorbeizuschlängeln. Kappe hielt ihn am Arm fest und spürte die kräftigen Muskeln unter dem abgeschabten Jackett.

«Nur einen Moment», sagte er und nestelte seine Marke hervor.

Willy Ehlenbruch – in Eile, da er verabredet sei, wie er beteuerte – wohnte im dritten Stock über Rataizik, und es dauerte ein bisschen, bis Kappe ihn dazu überredet hatte, das Gespräch besser in der Wohnung fortzusetzen. Auch hier führte die Wohnungstür direkt in den dunklen Küchenschlauch, und die dahinterliegende einfenstrige Stube war um einiges länger als breit. Außer dem Bett und einem Kleiderspind stand hier überraschenderweise ein richtiger Schreibtisch, auf dem sich säuberlich sortierte Zeichnungen stapelten. Überhaupt wirkte der ganze Raum im trüben Licht der Petroleumlampe, die Ehlenbruch angezündet hatte, ordentlich und aufgeräumt.

«Was sind Sie von Beruf?», fragte Kappe.

«Schmied und Stellmacher. Aber ich arbeite jetzt bei einer Automobilfirma.» Er zog eins der Blätter aus einem Stapel. Es zeigte ein flaches Kraftfahrzeug, wie Kappe es noch nie gesehen hatte. «Ich beschäftige mich mit Karosseriebau.»

«Sieht sehr modern aus», musste Kappe zugeben. Wenn Ehlenbruch das alleine gezeichnet hatte, besaß er zweifellos einiges Talent. Nur kam es darauf jetzt nicht an. «Wenn man mit so einem schicken Auto fährt», sagte er und beobachtete Ehlenbruch dabei genau, «braucht man natürlich 'ne hübsche junge Dame an seiner Seite ...»

Es war keine besonders geschickte Überleitung, aber Ehlenbruch trappelte schon voller Ungeduld, und Kappe selber wollte schließlich auch mal Feierabend machen.

Ehlenbruch sah ihn verständnislos an. «Und was hat die Kriminalpolizei damit zu tun?»

«Nun ja ... Wir interessieren uns eben für die jungen Männer hier im Haus. Und für die jungen Damen auch ...»

Ehlenbruchs Miene verschloss sich. «Da sind Sie bei mir falsch. Ich kümmere mich um niemanden hier im Haus.»

«Aber Sie kennen doch sicher das Fräulein Lina aus dem Parterre?»

Ehlenbruch lachte. «Die kleine Blonde mit den krummen Beinen? Na sicher. Über die stolpert man ja oft genug.»

«So ... Sie sind also schon öfter über sie ... gestolpert ... Wann denn zum letzten Mal?»

«Nun erlauben Sie mal!», protestierte Ehlenbruch empört. «Sie putzt hier die Treppe und die Toiletten, da sieht man sie natürlich. Aber mehr doch nicht. Das ist doch noch ein Kind!»

«Soweit ich informiert bin, hat sie einen Sohn.»

«Ja, und? Das ist in dieser schrecklichen Großstadt nun einmal so. Bei mir zu Hause in Blomberg würde so etwas nicht vorkommen.»

Darüber war Kappe zwar anderer Meinung, doch er fragte nur: «Sie wissen also nicht, wer der Vater dieses Jungen ist?»

«Woher denn? Ich wohne erst seit drei Monaten hier!»

«Und Sie wissen auch nicht, ob die Lina irgendwelche Beziehungen zu einem anderen männlichen Hausbewohner …?»

«Deswegen halten Sie mich hier auf!», unterbrach ihn Ehlenbruch ungehalten. «Das hätte ich Ihnen mit zwei Sätzen auch auf der Treppe erklären können: Ich weiß von nichts. Und ich will auch nichts wissen. In dem Haus hier wird genug herumgetratscht.»

Das war eine klare Auskunft. Ob sie zutraf, würde sich hoffentlich herausstellen.

Im Treppenflur war es nahezu vollständig dunkel, als Kappe auf den Klingelknopf des Schneiders Josef Grzegoszewski drückte. Hinter der Tür waren Geräusche zu vernehmen, dann ertönte ein unterdrücktes Quieken, das zweifellos nicht aus dem Mund des Schneiders gekommen sein konnte, der nach Kappes drittem Läuten endlich die Tür einen Spalt weit öffnete und sich mit ungehaltener Bassstimme nach Kappes Begehr erkundigte. Hereinlassen wollte er den Kriminalwachtmeister nicht einmal, nachdem der sich per Dienstmarke ausgewiesen hatte. Vielmehr war er immer noch beschäftigt, mit der einen Hand den Türspalt eng zu halten und mit der anderen die Hosenträger über das Unterhemd zu streifen, während es im Hintergrund des Berliner Zimmers rumorte.

Kappe wurde ungeduldig. «Nun machen Sie keine Faxen, Gregorowski, sonst hole ich Verstärkung, und dann gucken wir mal nach, was Sie so Aufregendes zu verbergen haben!»

«Ich heiße Gjegoschewski, und ich habe nichts zu verbergen.» Der Mann sah sich um und öffnete endlich die Tür. An seiner Riesengestalt vorbei sah Kappe eine mit Stoff behängte Schneiderpuppe und eine durchaus lebendige Frau, die vor dem ungemachten Bett im Hintergrund mit dem Ankleiden beinahe fertig war.

«Ich habe Besuch. Eine Kundin … Das ist nicht verboten, oder?»

Grzegoszewskis von einer trüben Gasfunzel spärlich erleuchtetes Berliner Zimmer war spartanisch möbliert, eine Mischung aus Schneiderwerkstatt, Wohn- und Schlafzimmer. An den kahlen Wänden fiel einzig ein Bild der Jungfrau Maria auf. Der Besitzer dieser bescheidenen Behausung mochte an die fünfzig sein und sprach ein beinahe so hartes Deutsch wie der Bootsmann Gomolla. Wahrscheinlich stammte er aus der gleichen Gegend in Oberschlesien wie der.

«Nein», sagte Kappe, «das ist nicht verboten. Wohnt die Dame zufällig ebenfalls hier im Haus?»

Bei näherer Betrachtung war die Frau eher noch ein junges Mädchen, eine leidlich hübsche Person von kaum zwanzig. Sie nahm die letzten beiden Haarnadeln aus dem Mund und steckte ihren Dutt fest. «Um Gottes willen», sagte sie. «Ich wohne in der Belle-Alliance-Straße. Ins Vorderhaus!»

«Haben Sie irgendein Ausweispapier bei sich?»

«Wat denken Sie denn von mir? So eine bin ich nicht, die mit einem gestempelten Papier rumlaufen muss! Ich hab den Josef nur besucht. Wir wollen demnächst heiraten, nich ...?»

Josef Grzegoszewski, den man seiner Gestalt nach eher für einen Schmied als für einen Schneider hätte halten können, schien ein wenig überrascht von dieser Nachricht, widersprach aber nicht.

«Kennen Sie zufällig hier im Haus die Familie Jungnickel?», fragte Kappe, immer noch an die Frau gewandt. Die schüttelte den Kopf.

«Die Söhne heißen Unrauh. Otto und Max.»

«Maxe das Untier», entgegnete sie mehr für sich und sandte sofort einen unsicheren Blick zu ihrem frisch ernannten Bräutigam. «Nee, kennen ist zu viel gesagt ...»

Josef schnaufte. «Davon hast du mir nichts gesagt!», stellte er grollend fest.

Um weitere Komplikationen zu vermeiden, ließ Kappe sich Namen und Adresse nennen. Der Sache mit dem Untier Max wollte er in Ruhe nachgehen, doch das Mädchen brach in Jammern aus.

«Wenn meine Herrschaft davon erfährt, dass die Kriminalen nach mir fragen ...» Sie hieß Lotte Klawonde und war Hausangestellte bei einer Familie von Schneidelbach.

«Es handelt sich lediglich um eine eventuelle Zeugenaussage», versuchte Kappe sie zu beruhigen. «Und jetzt wäre ich Ihnen sehr verbunden, wenn ich mich mit Herrn ... Gregoschewski unter vier Augen unterhalten könnte.»

«Ach, kiek mal an», sagte sie, schon wieder obenauf. «Was hat denn der liebe Josef ausjefressen?»

Ungeduldig griff Kappe nach ihrer Schulter und schob sie zur Tür. «Zeugenaussage!», wiederholte er dabei nachdrücklich. «Sie sprechen besser mit keinem Menschen ein Wort darüber.»

«Verstehe ...», erwiderte sie gedehnt und sandte einen letzten langen Blick zu Josef, der sich trotzig mitten im Zimmer aufgebaut hatte. «Ich habe nichts Unrechtes getan», sagte er noch, bevor sie die Tür hinter sich geschlossen hatte.

«Wollen Sie sich nicht hinsetzen?», fragte Kappe, ohne ihn aus den Augen zu lassen, was den Schneider offenkundig verunsicherte. «Ich habe einige Fragen an Sie.»

Grzegoszewski überließ Kappe höflich den Platz auf dem einzigen Stuhl und setzte sich auf die Bettkante.

«Sie kennen die Familie Jungnickel?»

«Das ist die Portiersfrau. Mit den Söhnen habe ich nichts zu schaffen.»

«Und mit der Tochter?»

Kappe spürte Grzegoszewskis Zögern. «Die kenne ich ja kaum ... Sie hat ein Kind, nicht wahr?»

«Ja. Wissen Sie zufällig auch, von wem?»

Grzegoszewski verstand ihn sehr gut, dessen war sicher. Aber er tat dumm und fragte: «Von wem? Wie meinen Sie das?»

«Nun, wer der Vater ist. Darüber wird man doch hier im Haus reden ...»

«Ich nicht!», beteuerte der Schneider mit unstetem Blick. Leugnete er die Vaterschaft oder das Gerede darüber?

«Es gibt Leute, die meinen, dass Sie der Kleinen nachgestellt oder sie belästigt haben.»

Der Schneider knetete seine langen Finger und sagte dumpf: «Das ist nicht wahr.» Und nach einer Pause fuhr er fort: «Die reden so, weil ich katholisch bin. Und ein Witwer. Zu mir kommen viele Frauen. Auch zur Anprobe und so ...»

«So wie die junge Dame eben», sagte Kappe mit einem deutlich ironischen Unterton.

«Sie haben selbst gesagt: Das ist nicht verboten.»

«Nein, ist es nicht. Aber nun erzählen Sie mal von ihrer Vorliebe für Lina Jungnickel. Sie scheinen ja was für so junge Dinger übrigzuhaben.»

Josef Grzegoszewskis blasses Gesicht rötete sich. «Ich habe sie nur manchmal auf der Treppe getroffen. Mehr nicht.»

«Und mit ihr gesprochen. Und sie auch mal angefasst.»

«Nur im ... im Scherz ... Was man so sagt. Sie hat sich nie ...»

«... gewehrt», vollendete Kappe den Satz.

Grzegoszewski schüttelte energisch den Kopf. «So war das nicht!»

«Wann haben Sie denn die Lina zum letzten Mal gesehen?»

«Weiß nicht ... Letzte Woche, Freitag. Oder Sonnabend. Sie hat die Treppe gewischt. Mit dem Scheuertuch ...»

«Und Sie haben mit ihr gesprochen.»

Die Röte war nicht aus dem Gesicht des Schneiders gewichen. «Ein paar Worte ...», gab er zögernd zu.

«Worüber?»

«Wie – worüber?»

«Nun spielen Sie mal hier nicht den *Unzelmann*, mein Lieber. Sagen Sie lieber gleich die volle Wahrheit!»

Unzelmann war auch so ein Begriff, den Kappe von Galgenberg aufgeschnappt hatte, der damit einen Ganoven benannte, welcher sich bewusst dumm stellte.

Den Schneider jedenfalls schien der barsche Ton zu beunruhigen. Unsicher sagte er: «Worüber man eben so redet ...»

«Sie haben ihr ein Angebot gemacht, stimmt's?»

«Nein, nein!» Der Schneider hob abwehrend seine Spinnenfinger. «Ich habe nur gesagt ... Ich kam von unten, und sie stand oben auf der Treppe. Ich habe gesagt, sie hat hübsche Beine – soweit ich das sehen konnte ...»

Kappe sah die aufgedeckten Beine der Leiche in der Hannoverschen Straße vor sich, und eine leichte Übelkeit überkam ihn. Das konnte auch die Hitze sein, und außerdem hatte er seit dem Frühstück nichts gegessen. Das Jagdfieber hatte ihn übermannt. Grzegoszewskis Unsicherheit bestärkte ihn in der Überzeugung, sich auf dem richtigen Weg zu befinden. Er sah sich schon Dienstagmorgen in von Canows Büro Meldung erstatten: Leiche identifiziert, Täter gefasst!

So leicht gedachte es ihm der Schneider jedoch nicht zu machen. Am Freitagabend, so erklärte er, hätte er sich mit Kollegen vor dem Schloss getroffen, um dem Kaiser zuzujubeln, der endlich den verfluchten Russen aufs Haupt schlagen musste, und auch am Sonnabend sei er wieder Unter den Linden gewesen. Niemand könne ihn hindern, sich als echter Deutscher zu fühlen. Kappes Einwand, der Kaiser habe sich gar nicht in Berlin aufgehalten, ließ er nicht gelten. Darauf käme es nicht an, und damit hatte er nun auch wieder recht, denn Kappe wollte schließlich etwas über Grzegoszewskis Beziehung zu Lina zu erfahren und nicht dessen Vaterlandsliebe überprüfen.

In dieser Frage jedoch verschloss sich der Schneider mehr und mehr, so dass Kappe endlich zu einer List griff, die ihm schon öfter geholfen hatte, widerspenstige Delinquenten gesprächig zu machen. «Die Lina war doch öfter hier bei Ihnen in der Wohnung», behauptete er kühn. «Das haben mehrere Zeugen bestätigt.»

Er hatte ins Schwarze getroffen. Grzegoszewski sprang auf, und sein Gesicht lief purpurrot an. «Das kann nur der Rataizik gewesen sein, der falsche Hund! Der reine Neid ist es, weil die Lina ihn nicht kann leiden! Manchmal ist sie zu mir geflüchtet, wenn er sie nicht hat gelassen in Frieden, der Saukerl! Oder ihre Herren Brüder ...»

«Na, sehen Sie. Und am Freitag war sie auch hier oben?»

«Aber nein. Das ist lange her. Noch bevor sie hat ihren Hugo bekommen, war das.»

«Und seitdem lassen sie der Rataizik und die Brüder in Ruhe?»

«Das nicht.» Der Schneider zögerte. «Aber sie kommt nicht mehr zu mir ...»

Kappe sah ihn aufmerksam an. «Könnte es sein, dass Sie der Vater des kleinen Hugo sind?»

«Ich?» Der Mann brach ihn ein gequältes Lachen aus. «Weshalb gerade ich? Das hätten die Burschen da unten mir schön heimgezahlt! Meinen Sie, ich würde noch hier leben? Oder überhaupt?»

«Sind die denn so gewalttätig? Der Otto macht doch einen ganz friedfertigen Eindruck. Und Sie sind ein kräftiger Mensch.»

«Er ist ein Schläger. Schlägt auch die Lina, weil sie nicht sagt, wer ist der Vater – behauptet sie jedenfalls.»

«Und warum sagt sie es nicht?»

Der Schneider kniff die Augen zusammen. «Ich weiß nicht. Aber ich glaube, weil der Mann gibt ihr heimlich Geld.»

«Der Kindesvater?»

Grzegoszewski nickte.

«Und Sie wissen wirklich nicht, wer es ist?»

Er schüttelte den Kopf. «Niemand weiß.»

Und dabei blieb er. Und über den Bruder Max wollte er auch nicht recht mit der Sprache heraus.

«Ich habe einige Male Fisch gekauft bei ihm. Mehr nicht. Kein angenehmer Mensch, wenn Sie verstehen. Hat viele Frauen, sagt man ...»

«Das sagt man von Ihnen auch.»

«Aber ich ...», Josef Grzegoszewski legte seine Rechte mit den schlanken, langen Fingern aufs Herz, «... ich bin ein ehrlicher Mensch und ein Christ. Gehe jeden Sonntag zur Messe beim Heiligen Michael. Da kommt dieser Max manchmal erst nach Hause ...»

Er sah Kappe aus seinen braunen Augen mit einem treuen Hundeblick an, und endlich stieß ihm auf, dass er ja nicht einmal wusste, weshalb ihn der Kriminaler überhaupt verhörte.

«Das werden Sie schon noch früh genug erfahren», lautete Kappes knappe Antwort.

NEUN

DIE KUNDEN IM BARBIERSALON hatten Gustav Pankratz überredet, sich ihnen an diesem lauen Montagabend anzuschließen, die Linden entlangzupromenieren und sich darauf zu besinnen, dass man ein echter Deutscher war. Die Meinungen zu diesem Thema gingen allerdings auseinander, denn hier im Osten Berlins, in Friedrichsberg und Boxhagen-Rummelsburg, zur neuen Stadt Lichtenberg gehörig, wo Gustav seit einigen Wochen lebte, wohnten genügend klassenbewusste Arbeiter, die nicht viel vom Kaiser und vom Militär hielten und eher die Antikriegskundgebungen des nächsten Abends wahrzunehmen gedachten.

Gustav wäre am liebsten gleich morgen in den Krieg gezogen, dann hätte all sein Unglück ein Ende. Er fühlte sich seit seiner Kindheit als ein vom Pech Verfolgter, dem das meiste im Leben misslang, und daran hatte sich in den letzten Jahren wenig geändert. In den letzten Tagen schon gar nicht. Mehr als einmal hatte er geglaubt, das Glück endlich am Schwanz gepackt zu haben, und dann war es doch wieder nur ein nasser Strick gewesen. Bei den Frauen hatte er kein Glück, und das Geld rann ihm durch die Finger. Auch die Arbeit in Adomeits Barbiersalon in der Kronprinzenstraße nahe dem Traveplatz war ihm nach langem Hin- und Herziehen durch die große Stadt nur anfangs als eine wahre Erholung erschienen; dann hatte der Meister den anderen Barbiergesellen einer Nichtigkeit wegen entlassen und trieb Gustav seither zu mehr Tempo an. Er selber hielt den lieben langen Tag ausufernde patriotische Reden und verschwand ab und an hinter dem Vorhang, um seinen Patriotismus mit einem Schluck Fusel zu stärken, dessen Dunst den starken Geruch der Haarwässer und Pomaden im Laden überlagerte.

Nein, so hatte sich Gustav sein neues Leben und die neue Arbeit ganz und gar nicht vorgestellt, als er in diese ruhige Gegend mit den freundlichen Straßen, dem weiten Platz und den Häusern mit ihren einladenden Balkonen gezogen war. Er wollte unbedingt weg aus der Luisenstadt, mit der ihn kaum eine gute Erinnerung verband. Von einem Balkonzimmer hatte er insgeheim geträumt und war der Kosten wegen doch wieder in genau so einem einfenstrigen Schlauch zum Hof hinaus gelandet – wie zu Hause in der Britzer Straße. Jeden Abend graute es ihm davor, den kahlen Raum zu betreten, wo ihn nur trübe Erinnerungen anfielen.

Glücklicherweise aber gab es auch hier genügend Kneipen und Destillen – keine Kaschemmen wie in der Gegend zum Schlesischen Bahnhof und zum Alex hin, nein, solide, bürgerliche Aufenthaltsorte selbst für einen kleinen Mann wie ihn, der noch dazu die Kunst des Klavierspielens leidlich beherrschte und deswegen am Ende eines langen Abends selten für sein Bier bezahlen musste. Die musikalische Ausbildung – das war das Einzige, was ihm von der gutbürgerlichen Erziehung geblieben war. Auf dem Realgymnasium hatte er es mit viel Mühe und unter ständiger väterlicher Drangsalierung bis zur Tertia gebracht, bevor der jähzornige Alte endgültig die Geduld verlor und ihn in die Barbierlehre geschickt hatte.

Gustav gefiel der Beruf nicht einmal schlecht, man kam mit vielen Menschen zusammen – allerdings leider ausschließlich mit Männern – und konnte ihrem Reden lauschen, das sich mit der Zeit allerdings als ziemliches Geschwätz erwies. Gustav selber sprach nicht viel, auch wenn es ihn manchmal juckte, die eine oder andere übergroße Dämlichkeit eines naseweisen Kunden zu korrigieren. Seit Sarajewo war es besonders schlimm mit dem Geschwafel, zu dem der Meister mit seinem altklugen Unwissen erheblich beitrug. In der Schule war Geographie eines der wenigen Fächer gewesen, die Gustavs Interesse geweckt hatten. Und nun musste er sich täglich die verwegensten Behauptungen über die Lage gewisser in der Zeitung genannter Ort- und Landschaften, ja ganzer Staaten anhören, wobei die Verwechslung von Rumänien mit Sibirien und die Verlegung der Bagdadbahn nach Indien noch die geringsten Abirrungen darstellten.

Von ihren geographischen Kenntnissen auf das politische und militärische Wissen des Meisters und der meisten Kunden zu schließen, kam ihm erst in den Sinn, als er vor dem Schloss die vor Erregung verzerrten Gesichter rings um ihn her wahrnahm und man ihm die Glocke vom Kopf schlug, die er nicht schnell genug emporgerissen und geschwenkt hatte. «Da! Hinter dem Fenster!», johlte es in der Menge, aber Gustav sah dort niemanden, und schon gar keinen Kaiser. Dennoch war es schwer, sich dem allgemeinen Jubel zu verschließen, den Wagenknecht, ein Mützenmacher aus der Weichselstraße mit einer großzügig herumgereichten Taschenflasche zusätzlich anheizte. Am späten Nachmittag hatte Wagenknecht im Adomeitschen Salon Weisheiten aus der Abendausgabe des *Tageblatts* vorgetragen, die vor dem ausgebrochenen Ansturm auf die Sparkassen warnten. «Angesichts dieses *Runs* auf die städtischen Kassen erscheint es angezeigt, erneut darauf hinzuweisen, dass irgendeine Gefahr für die Sparer durchaus nicht besteht, selbst nicht für den – ganz fernliegenden – Fall, dass Deutschland mit in den Krieg verwickelt werden sollte.»

Die meisten Männer hatten genau dieser letzten Annahme lebhaft widersprochen. «Wir sind es unserer nationalen Ehre schuldig, dem Russen wie dem Franzmann mit dem Schwert entgegenzutreten!», hatte der Meister gedonnert und gefährliche Hiebe mit Kamm und Schere markiert.

Niemand hatte über den angesäuselten Barbier gelacht. «Bei welcher Truppe hast du dich denn zu stellen, Gustav?», wollte man dagegen vom Gesellen wissen, und Gustav hatte etwas von den Ulanen genuschelt. Er hatte keine Lust, denen zu erklären, dass ihn ein Unfall fürs Erste der Sorge um den Militärdienst enthoben hatte. «Mein Bruder ist Feldwebel der Reserve bei den Maikäfern», fügte er hinzu, traf damit jedoch eher das Missbehagen der Anwesenden, die sämtlich nicht als Offiziere gedient und unter der Despotie der Spieße gelitten hatten. Außerdem waren die Gardefüsiliere, die sogenannten Maikäfer aus der Chausseestraße, nicht sonderlich beliebt. Wieder einmal erkannte Gustav, dass Schweigen allemal besser war als Reden.

Auch jetzt hielt er sich beim Jubeln zurück und bewegte kaum den Mund, als die Menge die österreichische Hymne anstimmte. Der Ruf «Auf zur russischen Botschaft!» wurde laut, und ein großes Gedränge setzte ein. Ehe Gustav sich versah, hatte er Adomeit samt Kundschaft aus den Augen verloren und fand sich gegenüber der Neuen Wache am Opernhaus wieder. Er war nicht sehr groß, und so sah er wenig vom Wachaufzug, bemerkte aber im Gewühl sehr wohl den steifen Hut eines Mannes, der ihm allzu bekannt vorkam: Max Unrauh. Dem wollte er heute und in aller Zukunft am wenigsten begegnen. Zu gut erinnerte er sich an Max' Drohungen und den gemeinen Schlag unter den Rippenbogen, den der ihm beinahe grundlos versetzt hatte.

Voller unguter Gedanken wandte er sich um und starrte in lauter begeisterte und von seiner mürrischen Miene sichtlich befremdete Gesichter. Irgendwie war das hier nicht der richtige Platz für ihn. Vorsichtig schlängelte er sich durch die Menge zurück in Richtung Schloss. Was ging ihn die Russische Botschaft an? Er würde durch die Kaiser-Wilhelm-Straße zum Alex laufen und von dort mit der Straßenbahn nach Hause fahren. Oder sich nach rechts in die Büsche schlagen und doch mal kurz am Kottbusser Tor vorbeigucken? Sehnsucht verspürte er schon nach der alten Gegend, an die ihn nicht bloß das zufällige Zusammentreffen mit dem scharfen Max erinnert hatte. Aber wozu jetzt daran rühren? Nach dem letzten schwarzen Freitag musste er sich nun daran gewöhnen, dass seine Jugendzeit mit allen Schrecken und ihren schwachen Hoffnungen endgültig hinter ihm lag.

Max Unrauh, der von sich behauptete, wie eine Fliege alles im weiten Bogen vor ihm Befindliche überblicken zu können, und das bei gewissen Unternehmungen als Schmiere stehender Spanner bewiesen hatte, war die traurige Figur des Barbiers am Straßenrand keineswegs entgangen. Aber auch er hatte sich abgewandt. Für das, was ihn in diese aufgeregte Menge zog, konnte er keinen Zeugen gebrauchen, und schon gar keinen, der auch noch seinen Namen kannte. Es genügte, dass sich überall die behelmten und besäbelten Blauen dicke taten und die Leute herumkommandierten.

Wahrscheinlich wäre es wirklich klüger gewesen, sich bei einem derartigen Andrang in der Innenstadt in den verlassenen Wohngegenden eine passende Beschäftigung zu suchen, aber die Jungs vom Ringverein waren nach der letzten Aktion in der Frankfurter Allee erst einmal abgetaucht und hatten auch ihm geraten, sich dünne zu machen. Es war sowieso eine blöde Idee gewesen, ausgerechnet in einem Schuhladen auf Bruch zu gehen. Ware im Wert von tausend Mark, stand in der Zeitung, aber es würde schwer genug werden, die *Sore* überhaupt abzustoßen. Wahrscheinlich kam dabei nicht mehr als ein Handgeld für ihn rum. Also musste er selber sehen, wo er blieb. Das Gedränge hier stellte eine zu große Verlockung für einen dar, der wusste, wie man eine *Padde* drückt – auch ohne zusätzlichen Drängler und einen Weiteren, der Wand machte. Drei Mann für ein schlappes Portemonnaie!

Er alleine hatte bereits einen angeschickerten Schreihals um die Geldbörse erleichtert, sie in der eigenen Tasche gefleddert und unauffällig fallen gelassen. Jetzt war er mit großem Geschick dabei, einem schräg vor ihm stehenden dicken Herrn mit Strohhut die ansehnlich gefüllte *Plattmolle* aus der Hintertasche zu ziehen, als dessen Hand die seine urplötzlich mit eisernem Griff umfing. Max war nicht von gestern. Geistesgegenwärtig trat er dem Dicken mit aller Kraft in die Kniekehle und riss seine Hand aus der Umklammerung. Die Brieftasche fiel zu Boden, und der Dicke bückte sich natürlich danach, wobei ihm die Kreissäge vom Kopf fiel. Als er sich endlich aufgerappelt hatte und lauthals sein «Haltet den Dieb!» ausstieß, war Max längst aus der Gefahrenzone und schlängelte sich in einem großen Bogen um seinen ursprünglichen Standort herum. Gemächlich schlenderte er an der Universität vorbei in Richtung Friedrichstraße. Hier nahm das Gedränge eher noch zu. Ein rotgesichtiger kleiner Kerl brüllte vaterländische Parolen; eine Gruppe von Studenten im vollen Wichs sang unter den wohlwollenden Augen der polizeilichen Obrigkeit *Die Wacht am Rhein*.

Max steckte sich eine Zigarette an und fühlte mit der Hand nach dem Geld in der Jackettasche. Vorsichtig zog er einen Zwanzigmarkschein hervor. Besser als nichts. Auf einen weiteren Versuch wollte er es heute Abend nicht ankommen lassen. Das Pfund würde ihm über die nächsten Tage hinweghelfen, obwohl Gerüchte im Umlauf waren, nur die wertbeständigen Gold- und Silbermünzen würden im kommenden Krieg als Zahlungsmittel gültig bleiben. Was ging ihn der Krieg an? Er hatte nicht die Absicht, bei den Preußen einzurücken. Irgendein Ausweg würde sich finden. Er war schwach auf der Lunge, wie sie ihm bei einer Schuluntersuchung mal gesagt hatten, und er sah immer sehr blass aus. Wenn er wie damals vor der Musterung drei, vier Schachteln Glimmstengel rauchen würde, müsste das eigentlich reichen.

Beschwingt von dem glücklichen Gedanken, schob er sich fröhlich auf der Friedrichstraße dahin, die ebenso von quirlenden Menschenmassen überfüllt war wie die Linden. Es wurde Zeit, dass er in seinen vertrauten Kiez zurückkehrte, um endlich irgendwo in Ruhe eine Molle zu nehmen und sich nach den Mädchen umzugucken. Davon gab es in der oberen Friedrichstraße mehr als genug, aber er wilderte nicht gerne in fremden Revieren, wusste er doch, wie gefährlich das werden konnte. Er war keineswegs feige, doch er trug seine beste Schale und einen fast neuen Hut. Da war es vermutlich besser, erst mal ein paar Stationen mit der Stadtbahn zu fahren, um aus dem Menschengewühl herauszugelangen. Bis zur Jannowitzbrücke etwa.

So weit war er in seinen Gedanken gekommen, als seinen Adleraugen ein höchst ungleiches Pärchen auffiel, das wie er im Begriff war, die Bahnhofshalle zu betreten. Die Frau, um einiges über die vierzig hinaus, hatte sich ebenfalls in ihre beste Kluft geworfen, was nicht viel heißen wollte, und verbarg ihren massigen Körper zu einem Gutteil unter einem schwarzen Umhang mit langen Fransen. Das Schwarz passte zu ihrem düsteren Gesicht, dem man ansah, dass sie geweint hatte. Auch ihr breitschultriger Begleiter, wohl an die zwanzig Jahre jünger als sie und sichtlich ihr Sohn, offenbarte keine Spur von Fröhlichkeit.

Max war gerade dabei, sich auf seine ganz spezielle Weise unsichtbar zu machen, als sein Blick auf die Schuhe der Frau fiel und ihn fast der Schlag traf. Sie trug tatsächlich auffallend blaue Lackstiefeletten, deren Herkunft Max nur allzu gut kannte.

Inzwischen hatte Otto seinen Bruder entdeckt. «Maxe!», rief er halblaut. «Wo kommst du denn her?»

«Und ihr?», fragte Max zurück, nicht ohne verhaltene Wut über das unangemessene Schuhwerk seiner Mutter und dennoch zurückhaltender, als es seine übliche Art war, denn irgendwas an diesem Zusammentreffen erschien ihm höchst seltsam. Was suchte die Witwe Jungnickel samt Sohn Otto an einem Montagabend auf der Friedrichstraße? Dass die beiden sich die Massenaufläufe angesehen hatten, erschien ihm ganz unwahrscheinlich.

Die Mutter trat auf ihn zu, ganz nahe heran, so dass er im Rücken schon die Backsteine der Wand fühlte, und sagte dumpf: «Unsere Lina ist tot.»

Max, dessen Gesichtsfarbe kaum bleicher werden konnte, verlor dennoch an Farbe. «Woher weißte denn das?», fragte er stockend.

«Wir kommen gerade aus dem Schauhaus», sagte Otto. «Mutter wollte nicht bis morgen warten.»

«In' Kanal isse jejang'!», ergänzte die Mutter anklagend. «Oder 's hat ihr einer rinjestoßen!»

Maxe schüttelte den Kopf. «Wer macht den so wat! Se wird wohl von alleene …»

«Könnta euch nich noch dämlicher hinstellen, ihr Landeier?», quarrte ein Dicker mitten in ihr Gespräch. Sie versperrten tatsächlich den Eingang. Die Begleiterin des Dicken schien ein gewisses Mitgefühl für Martha zu empfinden. «Passen Se uff, junge Frau, det Ihn' die beeden Burschen nich bescheißen!», riet sie ihr. «Die sehn beede orjinal wie Bauernfänger aus.»

Sie gingen ein paar Schritte in die Halle hinein. «So wat muss man sich nu wejen seine eijnen Jungs anheern», maulte Martha und schniefte in ein feuchtes Taschentuch. «Ick hab jedacht, meine Kinder wer'n mir mal Freude machen! Und nu so wat!»

Tränen liefen ihr über die Wangen. Neugierig musterten die Passanten das merkwürdige Trio. Fehlte bloß noch, dass ein Blauer aufmerksam wurde! Max sah sich um und schlug vor: «Wollen wir nich da drüben beim Franziskaner 'n Kaffee trinken – det de dir erst mal beruhigst ...»

«Ick hab keen Jeld für solche Kinkerlitzchen!», begehrte Martha auf.

Max beruhigte sie. «Aber ick. Ick lade euch ein. Uff den Schreck muss ick erst mal'n Konjak trinken.»

Als Kaffee und Kognak vor Martha standen, während Otto und Max ein Patzenhofer Bier zum Schnaps bevorzugten, schnäuzte sie sich geräuschvoll und sagte müde: «Nu sitzen wa hier wie bei de Beerdijung. Wer soll denn dit bezahlen? Und wat soll mit den Jung' wern?»

Ihre Söhne antworteten nicht, und so steigerte sich allmählich ihre Verzweiflung. «Am besten is, ick jeh ooch int Wassa!», schluchzte sie schließlich.

Auch dazu schwiegen die beiden. Diese Drohung hatten sie schon allzu oft vernommen.

Plötzlich aber straffte sich Martha und sah Max ernst und aufmerksam an. «Hast du jewusst, dass die Lina schon wieder in andern Umständen war?», fragte sie inquisitorisch und beinahe in Hochdeutsch.

«Ick? Wie kommst'n dadruff?»

«Ick hab dir wat jefraacht, und ick verlange eine Antwort!»

Max wand sich. «Na ja – wenn de et für normal hältst, det ihr öfta iebel war … Dir hat se det wohl nich wolln merken lassen … Aber ick und Otto, wir ham uns schon unsere Jedanken jemacht …»

Marthas Mund stand offen. «Du ooch, Otto? Und da saachst du keen Wort zu deiner eijnen Mutta?»

«Was sollte ich denn sagen? Ick habe sie mir vorgeknöpft und 'n klares Wort mit ihr gesprochen. Da hat se's zugegeben und mich händeringend jebeten, nich drüber zu sprechen.»

«Und sonst weiter jarnischt?»

«Inne Fresse hatter ihr jehaun», ergänzte Max. «Wat denkste denn, von wem se det blaue Oore hatte.»

«Hör du bloß uff!», empörte sich Otto. «Hast du nicht gesagt: Dir Aas bring ick um, wenn hier noch so'n Jör rumkraucht?»

«Det wird ja imma scheena!», jammerte Martha. Sie blickte von einem zum anderen. «Und wer is diesmal der Vater?»

Empört fuhr Max auf. «Wat kuckstn mir so an? Ick war't nich!»

«Du Himmelhund! Komm du man nach Hause …»

«Nun reg dich doch nicht auf, Mutter. Jetzt ist es ja sowieso egal, wer es gewesen ist …»

«Ejal is dir dit, wer deine eijne Schwester hat ins Unjlück jestoßen? Wat meinste denn, weshalb se in Kanal jejang' is?»

Otto schüttelte den Kopf. «Ick kann es gar nicht glauben», sagte er. «So wasserscheu, wie unsere Lina war …»

«Na, der Kriminale wird et schon rauskriejen», sagte Martha leichthin.

Max brauste auf wie saures Bier: «'N Kriminaler? Du willst deine eijene Familie an die Greifer ausliefern? Wenn det so is, denn siehst du mir nie wieder!»

«Die finden dir ooch so!», entgegnete Martha. «Wenn se dir man nich sowieso noch wejen wat andret suchen …»

Max war nahe daran, gänzlich die Beherrschung zu verlieren. «Keen Wunda! Wenn du dir so dämlich anstellst und am hellerlichten Tare mit blaue Schuhe rumrenommiern musst», zischte er seine Mutter an. «Da muss ja der letzte Blaue wach werden, wenn er keen Mus uff de Ooren hat.»

«Wo hast'n die Botten iebahaupt her? Die kneifen janz erbärmlich.»

«Ick kann se ja umtauschen!» Max geriet immer mehr in Rage. «Die warn schließlich nich für deine pommerschen Beene jedacht!»

«Denn hättste ihn' bessa vastecken missn!», gab Martha gallig zurück.

Otto hatte genug von dem Theater. «Ihr solltet euch beide was schämen», sagte er vorwurfsvoll. «Unsere Lina liegt da in ihrem Eisfach, und ihr zankt euch um die beschissenen Schuhe. Hattest du die bei Tack extra für Lina ausgesucht?»

Martha verstand nicht. «Wieso denn bei Tack?»

«*Stieke*!», fauchte Max und umklammerte warnend ihr Hand.

Otto grinste, sah sich sichernd um und flüsterte: «Weil se Sonnabendnacht bei Tack inner Frankfurter Allee eingebrochen und für tausend Mark Schuhe geklaut haben.»

Nun war die Reihe zu erbleichen an Martha, die gar nicht wusste, wo sie ihre geschwollenen Füße lassen sollte. «Und da scheuchst du mir mit die jeklauten Botten quer durch de Stadt?!», flüsterte sie zurück. «Pfui Deibel, wat habe ick bloß für Söhne!»

«Jeder, wie er't vadient.» Max war immer noch giftig. Er sah Otto an. «Haste doch ooch zu Lina jesacht, nich wahr? Und: Ick bring dir Kröte um, wenn de nich saren tust, wer diesmal der Kerl war!»

«Was willst'n damit sagen, du miese Fliege? Wer hat denn immer zu Lina gesagt: Dir passiert noch mal was Furchtbares, wenn du bloß mit Kerlen rumstreunst, die nicht mal zahlen wollen.»

«Heert endlich uff damit!», entschied Martha entnervt. «Und du, Maxe, wenn du bei deine krummen Jeschäfte so jut vadienst, denn spendierste uns jetzt noch 'n Konjak.»

Max tat es ungern, aber der Kognak tat auch ihm gut.

«Vorhin habe ick den Pankratz jesehen», erwähnte er beiläufig und beobachtete dabei seine Mutter.

«Wie kommsten ausjerechnet auf den?», fragte sie, während Otto sich erkundigte: «Wen meinsten? Den Barbier oder den Porzellanaffen?»

Max griente. «Den Barbier. In unsre Jejend hab ick 'n schon seit Wochen nich mehr jesehn.»

«Im Jejensatz zu euch sind das beides janz ordentliche Leute», stellte Martha fest und hob ihr Glas. «Ick wünschte mir, ick hätte solche Söhne!»

«Det vajiss ma janz schnell!», knurrte Max. Auch Otto schien nicht begeistert. Aber das war Martha egal. Sie gedachte mindestens noch ein, zwei Kognak auf Max' Kosten zu trinken, bevor sie sich mit den gestohlenen Schuhen wieder ins Gewühl traute.

Für wen der die wohl besorgt hatte …?

ZEHN

IM PRÄSIDIUM summte es wie in einem aufgescheuchten Bienenstock. Die Schutzmannschaften lösten einander im ständigen Einsatz ab, und ab heute sollte auch die Kriminalpolizei in den Sonderdienst in der City und vor den Sparkassen einbezogen werden. Für den Abend war der sozialdemokratischen Kundgebungen wegen mit weiteren Sonderdiensten zu rechnen. Kappe fühlte sich von alldem nicht angesprochen. Er hatte erst einmal seinen Fall zu lösen, und die Chancen dafür standen gut. Am besten meldete er sich gleich bei von Canow zum Rapport.

Doch Galgenberg versaute mal wieder alles. Kaum hatte Kappe sich hinter seinem Schreibtisch niedergelassen, da überraschte ihn der Herr Kollege mit einer Zeitungsnotiz, bei der Wasserleiche handle es sich mit Sicherheit um die seit drei Tagen spurlos verschwundene Margarete Boritzky aus Südende. *Es wird vermutet, dass die neunzehnjährige Vermisste verschleppt worden ist.*

Triumphierend sah ihn Galgenberg an. «Sie sehen, der Groschen für das *Tageblatt* lohnt sich manchmal.»

Kappe schwieg, erkundigte sich nach einiger Zeit aber doch: «Steht da sonst noch was?»

«Wie?» Galgenberg sah auf. «Ja, das hier wird Sie interessieren: *Der italienische Flieger Landini überflog gestern mit einem Passagier von Novara aus den Monte Rosa und landete glatt bei Visp.*»

«Aha.»

«Und noch etwas, was Ihnen vermutlich unbekannt sein dürfte.» Galgenberg hob dozierend den Finger. «*Auch die Kühe haben ihr Innenleben, selbst wenn sie aus Papiermaché sind!*»

«Wie kommen Sie denn auf den Quatsch?»

«Steht hier in der Romanfortsetzung *So ziehn wir aus zur Hermannsschlacht* von Karl Hans Strobl.»

Allmählich verlor Kappe die Geduld. «Ich meinte: Steht da nichts weiter über die Frau?»

Galgenberg griente. «Ja, aber das lässt sich kaum noch überprüfen. Sie hat einen auffallend schönen Gang, heißt es hier. Und dunkles lockiges Haar.»

Kappe tat unbeteiligt und ordnete seine Papiere.

«Na, wollen Sie sich nicht wenigstens zur Vermisstenstelle begeben, mein Lieber? Sie wissen doch: Von Canow schätzt solche prompte Arbeit!»

«Na, eben», sagte Kappe. «Prompt und genau. Die Frau aus dem Kanal war blond und hatte glattes Haar.»

«Schade», sagte Galgenberg nüchtern, guckte aber sicherheitshalber noch einmal in sein Blatt. *«Bekleidet war sie mit weiß-schwarz kariertem Rock, weinroter Bluse und halben Knöpfschuhen»*, las er vor.

Kappe schüttelte den Kopf. «Alles falsch», sagte er, und fügte, während er aufstand, ganz beiläufig, doch nicht ohne Genugtuung hinzu: «Sie heißt mit größter Wahrscheinlichkeit Lina Jungnickel, ist sechzehn Jahre alt und stammt aus der Adalbertstraße. Die Mutter und der Bruder werden sie heute identifizieren.» Er wandte sich zur Tür. «Ach ja, da ist noch etwas: Um zehn meldet sich ein gewisser Anton Gomolla bei Ihnen, Herr Kollege. Aus dem müssen Sie rausholen, wo er die letzten Nächte verbracht hat und was für Frauen er kennt.»

Galgenberg starrte ihn offenen Mundes an. «Hat man Sie heimlich zum Kommissar ernannt, ohne mich davon zu informieren?» fragte er bissig.

«Nein, nein», entgegnete Kappe freundlich. «Aber wäre doch schön, wenn wir beide den Fall lösen, bevor die anderen den Mord an dieser Bankierswitwe aus der Xantener Straße aufgeklärt haben.»

«Sie meinen, dieser Gomolla könnte der Täter sein? Gibt es dafür ausreichende Verdachtsmomente?»

Kappe hob die Schultern. «Er ist Bootsmann auf dem Kahn, neben dem die Leiche schwamm. Aber er hat sich ein paar Nächte lang woanders aufgehalten. Vielleicht sollte man mal nach Oberschlesien telegrafieren, ob da was Einschlägiges gegen ihn vorliegt.»

«Gegen wen, bitte?»

Kniehase war auf seine ein wenig leisetreterische Art eingetreten und mischte sich sofort ins Gespräch. Kappe gab einen kurzen Überblick über seine Erkenntnisse und erläuterte seinen Verdacht gegen Gomolla.

«Ich kümmere mich darum.» Wenn es um technische Dinge wie die Photographische Abteilung im Dachaufbau, um die Nachrichtenzentrale mit ihren Ferndruckern oder auch nur die Telegraphie ging, gebärdete sich Kniehase allemal als zuständiger Fachmann.

«Die junge Frau ist übrigens mit dem Tuch erdrosselt worden», informierte er die beiden Kriminalwachtmeister. «Den übrigen Kleidungsstücken muss ich mich gesondert widmen. Es steckte irgendetwas in der Tasche des Rocks, den sie trug. Außer diesem auffälligen *Dalm*, wie die Ganoven sich früher auszudrücken beliebten.» Mit diesen Worten hielt er Kappe einen gewichtigen eisernen Schlüssel hin, der frische Rostspuren aufwies. «Versuchen Sie mal rauszufinden, wo der passt.»

Das klang wie ein Befehl und deutete darauf hin, dass von Canow heute durch Abwesenheit glänzte und sich Kniehase deshalb als sein persönlicher Stellvertreter fühlte. Kappe konnte es recht sein. Er sagte: «Ich werde mir vorher mal die Kartei zur Adalbertstraße und der Umgebung angucken. Vielleicht ergibt sich da ja eine Spur. Am Nachmittag und Abend sind sowieso weitere Hausbewohner zu befragen. Jetzt sind ja nur die Hausfrauen zu Hause.»

«Unterschätzen Sie nicht die weibliche Neugier», riet Kniehase. «Gewöhnlich wissen Frauen eine ganze Menge, wovon die Männer keine Ahnung haben.»

Das hielt Kappe immerhin für bedenkenswert. Und da von Canow tatsächlich auf einer von Präsident von Jagow persönlich einberufenen Krisensitzung weilte, nutzte Kappe die Gelegenheit zu einer Visite in der Adalbertstraße. Die Kartei konnte warten.

Kappe empfand keine besondere Freude dabei, Menschen zu verhören, und schon gar nicht bei Frauen, die ihn mitunter ein wenig befangen machten. Jetzt aber war das Jagdfieber in ihm erwacht, und Kniehase mochte recht haben: Über den möglichen Kindesvater wussten die Hausfrauen in der Nachbarschaft vielleicht wirklich eher etwas als die Männer. Bis auf einen natürlich, der aus diesem Umfeld stammte. Da war sich Kappe ziemlich sicher.

Er hatte in der Nacht noch lange wach gelegen und seine Gedanken am Morgen sofort aufgeschrieben.

Während er mit dem Omnibus die vertraute Strecke zum Moritzplatz fuhr, holte er den zerknitterten Zettel hervor und versuchte, ihn zu entziffern.

Vergewaltigung unwahrscheinlich
Sie kannte den Täter und hatte vorher V. mit ihm
Eifersucht – wer auf wen?
Gomolla – eine Zufallsbekanntschaft
Schwangerschaft! Gleicher Vater? WER!
Alle Männer im Haus überprüfen!
Der prügelnde Bruder
Der andere Bruder Max ?
Noch einmal Rataizik und der Schneider

Viel war das nicht. Aber irgendwo in diesen ungeordneten Notizen steckten Motiv und Täter.

Kappes erste Handlung vor dem Haus in der Adalbertstraße, das zweite links vom Kottbusser Tor, war ein voller Erfolg. Der angerostete grobe Hausschlüssel passte jedenfalls in das Schloss des schweren Türflügels, über dem sich ein Torbogen wölbte, wie ihn fast alle Häuser in der Straße besaßen. Dass der Schlüssel gerade hier passte, bewies wohl hinreichend, dass es sich bei der Toten um Lina Jungnickel handelte. Sie hatte also angenommen, spät zurückzukommen.

Kappe trat in den düsteren Hausflur, von dem rechts das Treppenhaus abzweigte, und las die Namen am Stillen Portier. Es gab zehn Mieter allein im Vorderhaus, zehn im Seitenflügel und noch einmal zehn im Hinterhaus, wo die Witwe Jungnickel als Portiersfrau residierte. Unter manchen Namen waren die Berufe aufgeführt. Kappe fand eine Opernsängerin und einen Tierpräparator; bis auf ein Fräulein Illmer waren die Frauen alle Witwen. Bei denen wohnten ganz sicher «möblierte Herren», von den sonstigen Schlafburschen und dunklen Existenzen mal abgesehen, die sich bevorzugt in einer solchen Rattenburg ansiedelten. Der Bau hatte gewiss seine vierzig, fünfzig Jahre auf dem Buckel und machte einen weit weniger soliden Eindruck als Kappes Domizil in der nahen Waldemarstraße.

Nachdem er alle Namen gewissenhaft notiert hatte und dabei mindestens dreimal von Hausbewohnerinnen gestört und misstrauisch beäugt worden war, klappte er sein Notizbuch zu. Gerade öffnete ein kleines Mädchen von etwa elf Jahren das Haustor und hielt es weit auf. Eine mollige kleine Frau, behängt mit zwei Einkaufsnetzen, betrat den Hausflur und verharrte mit scheelem Blick, als sie seiner ansichtig wurde. «Suchen Se was Bestimmtes?», bellte sie ihn mit befehlsgewohnter Stimme an.

Kappe zwirbelte seinen Bart und setzte sein liebenswürdigstes Lächeln auf. «Wohnen Sie schon länger hier im Haus?», fragte er freundlich.

«So fragt man Leute aus!», schallte es zurück. «Mit mir nicht, Herr! An der Ecke steht der Blaue. Da können wir uns ja mal gemeinsam erkundigen gehen.»

Kappe hielt es für angeraten, seine Marke zu zücken und sich mit einem höflichen Hutlüpfen vorzustellen.

«Na, Sie komm' mir gerade richtig!», lautete die Antwort. «Wird ja Zeit, dass hier mal jemand nach Recht und Ordnung guckt.»

«Darf ich spielen gehen, Mama?», fragte die Kleine.

«Du kommst mit nach oben!», befahl die Mutter. Sie packte ihre Netze fester und trat ins Treppenhaus. Als Kappe ihr seine Hilfe anbot, schüttelte sie energisch den Kopf mit der Duttfrisur und raunte ihm zu: «Zweiter Stock rechts bei Langanke. Muss uns ja nicht gleich das janze Haus beieinander sehen.»

Ein paar Minuten später stiefelte Kappe, entgegen seiner ursprünglichen Absicht, sich zuerst einmal in den Läden im Erdgeschoss zu erkundigen, ihr hinterdrein. Auf sein Klingeln riss die putzige kleine Frau auch sofort die Tür auf und bläkte mit ihrer Trompetenstimme: «Ach, der Herr vonne Versicherung! Na denn komm' Se mal rein.»

«Ist wejen die Kirchwitz da drüben!», flüsterte sie ihm hinter der sofort geschlossenen Tür zu. «Eine durch und durch schamlose Person! Und beobachtet unsereins Tag und Nacht.»

Ein bisschen hilflos stand Kappe in der sehr ordentlich aufgeräumten Küche, auf deren Tisch Frau Langanke ihre Einkäufe ausgebreitet hatte. Das Mädchen war dabei, die Lebensmittel wegzupacken, und musterte Kappe neugierig.

«Du verschwindest ins Wohnzimmer!», ordnete die Mutter an. Sie bot Kappe einen der weiß gestrichenen Küchenstühle an und begann sofort mit einer scheinbar eingeübten Suada in fast fehlerfreiem Hochdeutsch, der Kappe entnehmen konnte, dass in der Gegend allgemein und hier im Hause ganz speziell mancherlei im Argen liege, Kellerverschläge aufgebrochen würden, ja die sogenannte Köchin der linker Hand im Haus befindlichen Gaststätte gar in einem solchen Kellerloch hause, was doch zweifellos verboten sei, und überhaupt ...

Trotz mehrfacher Ansätze gelang es Kappe nicht, den Redefluss der kugelrunden Frau zu unterbrechen, die dabei unaufhörlich in der Küche hin und her lief, ihre Einkäufe verstaute und überhaupt tausenderlei Dinge nebenbei erledigte. Sie mochte Mitte dreißig sein, und der Stimme und ihrer Lautstärke nach zu urteilen, musste sie etliche Jahre als Marktfrau oder in einem ähnlich stimmaufwendigen Gewerbe verbracht haben, denn weibliche Feldwebel gab es in der preußischen Armee nun einmal nicht.

«Was soll ich Ihnen sagen», kam Frau Langanke allmählich zum Kern ihrer ausufernden Darstellung, «mein Erwin sitzt also friedlich auf dem Lokus, den wir uns mit diesem …» – sie zögerte nur eine Winzigkeit – «… diesem Gesocks hier auf der Etage teilen müssen, aber immer noch besser als früher auf dem Hof, wo die Ratten rumliefen, und der Gestank, Sie können sich das kaum vorstellen! Aber jetzt nimmt Erwin immer eine Kerze mit …»

Verzweifelt gab Kappe es vorläufig auf, gegen den Redeschwall anzukämpfen. Möglicherweise, so dachte er hoffnungsvoll, erwies sich die Frau ja als gleichermaßen auskunftsfreudig, wenn er jemals zu Worte kommen sollte. Herr Langanke hatte also ahnungslos auf dem von der Kerze erleuchteten Klo gesessen, an dessen Tür Kappe eine halbe Treppe tiefer vorbeigekommen sein musste, hatte sein Geschäft erledigt, wozu er gewöhnlich viel mehr Zeit brauchte als Frau Langanke selber, weil er dort immer die Zeitung las, während bei ihr alles husch-husch ging, und war sodann in das von einer Gasflamme nur spärlich erhellte Treppenhaus getreten, wo ihm ein Unbekannter entgegenkam, der etwas Dunkles über dem Arm trug und sichtlich erschrak, als er Langankes ansichtig wurde. Das machte den auch gleich stutzig, erkannte er doch bei näherem Hinsehen und Leuchten mit der Kerze über dem Arm des Fremden den guten Winterpelz seiner Frau, einen eleganten dunkelblauen Mantel mit angeheftetem Rotfuchskragen!

«Das ist ja der Pelzmantel meiner Frau!», tönte Langanke, dem sofort eingefallen war, dass er entgegen allen Ratschlägen ebendieser Frau die Wohnungstür wieder einmal nur angelehnt hatte, was dem Gauner den frechen Diebstahl ja erst ermöglicht hatte. So nach frischer Tat ertappt, wollte der Dieb dennoch nicht auf die Beute verzichten, versetzte Langanke einen heftigen Stoß gegen die Brust, der diesen gegen die noch offenstehende Klotür schleuderte und die Kerze zum Erlöschen brachte, ihn glücklicherweise jedoch nicht jeglicher Geistesgegenwart beraubte. Er griff nach dem Mantel, den der Dieb prompt fahrenließ, um unerkannt die Treppe hinunterzuflüchten. Und bei alldem hatte Frau Langanke selber friedlich und ahnungslos mit ihrer Tochter und deren Handarbeit in der Stube gesessen ...

«Was sagen Sie nun dazu?», fragte sie anklagend und legte tatsächlich eine Pause ein. Kappe, vom bloßen Zuhören erschöpft und einem seiner geistig abwesenden Momente nahe, benötigte einen Augenblick, um sich angesprochen zu fühlen.

«Sie haben hoffentlich auf dem Revier eine Anzeige erstattet», sagte er matt, regte damit aber nur einen neuen Wust von Klagen über die mangelnde Aufmerksamkeit der Polizei an.

Kappe verlor die Geduld und schnitt ihr das Wort ab. «Ihr Gatte hat den Täter nicht erkannt», stellte er mit erhobener Stimme fest. «Es handelte sich also nicht um einen Hausbewohner.»

«Gott, wer will das sagen ...?» Fast schien es, als habe seine Lautstärke die Frau ein wenig beeindruckt. «Man kennt ja nicht jeden hier. Die Leute ziehen ein und aus, und die Untermieter wechseln ... Damals wohnte bei dem Bendrich da oben so ein junger Kerl – na, Sie wissen schon. So was ist doch auch verboten!»

«Damals?», fragte Kappe. «Wann hat sich denn der Vorfall mit dem Mantel ereignet?»

«Das muss so im Januar oder Februar gewesen sein. Es war jedenfalls hundekalt, und ich habe mich gewundert, wie der Erwin es so lange auf der Toilette ausgehalten hat ...»

Kappe atmete tief durch. Ganz ruhig bleiben, dachte er. Du willst noch einiges von dieser Frau erfahren. Er setzte eine möglichst amtliche Miene auf und sagte streng: «Am besten, Sie setzen sich jetzt mal hin, Frau Langanke, und antworten nur auf meine Fragen.»

«Meinen Sie denn, Sie kriegen den noch?», fragte sie zweifelnd, während sie den zweiten Stuhl heranrückte und sich unruhig niederließ.

Kappe suchte nach einem Anfang. «Vielleicht passieren ja hier im Haus noch ganz andere Sachen», sagte er bedeutungsvoll. «Ist Ihnen in letzter Zeit mal was Besonderes aufgefallen?»

«Bei den Kirchwitzens meinen Sie? Dass die immer solchen Krach machen, und manchmal mitten in der Nacht? Das müssten Sie mal hören, wie unanständig diese Person juchzt und schreit! Und das bei den dünnen Wänden. Und unser unschuldiges Clärchen muss das alles mit anhören! Da habe ich schon ein paar Mal zu Erwin gesagt: Erwin ...»

Kappe hob abwehrend die Hand. «Es geht nicht um ruhestörenden Lärm, Frau Langanke.»

«Natürlich nicht! Aber doch wohl auch um die allgemeine Sittlichkeit. Oder?»

Er sah sie an. Ihr glattes Gesicht hatte einen sehr gesunden Farbton, und so alt war sie schließlich auch noch nicht, um so moralinsauer zu reagieren. Und wer so was Dralles liebte ... Vor seinen Augen tauchte das tote Mädchen mit dem langen blonden Haar auf. Die war sicherlich nicht größer gewesen als die Langanke, wenn auch nur halb so alt.

Er gab sich einen Ruck. «Sind Sie hier im Haus jemals ... belästigt worden? Ich meine, von einem Mann. Oder vielleicht Ihre Tochter?»

Frau Langankes Mund stand offen. «Ein Sittlichkeitsverbrecher?», hauchte sie.

Kappe wiegte den Kopf. «Nun ja ... Es muss nicht immer gleich etwas Ernsthaftes passieren. Aber es fällt doch auf, wenn ein bestimmter Mann ...»

«Einer?» Frau Langanke hatte ihren Trompetenton wiedergefunden. «Die Kerle sind doch alle Schweine! Das wissen Sie wohl so gut wie ich ...»

Die eigene Courage erschreckte sie doch etwas. «Ich meine ... Es gibt natürlich auch anständige Männer. Mein Erwin, der ist sehr zurückhaltend ... Oder wenn ich Sie so angucke ...» Sie errötete tatsächlich.

Kappe nickte ihr zu. «Ich verstehe Sie schon richtig. Wer von den Männern hier im Haus ist denn besonders ... aufdringlich?»

Sie vergewisserte sich: «Das bleibt doch alles geheim, was wir hier miteinander reden, oder?»

«Selbstverständlich!», versicherte Kappe.

«Ja also, der Bendrich da oben ... Das ist so einer ... Ein warmer Bruder, sagt man wohl. Da kommen immer so junge Kerle, und die wohnen manchmal auch bei ihm. Aber das ist beinahe der Einzige, der nicht mit dem Auge zwinkert, wenn er einem auf der Treppe begegnet. Und immer sehr höflich ...»

Kappe sah sie aufmunternd an. «Und die anderen?», fragte er. «Die zwinkern alle?»

Sie zierte sich nur wenig. «Da war mal einer, der hat bei der Gabbert gewohnt, als möblierter Herr. Und er hat todsicher was mit ihr gehabt. Ich weiß doch, was ich sehe! Der hat es fertiggekriegt, mir Geld anzubieten, als wäre ich eine aus der Mulackstraße!» Ihre Augen glänzten. «Und dann der Schneider aus dem Hinterhaus! ‹Wollen Se sich nich mal machen lassen ein scheenes Kleid ...?› Ich kenne solche Pappenheimer, und ich sehe, was da täglich für Weiber über den Hof rennen.» Sie wies auf das Küchenfenster. «Von hier sieht man alles ganz genau. Jede Person, die da raufgeht. Und ich weiß, wie lange Maßnehmen dauert ...»

Kappe warf einen Blick auf das schmalbrüstige graue Hinterhaus. Genau gegenüber befanden sich die beiden Fenster der Rataizikschen Wohnung, dann kamen die winzigen Klosettluken neben der senkrechten Reihe der Flurfenster, und links davon, schräg im Winkel zum Hof, lagen die düsteren Wohnungen mit den großen Berliner Zimmern.

«Wenn Sie Hof und Hinterhaus so gut im Auge haben, dann kennen Sie doch sicher auch den Herrn Rataizik.»

«Ach, der!» Frau Langanke winkte ab. «Das ist zwar ein richtiger Denunziant, der allen hinterherschnüffelt. Aber sonst ist der harmlos. Da kommt nie jemand Fremdes in die Wohnung, und schon gar keine Frau.» Sie senkte die Stimme und wies auf den Fußboden. «Die Krügern schräg unter uns, die hatte es mal auf den abgesehen, weil er immer so Anspielungen machte, von wegen schöne Frau und so – dabei schielt die wie ein Schellfisch. Jedenfalls hat sie ihn mal ... aber das bleibt auch wirklich unter uns, nicht wahr?»

«Aber natürlich, Frau Langanke.»

«Sie hat ihn zum Kaffee eingeladen und ihm danach einen Schnaps spendiert. Hat sie mir selber erzählt. Und dann – na ja, dann hat er gekniffen, als die Krügern ihm ihren neuen Prinzessunterrock vorführen wollte ...»

Sie kicherte. Die Vorstellung der schielenden Frau Krüger im Prinzessunterrock schien sie stark zu erheitern. «Hatte sie extra für die Gelegenheit bei Wertheim am Moritzplatz gekauft! Sagt sie jedenfalls. Vielleicht auch in der Pfandleihe nebenan. Man weiß ja nie ...»

«Vielleicht hat Rataizik eher was für jüngere Frauen übrig», gab Kappe zu bedenken.

«Sie meinen, weil er ewig die Lina von der Jungnickeln belauert? Da ist er nicht der einzige. Die begaffen sie doch alle, wenn sie die Treppen reinemacht mit ihrem kurzen Rock, dass man die strammen Waden sieht. Na, und was ist das Ende vom Lied? Ein Kind hat sie schon und ist man gerade erst sechzehn!»

«Na, eben», bestätigte Kappe. «Und der Herr Ehlenbruch, der über Rataizik wohnt? Guckt der auch nach der Lina?»

«Na, der! Das ist mir der Richtige mit seinen blonden Locken!» Sie winkte Kappe näher zu sich heran, und als er sich zu ihr beugte, flüsterte sie: «Bei dem hat die Lina sogar die Fenster geputzt! Die Jungnickeln selber soll ihm ja die Wohnung besorgt haben, heißt es jedenfalls ...» Sie richtete sich plötzlich stocksteif auf. «Es ist doch nicht etwa wegen der Lina, dass Sie kommen?», fragte sie erschrocken.

«Was sollte denn mit der Lina sein?», gab Kappe harmlos zurück.

«Ich habe es geahnt!» Alle Farbe war aus Frau Langankes rundem Gesicht gewichen. «Schon Sonntag hieß es ja, sie wäre verschwunden, und sie war auch den ganzen Tag nicht zu sehen. Und dann gestern ...»

Kappe wartete.

«... Sie wissen schon! Die aus dem Kanal. Mit langen blonden Haaren. Der Lubricht aus dem Seitenflügel, der ist nämlich Straßenfeger. Der hat gesehen, wie sie die Leiche rausgefischt haben.»

«Wann haben Sie denn die Lina zum letzten Mal gesehen?»

«Ich? Ich habe was anderes zu tun, als so einer nachzugucken. Aber Sonnabendvormittag hat die Alte die Treppe gemacht. Mit *so* einem Gesicht.» Sie zeigte dessen Länge auf der Mitte ihres ansehnlichen Busens. «Ich habe es immer kommen sehen! Der Apfel fällt nicht weit vom Stamm. Der Jungnickel, das war nämlich auch so ein alter Bock. Die Martha wusste schon, warum sie sich ausgerechnet den geangelt hat. Bloß Glück hat der ihr auch nicht gebracht.» Sie schnäuzte in ein zerknülltes Taschentuch. «Trotzdem tut es mir leid um das junge Ding.» Und schon wieder mit einer Spur von Schadenfreude: «Nun hat die Alte auch noch das Gör am Halse!»

Kappe blieb bei seiner harmlosen Tour. «Gibt's denn keinen Vater dazu?», fragte er.

«Na, wahrscheinlich mehr als einen! Aber Sie wissen ja, wie das so ist: Erst das Vergnügen – und am Ende will's keiner gewesen sein.»

«Aber einer muss doch zahlen ...»

«Da fragen Sie mich zu viel. Was sagt denn die Jungnickeln selber? Die wird wohl wissen, wer ihrer Lina immer die schönen Blusen und die flotten Tücher kauft, wo die doch sonst beinahe den Kitt aus den Fensterritzen polken, damit sie nicht verhungern ...»

«Aber Frau Jungnickel hat doch einen größeren Kundenkreis ...»

«Na, was bringt denn ehrliche Arbeit heutzutage ein? Und noch dazu Wäschewaschen?»

«Nimmt sie denn die Lina mit zu ihren Kundinnen?»

«Früher sind sie immer zusammen los. Da hat sie noch angegeben mit ihrer reichen Frau Pankgraf oder wie die heißt. Inzwischen zahlt die wohl auch nicht mehr richtig ... Oder der Sohn ist aus dem Haus oder was weiß ich.»

Kappe wurde hellhörig. «Kennen Sie zufällig die Adresse dieser Frau Pankgraf?»

«Ich?» Frau Langanke sah beinahe empört aus. «Ich interessiere mich nicht für fremde Leute! Ich kann mir jedenfalls keine Waschfrau leisten, obwohl ich der Jungnickeln die paar Sechser Verdienst wahrlich gönne.»

«Sie hat doch zwei Söhne. Verdienen die nicht auch was?»

Frau Langanke hob die feisten Schultern und stieß einen undefinierbaren Laut aus. «Die und arbeiten!», sagte sie verächtlich. «Der Kleine, der Otto, der geht immer noch rüber zum Urbanhafen. Der soll ja sogar boxen. Mit nacktem Oberkörper!» Ein wohliger Schauer überlief sie. «Stellen Sie sich das mal vor! Aber manche hier im Haus scheinen ja so was zu lieben ...»

Ihr beziehungsreicher Blick galt dem Rest der weiblichen Bewohnerschaft. Auf Kappes Nachfrage aber wies sie nur mit dem Kopf zur Tür, als könne sie darüber jetzt nicht reden.

Dann besann sie sich. «Nun sagen Sie endlich: Es ist die Lina, nicht wahr?»

Kappes undurchdringliche Miene verriet ihr genug.

Frau Langanke seufzte. «Wenn ich so eine Familie hätte, würde ich auch lieber in den Kanal gehen. Oder irgendwohin, wo das Wasser wenigstens sauber ist.»

«Was ist denn mit dem älteren Sohn los?»

«Mit Max? Dem würde ich nicht von hier bis an meine Kochmaschine trauen. Was der seine Schwester kujoniert hat ...» Sie stand auf und maß Kappe mit einem durchdringenden Blick. «Kommen Sie mal mit», sagte sie entschlossen.

Überrascht folgte Kappe ihr durch den engen Flur ins nächste Zimmer, das sich als die Schlafstube der Familie erwies. Einen Augenblick zögerte er, der rundlichen Frau in den Raum mit den aufgeschlagenen Betten zu folgen. Ein Fenster hinter der dichten Gardine stand offen.

«Ich war noch beim Lüften», entschuldigte sich Frau Langanke, der ein fremder Besucher im Schlafzimmer anscheinend nicht halb so peinlich war wie dem Besucher selbst. Zu Füßen des breiten Ehebetts stand eine mit Bettzeug bedeckte Art Ottomane, anscheinend das Nachtlager der Tochter. Bis zur Küchenwand blieb nur ein schmaler Durchgang, durch den sich Kappe auf Frau Langankes Begehr zum Fenster schlängelte. Sie schob ihn ganz in die Ecke zwischen Spiegel-*Trumeau* und Gardine und stand so nahe bei ihm, dass er ihren leichten Schweißgeruch wahrnahm.

«Gucken Sie mal raus», zischte sie. «Aber so, dass man Sie um Gottes willen nicht sieht!»

Kappe blickte durch die Gardine. In dem Berliner Zimmer im zweiten Stock des Hinterhauses wirtschaftete eine weißhaarige Frau an einem Berg Wäsche herum. Zwei Treppen tiefer hastete zu seiner Überraschung Martha Jungnickel, ganz in Schwarz gekleidet, durch den Raum. War sie schon zurück vom Leichenschauhaus?

«Na?», meldete sich Frau Langanke erwartungsvoll. «Sehen Sie, was ich meine?»

«Sie können der Frau Jungnickel von hier oben direkt ins Fenster gucken.»

«Der Frau Jungnickel!», sagte sie wegwerfend. «Das ist eine fleißige Frau, die den ganzen Tag nicht zur Ruhe kommt. Aber die Bengels und das Mädchen ... Romane könnte ich schreiben, wenn es nicht so unanständig wäre. Meinen Sie, die ziehen sich etwas über, wenn sie bei der Hitze in der Wohnung herumspringen?»

«Was denn, die Lina ...?»

«Na, die nicht. Aber die beiden Kerle. Das ist doch schamlos!»

Kappe wollte sich vom Fenster abwenden, bemerkte jedoch

im letzten Augenblick einen mit schäbiger Eleganz gekleideten jungen Mann mit steifem Hut, der über die Schulter an der Hauswand emporblickte und ihn anzustarren schien. Schnell trat er einen Schritt zurück.

«Das ist Maxe!», flüsterte Frau Langanke.

«Danke. Mit dem muss ich reden.»

Er war froh, endlich einen Grund zum plötzlichen Aufbruch gefunden zu haben. Doch so leicht entkam man einer Frau Langanke nicht. Im Flur hielt sie ihn am Ärmel fest.

«Wie viel Jahre Zuchthaus stehen denn auf so was?», wollte sie wissen.

Kappe verstand nicht. «Worauf?», fragte er ärgerlich.

«Na ja, man will ja niemanden denunzieren ...»

Aus der anderen Tür trat das kleine Mädchen.

«Hab ich dir nicht gesagt, du bleibst im Zimmer?», herrschte die Mutter das Kind an, das sofort die Zimmertür schloss.

Kappe, endlich an der Wohnungstür angelangt, griff nach der Klinke und sagte ungeduldig: «Ich verstehe nicht, was Sie meinen.»

«Mein Gott», sagte sie. «Wenn einer mit der eigenen Schwester ... Das ist doch wohl verboten, oder?»

ELF

DER KURZE BLICK ÜBER DIE SCHULTER hatte Max Unrauh genügt, die Gefahr zu erkennen, die hinter der Gardine im zweiten Stock lauerte. Die Langanken natürlich, das Aas! Ihr blasses, blutleeres Ehegespons konnte es kaum sein, das sich da an ihrem Lieblingsplatz postiert hatte. Der biedere Beamte knechtete Tag für Tag mit Ärmelschonern in seinem Büro beim Finanzamt, tauchte nie vor sechs zu Hause auf, und sein Gesicht zierte kein Schnauzbart. Oder sollte die Langanken etwa einen Liebhaber …?

Der Entschluss, es nicht darauf ankommen zu lassen und das Haus im Sturmschritt und ohne Besuch der mütterlichen Wohnung wieder zu verlassen, fiel Max nicht leicht, und doch war er drei Minuten später schon spurlos im Gewühl der Hochbahn-Fahrgäste am Kottbusser Tor verschwunden. Wenn da oben am Fenster wirklich ein Greifer auf ihn gewartet hatte, dann war es an der Zeit, schnellstens die Schale zu wechseln und für eine Weile aus dem vertrauten Kiez zu verschwinden.

Am Halleschen Tor kaufte er eine *Morgenpost*, fand aber erst nach einigem Suchen die dreizeilige Meldung über den Fund einer unbekannten Toten im Luisenstädtischen Kanal. Mehr stand da nicht. Und der Einbruch in der Frankfurter Allee wurde nicht einmal erwähnt. Wütend wollte er die Blätter fallenlassen, spürte jedoch instinktiv den wachsamen Blick eines Blauen auf sich gerichtet und schleuderte die Zeitung in einen Papierkorb. Überall standen diese Kerle herum, als stünde die Revolution vor der Tür und nicht so etwas wie ein Krieg.

Moment mal! Reumütig wandte er sich um und kehrte zu dem Papierkorb zurück. Hatte da nicht etwas vom Ansturm auf die Sparkassen dringestanden? Etwas Gutes schienen die Leute also nicht von diesem Krieg zu erwarten.

Er sah gerade noch, wie ein abgerissen gekleideter Mann die Zeitung an sich nahm und sorgfältig glättete.

Na, dann eben nicht. Er wusste auch so Bescheid. Wie jeder Berliner kannte er das Sparkassengebäude auf dem Mühlendamm, und so trabte er wohlgemut die Lindenstraße entlang in Richtung Spittelmarkt. Wenn er erst Geld hatte, konnte er sich dort neu einpuppen. Außerdem würde er sich das schüttere Bärtchen auf der Oberlippe abrasieren lassen, auf das er so stolz war.

Und wenn genug heraussprang bei dem Fischzug, den er sich bereits in allen Einzelheiten ausmalte, würde es vielleicht sogar für ein paar neue *Flebben* reichen, mit denen es einem leichter fiel, sich die Greifer vom Halse zu halten.

Erst als ihm eine Trauergesellschaft begegnete, unterwegs zu den Friedhöfen vor dem Halleschen Tor, dachte er daran, Martha eventuell einen Schein zu schicken, damit Lina wenigstens anständig unter die Erde kam.

Er ahnte nicht, dass Martha just in diesem Augenblick eine größere Summe Geldes in Händen hielt als je zuvor in ihrem arbeitsreichen Leben. Voller Zorn und Trauer und mit einem Gefühl tiefer Hilflosigkeit hatte sie am frühen Morgen damit begonnen, Linas bescheidene Habseligkeiten zusammenzuräumen, als gelte es, das Andenken der Tochter so schnell wie möglich beiseitezuschaffen. Erst im Verlauf dieser übereilten und einigermaßen sinnlosen Tätigkeit kam ihr zum Bewusstsein, dass sie von nun an wirklich allein und überdies für Hugo verantwortlich sein würde, der schon wieder nach seiner Mammam quäkte. Wütend riss Martha das Bettzeug von Linas Matratze, einem durchgelegenen billigen Ding, aus dessen Nähten die Holzwollfüllung quoll. Aber in Marthas Haushalt wurde so leicht nichts weggeworfen, es fand sich für alles und jedes noch ein Verwendungszweck.

Martha schleppte die Matratze zum Fenster, um die auf-geplatzte Naht zu begutachten. Die sah eher wie aufgetrennt aus, und als Marthas Hand in die Öffnung fuhr, erkannte sie sofort, weshalb das so war. Irgendein Stoffding steckte darin, in dem sie etwas Hartes fühlte und außerdem Papier, und als sie es zutage för-derte, entpuppte sich das Ganze als Linas bestickter Handarbeits-beutel, gefüllt mit Münzen, Geldscheinen und einem Zettel, auf dem nichts weiter stand als: *Alles ist gezehlt und gehört mir wer es stelt dem soll die Hand abfaulen!!!*

Ein bitteres Lächeln überzog Marthas Züge. Um ihre Wasch-frauenhand machte sie sich die wenigsten Sorgen, und außerdem stahl sie nicht. Sie war schließlich Linas Mutter und legale Erbin. Sie schleppte die Matratze in den Flur zurück, stellte Hugo in sein Gitter und schob, ins Zimmer zurückgekehrt, den Tisch ein wenig näher ans Fenster. Dann leerte sie den Beutel, breitete sorgfältig Münzen und Scheine vor sich aus und begann zu zählen. Woher zum Henker stammte all dieses Geld? Zwanzigmarkscheine waren darunter und glänzende Goldstücke auch. Martha wurde beinahe schwindlig, als sie die Höhe der Summe erkannte. Gleichzeitig ver-nebelte die blanke Wut ihre Gedanken. Da schindete sie sich Tag für Tag im Dienst fremder Leute, und dieses treulose Gör hortete das Geld in ihrer lottrigen Matratze und ließ zu, dass die Familie manchmal tagelang hungerte.

Und gleich fielen Martha Auffälligkeiten ein, denen sie viel zu wenig Beachtung geschenkt hatte. Hatte Lina nicht öfter, wenn die Not am größten gewesen war, ihren Hugo genommen und war mit ihm für ein paar Stunden verschwunden? Oder am Abend auch oft genug alleine? Kehrte sie dann zurück, mit oder ohne Kind, war von Essen nicht mehr die Rede gewesen, als hätte sie ihren Hunger da draußen irgendwo gestillt. Was ja keine Kunst war, wenn man allnächtlich auf einem solchen Batzen Geldes ruhte!

Martha kamen die Tränen, doch als sie den Blick hob und das Zucken der Gardine im Vorderhaus wahrnahm, stieg die Wut erneut in ihr auf. Sie hob die Faust und drohte in Richtung zweiter

Stock. Wenn die Langanke das Geld gesehen hatte, war sowieso alles zu spät.

Und als wäre das alleine nicht schlimm genug, klingelte es im gleichen Augenblick kurz und heftig. Einen Augenblick saß Martha wie gelähmt da, dann stopfte sie in hektischer Eile das Geld zurück in den Beutel und sah sich nach einem Versteck dafür um. Wer immer auch der Besucher sein mochte – das Geld durfte er auf keinen Fall bemerken. Nicht einmal Otto durfte davon erfahren, von Max ganz zu schweigen. Ihr Blick blieb an dem gewaltigen weißen Kachelofen in der Ecke hängen, und ihr fiel im Moment nichts Besseres ein, als den Geldbeutel in die Ofenröhre zu stecken, in der sie erst gestern die blauen Stiefeletten entdeckt hatte, die jetzt in eine Zeitung eingepackt in der Küche im Kohlenkasten lagen. Gebe Gott, dass es nicht Max war, der inzwischen zum zweiten Mal, und diesmal noch heftiger, an der Klingel drehte.

«Ich komme ja schon!», schnauzte sie schroff und eilte zur Tür.

Es war nicht Max. Es war der Kriminale, der da mit Leichenbittermiene im Treppenflur stand. «Ich weiß nicht, ob sie schon in der Hannoverschen Straße ...»

Sie schnitt ihm das Wort ab. «Da waren wir gestern Abend noch.» Und schon strömten die Tränen wieder, als sie die Tochter auf dem kalten Metallbrett wieder vor sich sah.

«Mein Beileid», murmelte Kappe, dem weinende Frauen ein Greuel waren. Aber die hier hatte immerhin einen Grund.

«Ich muss Ihnen leider noch ein paar Fragen stellen.»

Widerstrebend ließ sie ihn ein, und er trat ohne Umschweife ausgerechnet an den Tisch, der nun einmal der einzige Platz war, wo er sein Notizbuch aufschlagen konnte. Ungebeten setzte er sich auf den wackligen Stuhl und tat, als bemerke er das Zwanzigmarkstück nicht, das unter dem Deckchen in der Mitte hervorguckte. Martha traf beinahe der Schlag. Wie sollte sie reagieren? Ebenfalls tun, als bemerke sie das Geld nicht? Dann musste er glauben, sie schmissen hier mit den Goldstücken nur so rum, dass es auf eins mehr oder weniger nicht ankam. Besser war es gewiss, es an sich zu nehmen und eine möglichst unverfängliche Erklärung zu finden.

«Das ist das Ersparte von meinem Sohn», erklärte sie und klaubte das Geldstück hastig vom Tisch. «Für die Beerdigung …»

Kappe fragte: «Von Max?» und nahm ihr Erröten und ihr widerwilliges Nicken wahr.

«Wann hat er Ihnen denn das Geld gegeben?» Kappe war sicher, dass Max sich erst auf dem Weg ins Hinterhaus befunden hatte, als er ihn durch die Gardine bemerkte.

«Och, schon jestern …» Martha fiel in ihren vertrauten Umgangston.

«Wann treffe ich Ihren Sohn denn hier mal an?»

Martha schniefte. «Keene Ahnung. Hier kommt und jeht jeder, wie er will …»

Und mancher kommt gar nicht wieder, dachte Kappe unwillkürlich. Dieser Max hatte zweifellos Dreck am Stecken, dass er sich so schnell und spurlos dünne gemacht hatte. Kappe war es jedenfalls nicht gelungen, ihn in der näheren Umgebung aufzuspüren. Zu lange hatte ihn diese Frau Langanke festgehalten.

«Aber Sie müssen doch wissen, wo sich Ihr Sohn aufhält», sagte er ruhig. «Wenn beispielsweise der Mobilmachungsfall eintreten sollte …»

«Nu mal 'n Se mir bloß nich den Deubel anne Wand, Herr! Kriech is nischt für arme Leute. Wat mein Vater war, der is damals bei Sedang auf der Höhe schwer verwundet worden und hat sein kurzet Leben lang an den Koppschuss und det kaputte Knie jelitten.»

«Dennoch: Falls Ihr Sohn hier auftaucht, soll er sich umgehend im Präsidium melden. Sonst lasse ich ihn zur Fahndung ausschreiben.»

«Nu hacken Se doch nich so uff mein Jung rum! Saren Se mir lieber, wat nu mit der Lina wird!»

Kappe war irritiert. «Ja, hat man Ihnen das nicht im Schauhaus gesagt?»

«Keen Wort nich! Da war ja man bloß so 'n einarmijer Wächter – der wusste von nischt wat.»

Kappe versprach, sich darum zu kümmern und ihr Bescheid zu geben. Es schien ihm ziemlich sinnlos, sich weiter mit der trauernden Mutter aufzuhalten. Doch als er sich knapp verabschieden wollte, erlebte er eine Überraschung. Martha Jungnickel trat ganz nahe an ihn heran, sah zu ihm auf und sagte plötzlich mit bebender Stimme: «Wissen Se, wat ick inzwischen jloobe?»

Kappe war nicht sonderlich gespannt auf ihr Glaubensbekenntnis, markierte jedoch den Interessierten.

«Ick jlaube, meine Lina is nie und nimmer freiwillig ins Wasser jejang!»

«Ach», entfuhr es Kappe. «Das müssen Sie mir mal genauer erklären, Frau Jungnickel.»

So viel Aufmerksamkeit war Martha auch wieder nicht recht. «Es is mehr so 'n Jefühl, was man als Mutter hat ...», sagte sie unbestimmt und trat einen Schritt zurück. «Sie hätte doch vielleicht was aufjeschriem oder so ...»

Kappe nickte. «Ja, ja. Seltsamerweise hatte sie ja auch einen Haustürschlüssel bei sich.» Er kramte in seiner Jacketttasche und reichte ihr den schweren Schlüssel.

«Sehn Se, den hab ick schon vermisst! Den hat se immer nur heimlich stiebitzt, wenn se wusste, sie kommt nich pünktlich nach Hause.»

«Was glauben Sie denn, was Lina am Freitagabend vorhatte?»

«Darüber hab ick schon simmeliert und simmeliert. Mir fällt nischt ein. Außa villeicht, das se den janzen Streit nur hat von Zaum jebrochen, um mir zu ärjern.»

«Oder um einen Grund zu haben, ohne weitere Fragen aus dem Haus zu kommen.»

Martha starrte ihn offenen Mundes an. «Jetz wo Sie et saren ... Jenauso is et jewesen! Se war schon den janzen Nachmittag so hippelich. Und denn kam se mir frech, und een Wort jab det andre – Mein Jott, mein Jott, was hat man das arme Ding bloß anjetan ...» Sie sank auf das Ruhelager ihrer Söhne und schluchzte, fragte aber im nächsten Augenblick bereits wieder mit beinahe normaler Stimme: «Und? Wern Sie dit nu rauskriejen, wat da passiert is mit se?»

«Das hoffe ich doch», sagte Kappe gemessen. «Aber dabei müssen Sie uns erstens helfen, und zweitens ist es besser, wenn Sie kein Wort über Ihren Verdacht äußern. Auch nicht in der eigenen Familie.»

Aus ihrer Sitzposition sah sie geradezu flehend zu ihm auf. «Sie denken, es wäre der Max jewesen, nich wahr? Aber ick sare Ihn' wat: Der mag ja manchmal nich der richtijen Fahne hinterherloofen – aber so 'n Schubiak, die eijene Schwester ... Nee, so eener is mein Maxe nich! Uff seine Art hatter det Mädel ooch jerne jehabt ...»

«Na ja ...», sagte Kappe bedächtig. «Es gibt da so Gerüchte ...»

«Wat denn for Jerüchte?»

«Nun ja, der Max hätte seine Schwester vielleicht mehr als nur gerne gehabt ...»

Flammend vor Empörung sprang Martha auf. «Und uff solche Jemeinheiten tun Sie wat jehm? So wat reden doch bloß die alten Weiber hier ins Haus, die mein Maxe zu jerne selber in ihr Bette ...» Erschrocken schwieg sie und maulte schließlich kleinlaut: «Is doch wahr ... Den Dreck wegmachen von die ihre Klosetts, und sich denn noch beleidjen lassen ... Ick weeß schon, wer dahintersteckt!»

«Sie wissen, dass Ihre Tochter wieder in anderen Umständen war?»

Sie nickte finster. «Hat der Mann inne Pathologie von so'n Wisch vorjelesen.»

«Und Sie wissen nicht, wer diesmal der Vater sein könnte?»

«Keen Jedanke! Det is et ja, wat mir so wurmt. Faustdicke hatte set hinta de Ohrn, det kleene Luda. Ick brauch keen Kerl nich, Mutta, hat se jesacht – und denn so wat!»

«Jemand will Ihre Tochter mal mit dem Sohn einer gewissen Frau Pankradt oder Pankgraf gesehen haben ...»

«Na, da sei Jott vor! Die Söhne vonne Pankratzen – det fehlte noch! Bei die Frau jeh ick rejelmäßig waschen, verschrecken Se mir die bloß nich! Früher is Lina öfter mal mitjejang, daher kenn' ihr die Jungs. Die ham ihr ja noch Spielzeuch jeschenkt und so wat.»

«Wo wohnt denn diese Frau Pankratz?»

Abweisend schüttelte Martha den Kopf. «Nee, det fällt nu wirklich schon unter Jeschäftsschädijung, wenn Sie da ufftauchen täten. Det sind honorije Leute, und der Mann is außerdem schwerkrank.»

Sosehr Kappe auch bohrte, Martha war nicht bereit, weitere Auskünfte über die Familie Pankratz zu erteilen. «Na schön», sagte er. Dafür gab es schließlich ein Adressbuch und ein Melderegister. Immerhin überließ Martha ihm nach einigem Hin und Her Linas Einsegnungsphoto. Blieb nur noch eine Frage offen: «Der Herr Ehlenbruch hier aus dem zweiten Stock – in dessen Wohnung ist doch Ihre Lina auch gesehen worden.»

«Na und? Bei den Schneider janz oben, den mit den polnschen Namen, da hat se ooch die Fenster jeputzt. Und mehr hat se bei den Ehlenbruch ooch nich jetan!»

«Da sind Sie ganz sicher?»

Martha sah ihn an und langsam füllten sich ihre Augen wiederum mit Tränen. «Wat heeßt hier sicher ... Eena von die Kerle muss et ja nu mal jewesen sein ...»

ZWÖLF

AN 27 VERSAMMLUNGSORTEN in Berlin und Umgebung fanden an diesem Abend die sozialdemokratischen Friedenskundgebungen statt. Otto Unrauh, dem die Politik sonst herzlich egal war, hatte sich von Freunden in der Sportklause überreden lassen, mitzugehen ins Gewerkschaftshaus am Engelufer. Die Reden, in denen der unerschütterliche Friedenswille des klassenbewussten Proletariats beschworen wurde, langweilten ihn erwartungsgemäß. Doch als von dem patriotischen Mob die Rede war, der seit Tagen die Straßen der Innenstadt bevölkerte, ohne von der Polizei behindert oder belästigt zu werden, erinnerte er sich an das gutgekleidete und hochgestimmte Publikum, das ihnen am Vorabend in der Friedrichstraße begegnet war. Nein, zu denen gehörte er wirklich nicht, und den hier im Saal Versammelten stand natürlich das gleiche Recht auf eine freie Demonstration zu, wie er fand, zu der er nach Abschluss der Versammlung denn auch mit aufbrach. Am geschwungenen Kanalufer entlang zog der Zug, dem sich an der Wrangelstraße die Teilnehmer der dortigen Versammlung anschlossen.

An der Oranienbrücke erwartete ein gewaltiges Schutzmannsaufgebot die nach Tausenden zählende Menge, die sich davon nicht einschüchtern ließ. Schnell waren Otto und seine Boxfreunde in den ausbrechenden Tumult verwickelt, bei dem es auf beiden Seiten kein Pardon gab. Mit den Fäusten, aber auch mit dem blanken Säbel versuchten die Uniformierten, die Demonstranten zurückzudrängen und auseinanderzutreiben. Otto teilte kräftig aus, doch unversehens traf ihn ein Hieb am Kopf, der ihn taumeln ließ.

Ein Schutzmann trat mit dem Stiefel nach ihm und rannte weiter. Für den Augenblick hielt es Otto, der seine Kameraden im Kampfgetümmel verloren hatte, für besser, in einem Hauseingang in der Naunynstraße Schutz zu suchen. Über seinem rechten Ohr wuchs eine dicke Beule, die Knie zitterten. Die vorbeiziehende Menge sang derweil die Marseillaise und bog zur Adalbertstraße in Richtung Kottbusser Tor ab. Mit schmerzendem Schädel schloss sich Otto wieder an, entdeckte aber kein bekanntes Gesicht in seiner Nähe. «Auf Sozialisten, schließt die Reihen!», sangen die Männer rings um ihn. Er kannte den Text nicht und kam sich ein bisschen verloren vor unter den Singenden. «Es lebe der Frieden. Er lebe Hoch!», schrie eine helle Stimme, und alle antworteten: «Hoch! Hoch! Hoch!»

Allmählich wurde Otto die Sache unheimlich. Der Zug näherte sich dem Kottbusser Tor, und vor dem Haus in der Adalbertstraße standen sicher Nachbarn oder guckten zum Fenster raus auf das Getümmel. Die mussten ihn nicht unbedingt bemerken. Otto fiel nicht gerne auf. Das hatte ihn die Mutter gelehrt, und erst recht der Bruder Max. Also scherte Otto aus der losen Reihe aus, tat, als müsse er seinen Schuh zubinden, und setzte seinen Weg dann langsam auf dem Bürgersteig fort. Keinen Augenblick zu spät, wie er sogleich entdeckte. Vor dem Haustor der Nummer 101 stand Rataizik und musterte die Reihen der Demonstranten, als wolle er sich jeden Einzelnen davon merken. Und kaum zehn Meter davon entfernt stand auch der Kriminale am Straßenrand. Der schien sich allerdings mehr für das Haus zu interessieren als für die Marschierenden.

Otto hielt es für besser, den beiden nicht unter die Augen zu kommen. Er drehte sich um und ging zurück zur Oranienstraße, in der etliche Straßenbahnen aufgereiht der Weiterfahrt harrten. Daran war vorläufig gar nicht zu denken. Auf der Brücke herrschte ein allgemeines Durcheinander, und die Polizei hielt noch immer den Zugang zum Luisenufer versperrt.

Überall sahen Anwohner aus den geöffneten Fenstern, und

irgendwo tönte eine schneidende Stimme: «Mein Gott, was für ein Pack! Schlagt doch endlich mit dem Säbel drein!»

Als Antwort gellte ein vielstimmiger Schrei der Empörung. «Auf eines fremden Mannes Arsch ist leicht durch das Feuer zu reiten!», schrie eine kräftige Stimme. «Du alter Klappergreis bist ja viel zu feige, um selber in den Krieg zu ziehen!»

Scheppernd schloss sich im ersten Stock ein Fenster. «Was sagt man zu solcher Unverschämtheit!», stieß Professor Nothnagel hervor. Er war es, der das Dreinschlagen mit dem Säbel gefordert hatte.

«Mach uns nicht unglücklich, Balthasar!», jammerte seine Frau. «Die werfen uns noch die Scheiben ein.»

«Der Pöbel regiert die Straße ...», meinte der Gast des Abends mit verständnislosem Kopfschütteln und reckte sich vergebens zu seiner nun einmal gering geratenen Körpergröße auf. «Es wird Zeit, dass unser Kaiser endlich ein deutliches Machtwort spricht!»

Erschauernd schmiegte sich Mechthild an den rundlichen Menschen, der seit heute endlich ihr Bräutigam war. «Das hast du schön gesagt, August.»

Auch der Professor nickte seinem Schwiegersohn in spe, der am gestrigen Abend ganz überraschend um die Hand der einzigen Tochter angehalten hatte, wohlwollend zu. Kein Akademiker und kein Offizier zwar, wie er ihn sich immer vorgestellt hatte, aber das Letztere konnte sich im Krieg schnell ändern, und ein gescheiter und aufstrebender junger Mensch war dieser August Pankratz allemal. Die Familie allerdings – da schien einiges im Argen zu liegen. Von Augusts Geschwistern war nur in verhaltenen Andeutungen die Rede gewesen und auch sonst: Der Vater leider invalid, und die Mutter – nun ja ... Sie hockte da an der Tafel in einem zu engen Kleid und guckte bei jedem Wort ängstlich zu ihrem Sohn, der sie mit Blicken zu dirigieren schien.

Der Professor selbst hatte gezögert, doch für Tochter und Frau gab es gar keine Frage: August war genau der Richtige. Bei Licht besehen, war es ja auch wahrlich an der Zeit, dass Mechthild endlich unter die Haube kam.

In aller Eile war die Verlobung für den heutigen Abend vereinbart worden. Wusste man denn, was der nächste Tag brachte? Doch hoffentlich die ersehnte Nachricht, dass nun die Waffen sprechen mussten!

«Also, mein lieber August», sagte Balthasar Nothnagel salbungsvoll und legte dem so Angesprochenen seine rechte Hand auf die Schulter, «in Anbetracht des Ernstes der Lage halte ich es für angebracht, dich ganz in den Kreis unserer Familie einzuschließen und mir das väterliche Du zu gestatten.»

Hell klangen die Kelche aneinander, gefüllt mit bestem deutschem Schaumwein. Angesichts der vorauszusehenden Auseinandersetzung mit dem Erbfeind wäre Champagner unpassend gewesen.

Die Gäste im Kronprinzeneck am Traveplatz in Friedrichsberg hingegen bevorzugten das einheimische Bier und die dazu passenden geistigen Getränke. Unruhe lag auch hier in der Luft, seit etliche der Kundgebungsteilnehmer zu einem spätabendlichen Schoppen eingekehrt waren und mit ihren lautstarken Reden die patriotischen Gespräche der bessergestellten Gäste störten. Es gab nur ein Thema: den bevorstehenden Krieg – und dazu hatte jeder etwas zu sagen. Die Wogen schlugen hoch, hitzig stritten die Parteien. Nur Gustav Pankratz hockte still und melancholisch auf seinem Platz zwischen Stammtisch und Klimperkasten. Kriegsgerede hatte er den ganzen Tag im Friseursalon vernommen.

Heinrich, der Wirt, stellte ihm ungefragt ein neues Bier und einen Kurzen hin und sagte: «Worauf wartest du noch? Hau in die Tasten, und möglichst laut!»

Gustav schrak aus seinen Gedanken. Ihm war nicht nach fröhlicher Musik zumute. Aber die Getränke wollten verdient sein. Also trank er den Schnaps und trug das Bier hinüber zum Klavier.

Seiner Stimmung gemäß begann er mit der *Rasenbank am Elterngrab* und wechselte zu *Waldeslust*. Doch sein Spiel und sein Gesang vermochten das Stimmengewirr kaum zu durchdringen.

Heinrich drohte ihm von Ferne. «Was Schmissiges, Gustav!», verlangte er über den Lärm hinweg.

Na schön, dann eben ein flotter Rheinländer. Gustav kannte all die schönen Lieder von Walter Kollo, zu denen Hermann Frey die Texte geschrieben hatte, der langjährige Budiker vom Buggenhagen am Moritzplatz. Bei dem war Gustav ein und aus gegangen, bis der Laden Pleite machte.

Seltsam. Kein Mensch stimmte heute ein, als er sang: «Komm hilf mir mal die Rolle drehn, du bist so dick und stramm ...»

Im Gegenteil. Der bleiche Bäckermeister aus der Oderstraße hieb ihm ein bisschen zu kräftig auf die Schulter und forderte: «Lass endlich den Quatsch, und spiel was Deutsches!»

Also Marschmusik. Und siehe da, die Gemüter schienen sich sofort zu beruhigen, als er den *Radetzkymarsch* und anschließend den *Bayerischen Defiliermarsch* intonierte. Wohlweislich verzichtete Gustav auf die volkstümlichen Textvarianten vom Hund mit der Wurst und dem Eckstein, die er alle kannte. Sonst amüsierten die Kerle sich wie Bolle auf dem Milchwagen, wenn er bei dem beliebten Marsch *Frei weg* frei weg sang: «Wer noch nie die Katz' am Arsch geleckt, der weiß ja nicht, der weiß ja nicht, wie Katzenscheiße schmeckt.»

Er spielte weiter, und schon beim *Yorkschen Marsch* klopften sie einträchtig mit den Bierseideln den Takt – Sozi hin, Zentrum her. «Wir sind schließlich alle gute Deutsche!», blökte der trunkene Bäckermeister. Niemand widersprach ihm.

Der gute Deutsche Siegesmund Rataizik, bei seiner Geburt noch auf die Vornamen Bogdan Zygmunt getauft, stand derweil noch immer im Hauseingang, als könne er etwas versäumen. Nur noch ein paar versprengte Demonstranten zogen die Adalbertstraße entlang. Als Rataizik sich endlich entschloss, seine Hinterhofbehausung aufzusuchen, nahte schwankenden Schrittes doch noch ein Bekannter, den er unter dem Kopfverband kaum erkannte.

Willy Ehlenbruch war in der Kochstraße vom Säbelhieb eines aufgebrachten Schutzmanns getroffen worden.

DREIZEHN

DAS WETTER hatte sich am Dienstag eingetrübt, und die Temperatur war endlich auf ein erträgliches Maß gesunken. Für den Mittwoch war Regen angekündigt. Kappe merkte nichts davon, weil er einen großen Teil des Tages in den staubigen Räumen der Registratur verbrachte und sich sowohl einen Überblick über die in der Adalbertstraße 101 gemeldeten männlichen Personen als auch genauere Kenntnisse über einige von ihnen verschaffte. Überraschendes kam dabei kaum zutage, sah man von einem gewissen Walter Männlich aus dem Vorderhaus ab, im Adressbuch als Chemiegraph geführt, hinter dem eine kurze Karriere und eine sechsjährige Zuchthausstrafe als Banknotenfälscher lag. Vielleicht hatte er die bei Siegmund Rataizik in der Lehrter Straße abgesessen. Der wiederum war dort keineswegs aus gesundheitlichen Gründen vorzeitig aus dem Staatsdienst ausgeschieden, wie Kappe schnell feststellte. Vielmehr hatten dunkle und nie endgültig aufgeklärte Geschäfte mit Lebensmitteln in der Strafanstalt entscheidend zu einem jähen Ende seiner beruflichen Laufbahn beigetragen. Der Schneider Josef Grzegoszewski hingegen, dessen Familienname in den Akten bunt changierte, war neben zwei Betrugsdelikten auch wegen sittlicher oder vielmehr unsittlicher Übergriffe auf eine junge, kurzzeitig bei ihm einwohnende Frau, die er als Prostituierte bezeichnete, belangt worden. Das war immerhin ein Ansatz, obwohl die Betroffene zum Tatzeitpunkt bereits 29 Jahre alt gewesen war.

Otto Unrauhs Strafregister gab bis auf die zweimalige Teilnahme an Schlägereien und eine einfache Körperverletzung nichts her, wohingegen die strafbaren Handlungen seines Bruders Max anderthalb Foliobögen füllten und von einfachem Diebstahl nebst Betrug bis zur mehrfachen Zuhälterei reichten. Eine Anzeige schilderte ihn als jähzornig und unberechenbar.

Kappe vermerkte das Wichtigste in seinem Notizbuch und übertrug Max' Signalement auf das entsprechende Formular für die Fahndung. Den Burschen wollte er sich mal angucken, auch wenn ihm die Wahrscheinlichkeit, ihn als Lina Jungnickels Mörder zu entlarven, nicht sonderlich hoch erschien. Oder hatte Max die Schwester auf den Strich geschickt, und es war darüber zu einer Auseinandersetzung gekommen, bei der Maxens Jähzorn durchgeschlagen hatte?

Bei den Frauen gab es nichts Auffälliges. Weder Martha Jungnickel noch ihre minderjährige Tochter Lina tauchten in den Akten auf und mussten also als unbescholten gelten. Nur Klothilde Langanke hatte sich im Verlauf von drei Jahren vor Gericht zweimal einer Verleumdungsklage stellen müssen und war jedes Mal als die Schuldige verurteilt worden.

Kappe war mit dem Ergebnis seiner Recherche nicht unzufrieden, als er in seine Amtsstube zurückgekehrt war. Über Ehlenbruch standen eventuelle Mitteilungen aus Lippe-Detmold noch aus, und Gomolla war bereits am Vortag Galgenbergs Verhörkünsten unterlegen und hatte zögernd sein Vorstrafenregister im Oberschlesischen eingeräumt. Galgenberg war der Meinung, dass mit Sicherheit auch auf polnisch-russischer Seite noch ein entsprechendes Register existierte. Statt jedoch nun ein umständliches und wenig Erfolg versprechendes Amtshilfeverfahren einzuleiten, schob ihm Galgenberg sein unvermeidliches *Tageblatt* über den Tisch und wies auf die fettgedruckte Zeile *Die russische Mobilisierungsorder*.

Kappe überflog das Blatt: Kämpfe an der Drina, erneutes Bombardement von Belgrad, Schließung der Solinger Fabriken für Schneidewaren – vollbeschäftigt dagegen die Waffenfabriken. Als er die Zeitung zusammenfaltete, fiel sein Blick auf die erste Seite: *Die Kriegserklärung*. Diese galt vorerst Serbien.

«Ich gebe uns noch drei Tage», sagte Galgenberg verdrießlich.

Kappe war skeptischer. «Wenn du das gestern Abend miterlebt hättest – da waren alleine in der Luisenstadt Tausende unterwegs. Alles Sozialdemokraten ...»

«Na und? Dafür haben wir doch unsere Leute.» Er wies mit dem Daumen über seine Schulter in Richtung der Räume und Pferdeställe der Schutzmannschaften.

«Am Königstor sind sie mit blanker Waffe vorgegangen.»

Von Canow trat wie immer auf das passende Stichwort ein. «Jawoll! Das ist das Einzige, womit der Pöbel zur Räson zu bringen ist!», krähte er und funkelte sie beide an. «Oder sind Sie anderer Meinung?»

«Auf einen groben Klotz gehört ein grober Keil», erklärte Galgenberg philosophisch, und Kappe nickte nur. Bei rechtem Licht besehen, war er ja selber eher ein verkappter Sozialdemokrat und kein besonders kriegerischer Mensch. Dieses ewige Hurrageschrei der wohlgenährten Spießer und Studenten war nicht nach seinem Geschmack.

«Und wie sieht's aus mit Ihrer Wasserleiche?», wandte sich von Canow an ihn. «Fürchte, wir haben Sie da ein bisschen alleingelassen, mein Lieber. Aber dieser seltsame Mordversuch in der Xantener Straße und die Kinderleiche in Neukölln nehmen die übrigen Herren doch sehr in Anspruch.»

«Wir kommen gut voran», meldete Kappe. «Es gibt einige Verdächtige, die Fahndung nach einem der Brüder der Toten ist in die Wege geleitet, aber es stehen noch Zeugenbefragungen aus.»

«Und Sie sind sicher, dass es sich wirklich um einen Mord handelt?»

Die Frage kam für Kappe überraschend. «Ja – deswegen hat uns doch das Leichenschauhaus verständigt ...», sagte er verwirrt.

«Weiß ich, weiß ich. Ein jüdischer Arzt, wie ich hörte. Will sich vielleicht bloß wichtig machen, der Mann ...»

Kappe widersprach. «Den Eindruck hatte ich nicht. Immerhin wies die Leiche deutliche Strangulierungsmerkmale auf.»

«Na jut!» Von Canow liebte nicht nur solche komplizierten Fachausdrücke, sondern zog es gelegentlich auch vor, sich volkstümlich zu gebärden. «Sie sehen ja selber: Das Präsidium drücken im Augenblick janz andere Sorgen. Der Krieg rückt näher, und das Gesindel wittert Morgenluft. Deshalb machen Sie erst mal weiter wie bisher. Wenn Sie Hilfe benötigen, melden Sie sich!»

Und damit war er aus der Tür. Entgeistert guckten sich Galgenberg und Kappe an.

Galgenberg fand zuerst die Sprache wieder. «Mensch, so ein Freibrief, der ist mir in all den Jahren noch nicht untergekommen», meinte er kopfschüttelnd. «Manchmal denke ich, Sie haben da irgendwo ganz oben einen Gönner zu sitzen, Kappe. Sind Sie vielleicht 'n unehelicher Stiefzwilling von irgendwem?»

Mit einem Gefühl des Unbehagens fiel Kappe sofort der Major von Vielitz ein, sein väterlicher Förderer aus Wendisch Rietz, dessen Fürsprache er die Versetzung nach Berlin verdankte. Aber dessen Einfluss war wohl längst dahin, vor allem seit der Sache mit dem Kohlenplatzmörder, die Kappe so bravourös gelöst hatte. Seitdem hatte er den Major bei seinen gelegentlichen Heimatbesuchen kaum zu Gesicht bekommen, und ihr Verhältnis hatte sich beträchtlich abgekühlt. Sollte es jetzt zum Krieg kommen ...

Kappe schob den Gedanken beiseite. Nein, er brauchte sich keine Gedanken darum zu machen, ob ihn jemand protegierte. Seine Anerkennung verdankte er einzig den eigenen Erfolgen. Und er hatte vor, auch diesmal erfolgreich zu sein. Daran ließ er sich weder von Kriegserklärungen noch von Friedensmanifestationen hindern.

«Gehen wir die Geschichte noch mal von Anfang an durch», schlug Galgenberg vor. «Und gucken wir mal, ob wir nichts übersehen haben.»

Steinchen für Steinchen trugen sie zusammen. Das schlüssige Bild eines Verdächtigen ergab sich daraus nicht. «Was ist eigentlich mit Kniehase?», wollte Galgenberg wissen. «Hat der denn außer dem Würgetuch und dem Hausschlüssel weiter gar nichts beizutragen?»

Daran hatte Kappe auch schon gedacht. Er drängte Kniehase nicht gerne, da der darauf mitunter recht unwirsch reagierte. Galgenberg kannte da weniger Hemmungen. «Kommen Sie, wir gehen mal rüber in seine Hexenküche. Man muss ihm bloß um den Bart gehen und behaupten, man käme ohne ihn nicht weiter.»

So war es denn auch. Als sie nach höflichem Klopfen in Kniehases Allerheiligstes eintraten, das eine Mischung aus Bibliothek, physikalischem Labor und Kriminalmuseum mit tausenderlei Gegenständen darstellte, saß der Doktor mit einer Pinzette in der Rechten tief über einen schmuddeligen Papierfetzen gebeugt, der vor ihm auf einer schwarzen Glasplatte lag, und blickte erst nach geraumer Zeit auf.

Mit knappen Worten schilderte Kappe den Stand der Ermittlungen und vergaß nicht, auf Kniehases langjährige Erfahrungen hinzuweisen, von denen sie sich einiges versprachen.

Das war der Ton, den Kniehase schätzte. «Ja, was glauben Sie denn», begann er zu dozieren, «weshalb ich hier den lieben langen Tag über einem Stück Papier hocke?»

Er wies auf den mehrfach geknifften und, wie es schien, nicht einmal vollständigen Zettel vor seinen Augen. Auf dem zerbröselnden Papier zeichneten sich schwache blaue Schriftspuren und rötlichbraune Flecke ab. Kappe fiel sofort der rostige Hausschlüssel ein.

«Die Tote trug diesen Zettel bei sich?», fragte er zur Sicherheit.

«So ist es. Leider hat die Schrift darauf durch das Wasser und unter anderem auch durch den unsachgemäßen Transport stark gelitten. Bis jetzt kann ich nicht mehr entziffern als M – o – r ...»

«Morgen», sagte Galgenberg sofort. Kniehase maß ihn mit einem ironischen Blick.

«Genial!», meinte er. «Falls es sich bei dem M nicht um ein W handelt.»

Kappe gefiel Kniehases Hochnäsigkeit nicht. «Immerhin könnte es die Verabredung für ein Rendezvous sein», sagte er und verwendete mit Absicht das französische Wort. In Berlin hatte er sich an viele solcher Wörter und Begriffe gewöhnen müssen, wenn die Leute zum Beispiel gerne was aus der Lamäng machten oder auf dem Trottoir einherliefen.

Kniehase schenkte auch ihm einen seiner Spezialblicke. «Ich sehe, Sie denken mit, meine Herren. Genau darum geht es mir. Wir brauchen nur noch den Text und den Absender zu ermitteln, und schon haben wir einen echten Verdächtigen.»

Kappe beugte sich über das Papier und nahm es von allen Seiten in Augenschein. «Ist denn sonst kein einziger Buchstabe zu erkennen? Hier unten rechts, das sieht aus wie der Rest eines Kringels ...»

Auch Galgenberg begutachtete den Zettel. «Ein O, würde ich annehmen.»

«Und damit vermutlich im Unrecht sein.» Kniehases Pinzette wies auf die kaum sichtbaren Spuren unter und neben dem Kringel. «Der Buchstabe besaß mit großer Wahrscheinlichkeit eine Fortsetzung nach rechts und nach unten. Es könnte sich also ebenso gut um ein G oder Q, möglicherweise sogar um ein A oder P handeln.»

So leicht ließ sich Galgenberg nicht ins Bockshorn jagen. «Fällt Ihnen ein Name mit Q ein?», fragte er Kappe.

«Quade», antwortete der, ohne nachzudenken. Eine Witwe Quade wohnte in der Adalbertstraße im Seitenflügel.

«Ich meine einen Vornamen.»

«Vergessen Sie nicht, es könnte sich auch um einen Kosenamen handeln», wandte Kniehase ein wenig ärgerlich ein. «Lassen Sie mir noch ein wenig Zeit. Vielleicht gelingt es mir ja, die ausgewaschenen Zeichen wieder lesbar zu machen.»

Galgenberg nickte missmutig. «Um dann festzustellen, dass es sich um den vergessenen Auftrag für die Wäschemangel handelt.»

Kniehase wandte sich abrupt wieder dem Papier zu. «Sie sind ein unverbesserlicher Pessimist!» knurrte er.

«Nur ein Mann mit jahrelanger Praxis», entgegnete Galgenberg, aber da waren sie schon draußen.

Kappe sah die Angelegenheit in einem besseren Licht. «Nehmen wir mal an, es handelt sich wirklich um eine Botschaft. Der Absender müsste dann ein zwar vertrauter Mensch sein, der seinen Namen abkürzt, aber dennoch ein der Familie Fremder. Die eigenen Brüder brauchten ihr keinen Zettel zu schreiben.»

«Es sei denn, die Mutter oder der andere Bruder waren immer dabei, und es ergab sich keine Gelegenheit für eine mündliche Vereinbarung.»

Das hielt Kappe für zu weit hergeholt. «Ich mache Ihnen einen Vorschlag, Galgenberg. Wir beide fahren jetzt in die Adalbertstraße und knöpfen uns alle erreichbaren Personen vor. Irgendwer muss doch irgendwas gesehen oder bemerkt haben!»

«Ich bemerke etwas ganz anderes», lautete Galgenbergs Antwort. «Gucken Sie mal nach draußen.»

Über den engen Hof, auf den man aus ihrem Zimmer blickte, wehten dichte Regenschwaden. In der Ferne donnerte es.

Kappe nahm sich den ersten Band des Adressbuchs mit dem Namensverzeichnis vor und fand unter den drei Dutzend Pankrath und Pankratz vier, die in der weiteren Umgebung des Kottbusser Tors wohnten. Nachdem er einen Koch, einen Tischler und einen Schraubendreher, der im Hinterhaus vier Treppen hoch wohnte, ausgeschlossen hatte, blieb eigentlich nur der Privatier Oskar Pankratz in der Britzer Straße übrig. Kappe versprach sich nicht viel von einer Nachfrage bei den Leuten, vermerkte die Angaben aber dennoch in seinem Notizbuch und stand auf.

Draußen goss es noch immer in Strömen.

Galgenberg förderte umständlich seine silberne Uhr aus der Westentasche und hielt sie Kappe entgegen. «Gleich Feierabend, mein Lieber. Und ich weiß nicht mal, wie ich trocken nach Hause gelangen soll. Morgen ist auch noch ein Tag und hoffentlich wieder ein sonniger.»

Kappe war unzufrieden. «Aber die Männer sind meistens erst am Abend zu Hause ...», wandte er ein.

«Oder in der Kneipe», ergänzte Galgenberg trocken. «Niemand hindert Sie, denen dabei Gesellschaft zu leisten, Kappe.»

Es war wirklich ein Wetter für einen trockenen Kneipenplatz. Entsprechend voll war es in den Destillen. Kappe aß bei Aschinger eine Bockwurst und drei Brötchen und trank ein Bier, aber wohl fühlte er sich zwischen all den Feuchtigkeit verdampfenden Leuten nicht, die von nichts anderem als dem drohenden Krieg redeten. Sobald die Gewalt des Wolkenbruchs nachgelassen hatte, stelzte er um die Pfützen herum zur Straßenbahn. Ein neuer Schauer ließ ihn das Tempo beschleunigen und auf den nächstbesten Wagen springen, der daherkam. Es war eine 70, die zur Dorfstraße in Mariendorf fuhr. Ganz und gar nicht seine Richtung. Dennoch drängelte er sich ins Wageninnere. Draußen goss es wie aus Kannen, die halbe Königstraße stand unter Wasser. Kappe las die Streckenführung und entdeckte, dass die Linie durch die Belle-Alliance-Straße fuhr. Sofort fielen ihm die Hausangestellte Lotte Klawonde und ihre Kenntnisse über Max, das Untier ein. Zufrieden ließ er sich auf einem frei werdenden Platz nieder.

Er hatte auch weiterhin Glück. Kaum war die Bahn in die untere Friedrichstraße eingebogen und näherte sich der Runde um den Belle-Alliance-Platz, da ließ der Regen nach. Nachdem die Straßenbahn das sogenannte Magistratsklavier am Halleschen Tor und die Brücke über den Landwehrkanal passiert hatte, brach plötzlich die Abendsonne durch die Wolken und hüllte die Kaserne der Gardedragoner in ihr rötliches Licht.

An der Ecke Yorkstraße stieg Kappe aus. Das Glück war ihm weiterhin hold. Während er noch vor der hochherrschaftlichen Fassade der Nummer 82 verharrte, um sich eine möglichst unauffällige Annäherung an Lotte Klawonde einfallen zu lassen, trat ebendiese Person aus der Haustür.

«Guten Abend, Fräulein Klawonde.» Kappe lüpfte artig seinen Hut. «Darf ich Sie für ein paar Minuten aufhalten?»

Sie starrte ihn bleichen Gesichts an. «Doch nicht hier!», zischte sie und schritt erhobenen Hauptes an ihm vorbei.

Kappe verstand. Und da ihm nichts daran lag, sie zu verärgern, tippte er wiederum an den Hut und wandte sich ab. Von oben musste das aussehen, als hätte sich ein aufdringlicher Kavalier gerade eine Abfuhr geholt.

Wie unschlüssig tat er ein paar Schritte in die falsche Richtung, überlegte es sich dann und folgte dem Fräulein gemächlichen Schrittes. Ihr rot karierter Rock leuchtete weithin und verschwand gleich darauf in der Gneisenaustraße.

Kappe beschleunigte unnötigerweise sein Tempo. Lotte Klawonde erwartete ihn wenige Meter hinter der Ecke. «Sie könn' einem aber 'n Schreck einjagen!», klagte sie. «Wenn die Schneidelbachen wat mitkriegt, schmeißt se mir glatt raus.»

Darauf ging Kappe nicht ein. «Sie wollten wohl gerade zu Herrn Gregorowski?», fragte er.

Sie spielte nervös mit dem silbernen Anhänger, den sie an einer Kette um den Hals trug. «Mit dem bin ich ein für alle mal fertig!», sagte sie geziert.

«Ach! Vorgestern wollten Sie ihn doch noch heiraten, wenn ich mich recht erinnere ...»

«Das habe ich nur so gesagt ...» Sie maß Kappe mit einem koketten Blick. «Wollen Se mir nich wenichstens zu 'ne Tasse Kaffee einladen? Es plaudert sich entschieden netter.»

In Richtung Kaiser-Friedrich-Platz wusste sie ein Café mit einem Vorgarten, das ihren Vorstellungen entsprach. Obwohl sie einen Tisch ganz in der Ecke fanden, fühlte Kappe sich wie auf dem Präsentierteller. Jeden Augenblick erwartete er, dass ein Bekannter oder Nachbar vorbeikäme oder noch schlimmer: Klara.

«Sind Sie immer so nervös?», erkundigte sich Lotte Klawonde mitfühlend. Daraufhin unterließ es Kappe, weiterhin mit seinem Kaffeelöffel zu spielen.

«Es ist ein diffiziler Fall», merkte er quasi entschuldigend an.

Sie nickte zustimmend. «Wem saren Se det? Der Josef ist fuchsteufelswild jeworn, als ick ihm wejen die Kleene aus 'm Haus anjesprochen habe.»

«Interessant. Erzählen Sie mal, Fräulein Klawonde.»

«Nennse mir einfach bloß Lotte, det saren se alle zu mir. Und wat jibs da jroßartich zu erzähln? Sie untersuchen doch die Wasserleichen, nich ick.»

«Woher wissen Sie denn überhaupt ...?»

Sie lachte und sah dabei sehr hübsch aus. «Das feifen doch die Spatzen vonne Dächer! Und unsereins is ja ooch nich janz doof. Montagvormittag ham se die Kleene jefunden, und Montagabend komm Sie bei Josefen, um ihm auszufraren. Da kann ick nur saren: Nachtijall, ick hör dir trapsen!»

Jedenfalls war sie mit Grzegoszewski am Dienstagabend hart aneinandergeraten, nachdem sie ihm auf den Kopf zu gesagt hatte, er hätte was mit der Lina gehabt. «Hier», sagte sie und öffnete einen Knopf ihrer Bluse. «Hier hatter mir jepackt und wollt mir alle machen, der Strolch!»

Kappe blickte scheu um sich, bevor er ihr in den Ausschnitt guckte. Tatsächlich prangte da ein dicker blauer Fleck an ihrem zarten Schlüsselbein. «Aber an mein Hals isser nich jekomm, weil ick'n nämlich wohin jetreten hab, wo er't nich vajessen wird!» Sie kam richtig in Fahrt und sah Kappe stolz an. «Det eene kann ick Ihn' flüstern: Et is nich einfach für ein anständjes Mädchen in diese Stadt!»

«Das glaube ich», bestätigte Kappe im Brustton tiefster Überzeugung. «Wie sind Sie denn überhaupt an den Gregorowski geraten?»

Darauf ging sie nicht ein. Wohl aber auf Grzegoszewskis Gewohnheiten, die ihr anscheinend erst im Nachhinein missfielen. «Der wollte immer, dass ick bestimmte Sachen anziehe, manchmal ooch wie 'n kleenet Meechen oder so. Und denn wollta mir ooch schlaren. Mit sein Hosenriem' ...»

Kappe fühlte sich bei diesen intimen Auskünften doch ein wenig unwohl. «Sie meinen also, er hat eine gewisse Vorliebe für ganz junge Mädchen?», fragte er.

«Na, wofür der allet 'ne Vorliebe hat, will ick Ihn' lieber ja nich erst schildern. Aber det kommt daher, weil ihm die Weiber die Bude einrenn'. Da denkt der, er kann sich allet erlau'm!»

Kappe nickte nachdenklich. Mit diesen Informationen ließ sich kaum etwas gegen den Schneidermeister ausrichten. Dieses Gefühl hatte anscheinend auch Lotte, und so legte sie noch ein bisschen nach: «Und überhaupt is der ja nich mal 'n richtja Deutscher!» Sie beugte sich vertraulich zu Kappe, und ihre offenstehende Bluse bot dem einen tiefen Einblick. «Er hat mir selber jesacht, desser eijentlich aus Russland kommt!»

Sie sah Kappe vielsagend an, der seinen Blick erst heben musste und unwillkürlich errötete. «Ja – und?», fragte er verwirrt.

«Aus Russland! Lesen Sie denn keene Zeitung? Vielleicht is det 'n Spion, der hier bloß alles ausbaldowern soll. Vastehn Sie?»

«Na ja», sagte Kappe. «Man muss nicht gleich immer das Schlimmste annehmen. Aber ich werde mir den Herrn Gregoschewski sicherheitshalber noch einmal vornehmen. Da können Sie sicher sein.»

Sie schien nicht zufrieden und wusste noch allerlei Negatives über ihren Ex-Bräutigam zu berichten, doch Kappe blieb skeptisch. Wahrscheinlich wollte sie den Schneider einfach nur anschwärzen. «Und Jeld hat der wie Mist, det kann ick Ihn' vasichern!», schloss sie. «Markiert aber imma den Armen!»

Kappe hatte seinen Kaffee längst ausgetrunken und bemerkte, mit welchem Verlangen Lotte auf den Apfelkuchen mit Sahne am Nachbartisch blickte. Also bestellte er einen für sie und noch eine Tasse Kaffee. Sie blühte regelrecht auf vor Dankbarkeit.

«Ick wusste janich, des die Kriminalen so spendabel sind!»

Ich auch nicht, dachte Kappe. Aber bis jetzt hatte sie ihm noch nichts über Max verraten, und ihre Kenntnisse waren denn auch ziemlich dünn, wie sich herausstellte. Die Freundin einer Freundin hatte mal was mit dem gehabt, und die hatte er ausgesprochen mies behandelt. «Richtijehend uff'n Strich jeschickt hatter ihr! So eener is dit!»

«Na ja», sagte Kappe. «Sie haben mir jedenfalls ein Stückchen weitergeholfen, Fräulein Lotte.»

Sie schmollte. «Frollein Lotte! Aba Sie ham mir keen Sterbenswort varaten, wat nu eijentlich mit die Kleene passiert is. Wenn Eene freiwillich int Wassa jeht, schert sich doch keen Kriminaler dadrum.»

«Da mögen Sie recht haben», bestätigte Kappe. Er hatte bezahlt, sogar Trinkgeld gegeben, und erhob sich jetzt. «Sie haben sicherlich auch noch was vor», meinte er, doch sie protestierte: «Nö, nich direkt. Ick wollt höchstens in' Kintopp jehn. Wollnse nich mitkomm? Ick hab *Die jeheimnisvolle Villa* mit Stuart Webbs noch nich jesehen.»

«Ich schon», entgegnete Kappe und nickte ihr noch einmal höflich zu. «Da wünsche ich Ihnen viel Vergnügen bei Joe May.»

Und machte sich mit langen Schritten davon. Ihr enttäuschtes Gesicht sah er noch lange vor sich.

VIERZEHN

FÜR MAX UNRAUH begann der Donnerstag vielverspre-
chend. Sein Fischzug am Vortag hatte sich gelohnt; es hatte nicht
einmal besonderer Geistesschärfe bedurft, um einer aufgeregten
dicken Dame, die nach Verlassen des Sparkassengebäudes lauthals
ihrem Unmut Ausdruck verlieh, dass man ihr statt des eingezahl-
ten guten Goldes nur papierene Banknoten zurückgegeben hatte,
eben diese beanstandeten Scheine noch während ihres Gesprächs
mit einer anderen Frau aus der offenen Tasche zu entwenden.

Wer also Max an diesem Morgen begegnete – in piekfeine neue
Sommergarderobe gekleidet, das Gesicht glattrasiert und halb im
Schatten einer modischen Kreissäge –, der erkannte in ihm kaum
den abgerissenen Billigkavalier des Vortages. Aber wer sollte ihn
hier, mitten in der City, auch kennen? In der Adalbertstraße, ja nur
in der Nähe des Kottbusser Tors aufzukreuzen erschien ihm wenig
zweckmäßig. Die Nacht nach dem großen Regen hatte er in bes-
serer Gesellschaft als üblich verbracht und seit langer Zeit sogar
einmal für die in Anspruch genommenen Liebesdienste bezahlt.
Gelohnt hatte es sich nicht, wie er fand, aber immerhin war es ein
einigermaßen unauffälliges Nachtquartier gewesen.

Es war heller Morgen, als er nach einem reichlichen Frühstück gemächlich die Friedrichstraße hinunterbummelte und
darüber nachdachte, ob der Weg zur Hauptsparkasse noch einmal
lohnte. Die Wahrscheinlichkeit eines ebenso großen Erfolgs wie
am Vortag war nicht von der Hand zu weisen. Andererseits waren
die Greifer nicht völlig mit dem Klammerbeutel gepudert, wie sich
herausstellte, als er sich vom Spittelmarkt her dem Mühlendamm

näherte. Er begriff sofort, dass da heute nichts mehr zu holen war – es sei denn, er ließ sich auf die langwierige Verfolgung einer Person ein, die ihr Spargeld in der Tasche trug. Aber das war nicht seine Art. Ihm lag der schnelle Zugriff in der Menge viel eher, und den verhinderten die in reichlicher Anzahl aufmarschierten Blauen, die das Chaos vor dem Gebäude in eine preußische Ordnung verwandelt hatten. Haupt- und Nebeneingang waren gesperrt, der Zugang nur über die Burgstraße möglich. Und überall tummelten sich die nicht schwer herauszufindenden Geheimen.

Gelangweilten Blicks, als ginge ihn die versammelte Volksmenge nicht das Geringste an, drängte sich Max über den Mühlendamm und schwenkte an der Absperrung zur Fischerbrücke ab. Schließlich gab es ja noch andere Filialen der Sparkasse. Die konnten doch nicht alle so gut bewacht sein wie die hier. Er erinnerte sich an die Kasse am Tempelhofer Ufer und an eine weitere in der Markthalle in der Pücklerstraße. Das war für seinen Geschmack zwar um einiges zu nahe am Kottbusser Tor, aber darauf musste er es ankommen lassen. Außerdem bot die Markthalle gute Fluchtmöglichkeiten.

Er beschleunigte seinen Schritt etwas und überquerte die Inselbrücke. Den Stadtplan hatte er im Kopf, und er war es gewohnt, weite Wege zu Fuß zurückzulegen. Heute jedoch schmerzten ihm die Füße in den neuen hellbraunen Tretern, die er gestern für teures Geld erworben hatte. Das waren übrigens gleich zwei Unsicherheitsfaktoren für einen kleinen Dreh: unpassendes Schuhwerk und das viele Geld in seiner Tasche. Aber wo hätte er es lassen sollen? An sein übliches Versteck in der Adalbertstraße kam er nicht heran.

Am Schulze-Delitzsch-Platz sprang er auf die Plattform einer Bahn der Linie 83. Es schien ihm günstiger, sich von der Köpenicker Straße her der Markthalle zu nähern. Sie lag zwischen Eisenbahn- und Pücklerstraße, und auch hier hatte sich eine größere Menschenmenge versammelt.

«Abhebungen hier nur mit grünen Sparbüchern!», rief ein bebrilltes Sparkassenmännlein mit Kastratenstimme und erntete nur ein dumpfes Murren der Wartenden. Die meisten waren Frauen.

«Habt wohl nicht genügend in der Kasse!», gellte eine Stimme. Es wurde gelacht, doch es klang nicht fröhlich. Empört schrie das Männlein: «Für die Verpflichtungen der städtischen Sparkasse haftet die Stadtgemeinde Berlin!»

«Aber nicht für die Preise», wurde ihm geantwortet.

Mit geübtem Blick verschaffte sich Max einen Überblick. Er sah nur drei Blaue, die dafür sorgten, dass vor dem Eingang so etwas wie eine Reihe entstand. Um die Heraustretenden kümmerte sich niemand, und Max bemerkte auch keinen, der nach Kriminalpolizei aussah. Langsam schob er sich an den Eingang zur Markthalle heran, als ihm plötzlich zwischen den Frauen in der Schlange ein korpulenter Mann auffiel: August Pankratz.

Sieh an, auch der holte sein Spargeld ab. Tat sonst immer so kaisertreu, aber wenn es ums Geld ging…

Max war sicher, dass Pankratz ihn nicht bemerkt hatte, und das war gut so. Zu gegebener Zeit würde Max schon von sich hören lassen…

Bedachtsam wandte er sich ab. Der Strohhut tarnte ihn. Mit wenigen Schritten war er in der Muskauer Straße und gleich darauf am Lausitzer Platz, wo er ein paar Jahre in die Schule gegangen war. Er ließ sich Zeit und durchquerte dann die Markthalle von der Eisenbahnstraße aus, wo noch immer die Gleise der Kohlenbahn für die Gasanstalt lagen.

Das Glück war ihm hold, noch bevor er die Halle verließ. Direkt vor seinen Augen versenkte eine zierliche alte Dame ihr grünes Sparbuch, aus dem Geldscheine hervorguckten, in ihrer weiträumigen Ledertasche und blieb vor einem Gemüsestand stehen. Wie ein Schatten war Max an ihrer Seite, beugte sich neben ihr zu den Körben mit Kirschen, um sie zu begutachten. «Beste Ware aus Werder. Probiern Se ruhich!», forderte ihn die Händlerin auf, und während Max' Linke nach einer Kirsche griff, fuhr seine Rechte in die Ledertasche und fand auch sofort das Gesuchte.

«Bisschen sauer», mäkelte er und setzte sich ganz langsam von dem Stand ab. Ein Mann in Malerkluft nahm seinen Platz ein. Max bog in den nächsten Gang ein, das grüne Buch mit seiner Einlage bereits in der Jacketttasche versenkt und mit dem Gefühl, es wieder einmal geschafft zu haben, als jemand seine Hand eisern umklammerte und gleich darauf auch wirklich mit einer Eisenklammer sicherte.

«Pass Obacht, dess er nischt wegschmeißt!», warnte der zweite Greifer, der wie aus dem Boden gestampft vor ihm stand, und Max wusste: Es war wieder einmal alles aus.

«Wie heißen wir denn?», fragte der Erste, der ihm die Handschellen angelegt hatte, und Max fiel nichts Besseres ein als: «Pankraz. Albert Pankraz. Ohne T», fügte er schließlich hinzu, als hätte das irgendeine Bedeutung.

Der wirkliche Pankratz, August nämlich, der sich in Anbetracht der kommenden Ereignisse entschlossen hatte, zumindest einen Teil seiner Spareinlage abzuheben, verließ eben die Sparkasse, als die beiden Beamten mit ihrem Delinquenten unter lebhafter Anteilnahme der wartenden Sparerinnen aus der Halle traten. Erst auf den zweiten Blick erkannte er den Sohn der Waschfrau, hütete sich jedoch, auf das unerwartete Zusammentreffen zu reagieren. Im Gegenteil. Heimlich sah er den Dreien durchaus erfreut hinterdrein.

FÜNFZEHN

DIE POLITISCHE LAGE begann allmählich auch Hermann Kappe zu beunruhigen. Während er auf den Omnibus wartete, las er die Schlagzeilen der aushängenden Blätter. Die waren wenig geeignet, ihn zu beruhigen. *Vor der Katastrophe*, titelte der *Vorwärts*, und als Kappe verstohlen ein paar Zeilen las, stand da zu seiner Überraschung etwas von Wilhelm II. als aufrichtigem Freund des Völkerfriedens. Was also wollten die Sozis?

Soll der Unsinn siegen?, hieß es darunter.

Kopfschüttelnd wandte Kappe sich ab und bestieg den Bus.

Im Präsidium erwartete ihn Galgenberg mit weiteren Hiobsbotschaften. Im Hotel Fürstenhof hatte sich der Potsdamer Bankier Bieber gemeinsam mit seiner Frau vergiftet, und aus Weimar wurde der Selbstmord eines Bankiers und seines Prokuristen gemeldet. *Opfer des Krieges* nannte das *Tageblatt* die Toten. Außerdem waren die Einbrecher wieder in Aktion getreten und hatten in einer Stockfabrik etwa tausend Spazierstöcke angeblich im Wert von 20 000 Mark gestohlen.

«Das sind todsicher dieselben, die vorher die Schuhe geklaut haben!», ulkte Galgenberg. «Wahrscheinlich konnten sie in den Botten nicht ohne Stock laufen.»

Das Lachen verging ihm, als von Canow hereinplatzte, um ihnen mitzuteilen, dass am Nachmittag ein außerplanmäßiges Übungsschießen für alle Beamten im wehrfähigen Alter abgehalten werde. «Wir müssen auf alle Eventualitäten gefasst sein!», dröhnte von Canow. «Ab heute bleiben die Waffen am Mann!»

Kappe hatte kein besonders enges Verhältnis zu seiner Selbstladepistole Dreyse 07, erzielte mit der handlichen Waffe aber ganz passable Schießergebnisse. An dem Übungsschießen störte ihn vor allem, dass es ihm und Galgenberg die Zeit für die dringenden Befragungen in der Adalbertstraße nahm, und das äußerte er auch – natürlich mit der stets gebotenen Zurückhaltung.

Von Canow reagierte ungehalten. «Sind Sie immer noch nicht weiter mit Ihrer Wasserleiche?»

«Wir tun, was wir können!», antwortete Galgenberg stramm. «Die Fahndung nach dem Verdächtigen läuft.»

«Ja, ja.» Von Canow beruhigte sich ein wenig. «Ist ja bis jetzt auch noch nicht in die Presse gedrungen, dass es sich um einen Mord handeln könnte.»

Könnte? Kappe glaubte, sich verhört zu haben. «Wir gehen von einem Mord aus», sagte Kappe.

«Natürlich. Aber wenn dieser übereifrige jüdische Doktor nicht die Pferde scheu gemacht hätte ...», er hob die Handflächen, «... hätten wir nur eine Selbstmörderin mehr gehabt.»

Kappe und Galgenberg schwiegen. Von Canow schien zu spüren, dass sie nicht seiner Meinung waren, und sagte entschuldigend: «Zu dumm jedenfalls, dass dieser abscheuliche Lustmord in Neukölln und der Mordfall in der Xantener Straße im Augenblick unsere besten Kräfte binden.»

Aber die Frau lebt doch und kann den Täter überführen, hätte Kappe am liebsten gesagt, doch Galgenbergs abwehrendes Mienenspiel gebot ihm, sich auch dazu besser nicht zu äußern.

«Mensch, die Meyersche ist gestern gestorben!», erfuhr er denn auch von Galgenberg, kaum dass von Canow den Raum verlassen hatte. «Und der Pastor Schmidt hat noch immer kein Geständnis abgelegt.»

Daran also arbeiteten die besseren Kräfte der Abteilung. Das aber sollte ihn und Galgenberg nicht hindern, ihr Bestes zu tun, den Mörder der Lina Jungnickel zu finden. Galgenbergs sonst durchaus vorhandene Arbeitslust schien allerdings in den letzten Tagen einem gewissen Beharrungsvermögen gewichen, das Kappe an seinem

Kollegen gar nicht kannte. Vor der Schießübung wollte Galgenberg jedenfalls nicht mehr aus dem Haus gehen und beschäftigte sich lieber mit der Tageszeitung als mit irgendwelchen Akten.

«Das ist doch die beste Gelegenheit zu beweisen, was wir können», versuchte ihn Kappe zu ermuntern.

Galgenberg blickte ihn über den Zeitungsrand hinweg ungewohnt melancholisch an und sagte: «Kappe, wissen Sie überhaupt, was in der Woche nach der Mobilmachung passiert?»

Kappe schüttelte den Kopf. Galgenbergs Grabesstimme verriet, dass es sich nicht um eine seiner gewöhnlichen Scherzfragen handelte.

«Da habe ich mich bei meinem Regiment zu stellen», sagte Galgenberg.

Das also machte ihm Sorgen. Darüber, wohin man ihn im Kriegsfall rufen würde, hatte Kappe noch nicht ernsthaft nachgedacht. Es war schließlich auch egal. Er hatte keine Familie zu versorgen, und Klara ...

Genau in dieser offenen Wunde stocherte Galgenberg nun herum. In seinem *Tageblatt* hatte er ausgerechnet einen Artikel über das heiratslustige Berlin entdeckt und fragte Kappe, nachdem er daraus vorgelesen hatte: «Was ist denn eigentlich mit Ihrer Verkäuferin los? Früher taten Sie immer, als wollten Sie nächste Woche heiraten, und jetzt erwähnen Sie die gar nicht mehr.»

Kappe machte eine ungewisse Geste. «Ich bin mir da auch nicht mehr so sicher ...»

«In solchen Zeiten sollte man sich einen Halt suchen», riet Galgenberg. Er schien in ernster Stimmung zu sein und verzichtete völlig auf seine üblichen Pflaumereien. «Der Bruder meines Schwagers», so erzählte er weiter, «ist Standesbeamter. Der weiß aus sicherer Quelle, dass spätestens ab übermorgen Nottrauungen ohne Aufgebot möglich sind.»

Kappe sah ihn offenen Mundes an. «Sie meinen, ich sollte heiraten? Nur weil es eventuell zum Krieg kommt? Und wenn es nun die Falsche wäre ...?»

Galgenberg hob die Schultern, und das gewohnte Grienen machte sich in seinem Gesicht breit. Mit dem Finger fuhr er über das *Tageblatt* und las: *«Ferner ist zu erwähnen, dass fünfzehn Ehen für nichtig erklärt worden sind, und zwar acht wegen Irrtums über die persönlichen Eigenschaften des Mannes oder der Frau.»*

«Na, Prost Mahlzeit! Auf so einen Irrtum kann ich gut verzichten.»

«Denken Sie trotzdem mal darüber nach.»

«Na gut, wenn wir diesen Fall hinter uns haben, muss ich mich wohl wirklich mal um Klara kümmern», sagte Kappe.

Galgenberg lachte freudlos. «Wenn wir diesen Fall hinter uns haben, Kappe, befinden wir uns beide längst im tiefsten Russland.»

Kappe schüttelte den Kopf. «Sie sind wirklich ein Schwarzseher, Galgenberg. Wenn wir uns richtig ins Zeug legen, werden wir den Mörder auch finden.»

«Aber nicht mehr heute», sagte Galgenberg, und das war sein letztes Wort.

SECHZEHN

GUSTAV PANKRATZ hatte lange gezögert, sich dann jedoch überwunden. Einmal musste es sein. Vielleicht zum letzten Mal. Das hing ganz von dem Empfang ab, der ihm in der Britzer Straße bereitet werden würde und den er insgeheim fürchtete, als käme er wieder einmal mit einem schlechten Zeugnis aus der Schule nach Hause.

Auf dem offenen Perron der Flachbahn, wie die Straßenbahnlinie zwischen Lichtenberg und der Warschauer Brücke seltsamerweise hieß, fuhr er durch Boxhagen und stieg an der Endhaltestelle in die Hochbahn um. In den mittleren roten Wagen natürlich. Gustav war ein leidenschaftlicher Raucher. Beim Barbieren blieb ihm dafür gewöhnlich keine Zeit, also hatte er am Abend einiges aufzuholen.

Vom Obergeschoss der Oberbaumbrücke blickte er hinunter auf die graue Spree, bevor die Bahn in sanfter Kurve zum Schlesischen Tor abbog. Gustav liebte es, bequem auf den weinroten Lederpolstern sitzend, den Verkehr und die Geschäfte anzugucken und den Leuten in die Fenster zu schauen. Da gab es immer was zu sehen.

Am Kottbusser Tor stieg er aus, überquerte den Platz und ging die Skalitzer Straße entlang. Hier war ihm jeder Stein vertraut. Drüben, in der Badeanstalt am Wassertorplatz, hatte er sich vergeblich damit geplagt, Schwimmen zu lernen, und von der alten Brücke hatten sie in die Kähne gespuckt, einer hatte sogar hinuntergepinkelt. Der Schiffer hatte einen Brocken Kohle geworfen – und natürlich Gustav getroffen. Wen sonst?

Das war noch vor seinem schlimmen Unfall gewesen, als sie das Hochrad ausprobierten und er mit dem schmalen Reifen in die Pferdebahnschiene geraten war. Den Kiefer hatte er sich gebrochen, aber das merkten die Ärzte drüben im Urbankrankenhaus erst nach drei Tagen, nachdem sie ihn notdürftig wieder zusammengeflickt hatten.

Merkwürdig, dass er gerade jetzt daran denken musste. Es war die einzige Zeit gewesen, in der er das Gefühl hatte, seinen Eltern nicht vollständig gleichgültig, um nicht zu sagen lästig zu sein. Sonst hatten die nur Augen und Ohren für ihren August, den Streber, der ihm nie verzeihen konnte, dass der Jüngere ein paar Zentimeter größer gewachsen war als er, was durch Gustavs krumme Haltung allerdings kaum auffiel.

Die Mutter empfing ihn, als sei er kaum drei Tage weg gewesen und wie üblich mit einem Vorwurf: «Gustav! Endlich lässt du dich mal blicken! Wärst du zwei Tage früher gekommen, hättest du an Augusts Verlobung teilnehmen können.»

«Na, so was», sagte Gustav nur. Karl May hatte ihn gelehrt, sich Überraschungen nicht anmerken zu lassen.

Die Mutter ließ ihn ein. «Es war eine sehr schöne Feier bei den Nothnagels», sagte sie und ging voran zum Herrenzimmer.

Gustav verbiss sich unwillkürlich ein schadenfrohes Lachen. «Das glaube ich!»

Er stellte sich seinen dicklichen Bruder mit Zylinder und dazu die flachbusige Mechthild Nothnagel im Brautkleid vor. Schon als Zwölfjähriger hatte er es gehasst, mit diesem fadblonden, dünnlippigen Backfisch vierhändig Klavier zu spielen.

Immerhin schien sich auch der Vater zu freuen, ihn zu sehen. «Schön, dass du deinen Vater nicht ganz vergessen hast», lallte er und machte eine Handbewegung, die nicht abwehrend aussah.

«Du siehst besser aus», sagte Gustav.

Das war eine Lüge, aber dem Alten ging sie runter wie Öl. «Die großen Zeiten ...», stammelte er. «Da wird das Herz wieder jung!»

Die Mutter mischte sich ein. «Der Arzt sagt, du sollst dich nicht aufregen, Oskar.»

Der Alte machte mit der Linken eine wegwerfende Bewegung. «Die Einen sterben den Heldentod im Felde ...», brachte er undeutlich hervor und gab damit der Mutter ein Stichwort.

«Richtig! Du weißt es ja noch gar nicht!» Sie sah Gustav beinahe mitleidig an. «Du erinnerst dich ganz sicher an die kleine Lina von der Jungnickeln, der Waschfrau ...»

«Gewiss», sagte Gustav. «Was ist mit der?»

«Wusstest du, dass sie ein Kind hatte? Der Bengel ist schon über ein Jahr alt.»

Der Vater stieß undeutliche Laute des Unwillens aus. «Weiberpack», verstand Gustav und: «Immer nur Schamlosigkeiten ...»

«Ja, ja!», fauchte die Mutter zurück. «Und du kommst dafür immer nur mit deinem Kaiser und deinem Krieg! Als wäre das was besonders Moralisches, auf andere zu schießen.»

Der Alte erstickte fast an einem Wutanfall. «Unerhört!», keuchte er. «Im eigenen Hause ...!»

Die Mutter winkte Gustav, den düsteren Raum zu verlassen. Ein bisschen tat der Alte Gustav doch leid. «Ich muss meine Militärpapiere holen», rief er ihm zu. Das hatte er sich als offiziellen Anlass seines Besuchs ausgedacht, und es war nicht einmal vollständig gelogen, denn dieser Kram, den er für höchst unwichtig gehalten hatte, war tatsächlich zuunterst in seinem Schrank liegengeblieben.

Die Mutter folgte ihm in sein ehemaliges Zimmer. «Ich denke, du bist ausgemustert», wunderte sie sich.

Gustav nickte nur und ging nicht näher darauf ein, während er im Schrank wühlte. Er wartete darauf, dass sie von Lina sprechen würde, und wurde nicht enttäuscht.

«Also, sie hat dieses Kind, von dem angeblich niemand weiß, wer der Vater ist.»

Gustav tauchte aus den Tiefen des Schranks auf. Sie sah ihn an, prüfend, wie ihm schien, und Röte stieg ihm ins Gesicht.

«Ich bin's jedenfalls nicht!», sagte er bissig.

«Gott, wer wird denn so was annehmen! Das wäre ja nun auch noch schöner! Obwohl du immer nach ihr geschielt hast. Das ist mir durchaus aufgefallen.» Sie lächelte ihm mütterlich zu.

Er wandte sich ab. Dieses falsche Lächeln hatte er früh durchschaut.

«Du wusstest von dem Kind!», sagte sie plötzlich pikiert.

Gustav knurrte: «Und wenn? Was ändert das?»

«Nichts, will ich hoffen. Ich verstehe nur nicht, weshalb ihr solche Geheimnisse vor mir haben müsst. Wisst mehr über meine Waschfrau als ich!»

Gustav war noch keine Viertelstunde in der Wohnung, und schon ging ihm seine Mutter wieder auf die Nerven. Ungehalten brummte er: «Ich kenne auch die Söhne deiner Waschfrau und weiß, was das für Hallodris sind.»

«Na, eben. Deshalb werde ich mich wohl oder übel von der Jungnickeln trennen müssen. Nach einer kleinen Anstandszeit natürlich, wenn die erste Trauer vorüber ist.»

«Was ist denn passiert?»

Sie sah Gustav gespannt an. «Hast du denn gar nichts gehört davon?»

An der Wohnungstür klingelte es. Sie legte den Finger auf die Lippen und flüsterte: «Wer immer es auch ist – kein Wort von der Jungnickeln!»

Der Mann, der vor der Tür stand, stellte sich als Kriminalwachtmeister Kappe vor, und es war schlechterdings unmöglich, nicht über die Jungnickeln zu sprechen, galt doch seine erste Frage ebendieser Frau. Die Mutter hatte die Zimmertür offengelassen, und Gustav verstand jedes Wort. Anscheinend wollte die Mutter den Beamten im Korridor abfertigen.

«Jungnickel? Ja, sie hat mir dann und wann bei der Wäsche geholfen. Mehr kann ich nicht sagen.»

«Früher hat sie gelegentlich ihre Tochter mitgebracht, nicht wahr?»

Mutters Stimme klang sehr spitz. «Möglich. Das ist lange her. Ich muss mir ja wohl nicht alle Einzelheiten bezüglich meiner Waschfrau merken, oder?»

Kappe blieb höflich. «Natürlich nicht», stimmte er zu. «Aber an so ein nettes blondes Ding erinnert man sich doch …»

Gustav überlief es kalt. Oh ja, an so ein blondes Ding erinnerte man sich nur zu gut!

«Vielleicht weiß ja Ihr Sohn etwas über das Fräulein Jungnickel. Ist er zu Hause?»

In diesem Augenblick trat etwas ein, was Gustav mit dem Fatalismus des ewigen Pechvogels hinnahm: Er machte einen Schritt auf die Tür zu, um sich dahinter wenigstens notdürftig zu verbergen, und trat dabei auf das breite Dielenbrett, das noch immer das gleiche Knarren von sich gab wie schon in den Jahren seiner Kindheit.

Der nicht zu überhörende Laut bewahrte die Mutter davor, Kappe möglicherweise eine Lüge aufzutischen. «Mein Sohn?», fragte sie mit erhobener Stimme, als der schon in der Tür auftauchte, als hätte man ihn gerufen.

SIEBZEHN

KAPPE war nur nach Hause gefahren, um sich umzuziehen, und traf jedoch leider beim Verlassen der Wohnung mit seinem Nachbarn Theodor Trampe zusammen. «Na?», fragte der reichlich bissig, «am Dienstagabend Erfolg gehabt mit dem Säbel?»

«Damit hatte ich nichts zu tun», erklärte Kappe. «Ich ermittle in einem Mordfall.»

«Daran hat ja auch nicht viel gefehlt, so wie eure Schutzleute zugeschlagen haben.»

«Hier in der Gegend ging es doch recht friedlich zu», gab Kappe zu bedenken.

«Ich verstehe schon: Eine Krähe hackt der anderen kein Auge aus. Gehen wir trotzdem ein Bier trinken?»

«Tut mir leid. Ich muss noch mal los.»

Trampe griente höhnisch. «28 Sistierungen von Demonstranten. Das bringt allerhand Arbeit mit sich, was? So habt ihr euch das vorgestellt: Radaufreiheit für Jungdeutschland und seine Krakeeler und Anklagen gegen Friedensdemonstranten!»

«Reden Sie doch keinen Unsinn, Trampe! Mir gefällt es auch nicht, wenn da auf die künftigen Soldaten losgeschlagen wird.»

«Na, sieh mal an … Das sollte euer Traugott mal bedenken!»

«Euer Traugott» war der Polizeipräsident von Jagow, der bestgehasste Mann bei den Sozialdemokraten.

Kappe zog seine Uhr zu Rate und sagte dann: «Also los. Ein Bier meinetwegen.»

Es wurden drei, bis der Friedensapostel Trampe ihm auseinandergesetzt hatte, dass Deutschland die russischen Drohungen natürlich auch nicht ungestraft durchgehen lassen könne. Ein bisschen verwundert über diesen Sinneswandel, machte sich Kappe auf zum Kottbusser Tor. Dass sein Glück ihn gleich an der richtigen Wohnungstür schellen ließ und er dort überdies den Pankratzschen Sohn antraf, bestätigte die Richtigkeit seiner Idee, dem Fall noch an diesem Abend nachzugehen. Den Freitagabend gedachte er für Klara zu reservieren.

Gustav Pankratz allerdings erwies sich in der Befragung als ziemliche Niete. Er bestritt nicht, Lina gekannt, ja sich vor zwei, drei Jahren auch mal für sie interessiert zu haben, bevor er erfuhr, wie jung sie noch war. Dann hätte sie plötzlich das Kind gekriegt, und da wäre sein Interesse endgültig erloschen.

Nein, er habe keine Ahnung, wer der Vater sein könne, er habe Lina nie für mehr gehalten als ein niedliches Kind, und er hätte sich ihr nie ernsthaft genähert oder gar mit ihr – «Na, Sie verstehen schon ...»

Kappe verstand, traute ihm aber nicht. Welcher 24-jährige Mann würde ohne weiteres zugeben, eine 15-Jährige geschwängert zu haben?

«Wo waren Sie denn am Freitagabend?», fragte er.

Gustav hob die Schultern. Man sah ihm an, wie unbehaglich er sich fühlte. «Keine Ahnung», sagte er. «Freitags ist immer viel zu tun, da bin ich sicher spät weg aus dem Laden. Hab bei meiner Wirtin einen Happen gegessen und bin wahrscheinlich ab in die nächste Destille.»

«In welche?»

«Ist das so wichtig?»

Der Kerl war renitent. Kappe ließ seinen Blick umherschweifen, aber in dem unfreundlichen Raum gab es nicht viel zu sehen. Über dem Bett hing ein Bild, auf dem ein Schutzengel sich über ein Kind beugte. Und daneben ein Familienphoto in einem ovalen Rahmen.

«Für Sie könnte es schon wichtig sein, Pankratz», sagte er mit einem gewissen Unterton. Er saß vor Pankratz auf dem einzigen Stuhl, die Beine ein wenig behäbig gespreizt, und starrte den Barbier an. Dass er nach Bier roch, hatte Pankratz sicherlich längst bemerkt. Und dass die Mutter an der Tür horchte, auch. Das Knarren der Dielen war nicht zu überhören.

Gustav Pankratz wich seinem Blick aus. «Vielleicht war ich auch im Kintopp bei mir im Haus. Was ist denn am Freitagabend passiert?», wollte er wissen.

«Das frage ich Sie.»

Das Familienphoto zeigte die um etwa dreißig Pfund schlankere Frau Pankratz neben einen stramm aufgerichteten Mann mit Tirpitzbart und einer fast erwachsenen Tochter. Davor standen zwei Jungen.

Pankratz sagte: «Bei mir ist am Freitag nichts Besonderes gewesen.»

«Sie haben sich mit niemandem getroffen?»

Allmählich schien Gustav die Fragerei zu ärgern. «In meinem Beruf treffe ich immerzu Leute», entgegnete er ablehnend. «Worauf wollen Sie eigentlich hinaus?»

Ganz plötzlich nahm Kappe die stickige Luft in dem ungelüfteten Raum wahr. Er erhob sich und trat an das schmale Fenster. Da war nur der enge Hof mit den abendlichen Schatten. «Auf Lina Jungnickel. Das sagte ich doch. Wann haben Sie die zum letzten Mal getroffen?»

«Das ist Monate her.»

Es klopfte an der Zimmertür, und die Mutter trat mit einem gezwungenen Lächeln ein, das Kappe für sich nicht anders als «scheißfreundlich» nennen konnte.

«Darf ich Ihnen etwas zu trinken anbieten?»

Kappe lehnte mit trockener Zunge ab. Er war sicher, dass die Frau nicht von ungefähr ausgerechnet in diesem Augenblick hereingeplatzt war. Da war irgendwas faul. Sein Gefühl hatte ihn selten getrogen. Aber was es war, würde er hier und heute nicht herauskriegen.

Er notierte Gustavs Adresse sowie die des Adomeitschen Salons in Lichtenberg und verabschiedete sich. Dem Herrn Barbier würde er schon noch auf den Zahn fühlen.

Während er in einem Biergarten seinen Durst mittels einer Weißen mit Schuss bekämpfte und sein Blick über den Landwehrkanal schweifte, fiel ihm noch jemand ein, der eine genauere Nachfrage verdient hatte.

Das Haus in der Adalbertstraße war glücklicherweise noch nicht abgeschlossen. Im Hausdurchgang hatte jemand ein schwarzumrandetes Papier an den Holzrahmen des Stillen Portiers geklebt, das Kappe in der Dunkelheit nicht zu entziffern vermochte. Wahrscheinlich ging es um Lina Jungnickels Beisetzung.

Hinter der Jungnickelschen Tür erklang Kindergeschrei, das Kappes Eifer dämpfte. Andererseits musste er die Gelegenheit nutzen und nach Max Unrauh forschen. Und außerdem war es an der Zeit, Ottos Alibi zu überprüfen. Das hatte er bisher versäumt.

Von Max fand sich keine Spur, und Otto hatte sich zum Boxen abgemeldet, wie Martha Jungnickel ihm nicht besonders freundlich mitzuteilen wusste. Mit ihr war eine erstaunliche Wandlung vonstatten gegangen. Sie war ordentlich frisiert und gekleidet und sah trotz der Trauermiene zehn Jahre jünger aus.

«Wat wolln Sie denn immer noch von die Jungs?», fragte sie. «Von ihre Fraren wird det Mädel ooch nich wieder lebendich. Ick werde sowieso nie bejreifen, warum se uns det anjetan hat.»

«Tja ...», antwortete Kappe langgezogen. «Zumal sie keinen Abschiedsbrief oder so etwas hinterlassen hat. Oder haben Sie etwas dergleichen gefunden?»

Ihm entging nicht, dass Martha Jungnickel errötete und sich eilig dem Kind zuwandte, um ihm mit einem weiteren Stück Banane den Mund zu stopfen. Hier schien der Wohlstand ausgebrochen zu sein. Auf dem Tisch lagen Butter, Wurst und Brot.

«Schreiben war nich so ihre Sache», sagte Martha. «Lesen schon eher. Manchmal musst ick ihr die Schmöker förmlich aus de Hand reißen.»

Kappe nickte. «Weshalb sind Sie eigentlich auf den Gedanken

gekommen, dass Ihre Tochter möglicherweise nicht ganz freiwillig ins Wasser gegangen sein könnte?»

Martha Jungnickel brauchte einen Moment, um die in Kappes gewundenem Satz enthaltene Vermutung zu erfassen. «Sie meinen – et hätte ihr jemand ...», sagte sie stockend und riss die Augen weit auf.

«Wäre doch immerhin möglich», meinte Kappe nüchtern.

Martha nickte bedächtig. «Nu verstehe ick endlich. Deshalb krauchen Sie hier Tach für Tach rum und horchen de Leute aus! Und Sie jlooben allen Ernstes, dess meine Jungs ...?» Ihre Stimme hob sich gefährlich.

Kappe wiegelte sofort ab. «Es handelt sich lediglich um Zeugenaussagen. Dabei spricht natürlich gegen Ihren Sohn Max, dass er sich vor uns verborgen hält und Sie angeblich auch nicht wissen, wo wir ihn finden können.»

Martha Jungnickel musterte ihn mit einem langen Blick. «Ick weeß nich, ob et richtich is», sagte sie schließlich zögernd. «Aber et könnte jut sein, dess er bei die Mulle unterjekrochen is. Die is so 'n jutherziget Meechen, obwohl Maxe ziemlich jemein zu se war.»

Auf diese Weise erfuhr Kappe die Adresse von Linas Schulfreundin Erna Mulkwitz am Heinrichplatz, die schon siebzehn war und ihr Geld auf eine Weise verdiente, die Martha Jungnickel nicht näher auszuführen gedachte. Kappe machte sich eine Notiz. Max Unrauh noch heute Nacht dort aufzuspüren, hätte eine aufwendige Aktion erfordert, auf die er lieber verzichtete. Eine Festnahme ohne Information und Genehmigung von Canows schien ihm nicht angebracht. Stattdessen erkundigte er sich nach Ottos Boxverein und verabschiedete sich.

«Morjen is die Beerdjung», teilte ihm Martha noch mit. Kappe notierte auch diesen Termin. Vielleicht ließ sich ja Max oder ein anderer Verdächtiger dort sehen. Man durfte nichts unversucht lassen.

Es war noch immer nicht ganz dunkel, als Kappe sich zu Ehlenbruch in den dritten Stock aufmachte. Obwohl es ein warmer

Sommerabend war, saß der junge Mann tatsächlich an seinem Schreibtisch und zeichnete. Jedenfalls trugen seine Finger entsprechende Spuren, als er damit über das große Pflaster an seiner linken Schädelseite fuhr. «Kommen Sie deswegen?», fragte er sofort.

Kappe schüttelte den Kopf und unterließ es, nach der Ursache der Wunde zu fragen. «Darf ich reinkommen?»

Widerstrebend ließ ihn Ehlenbruch ein. Diesmal blieben sie in der Küche. Kappe, nach einem langen Tag, dem Bier und den Befragungen ermüdet, fiel gleich mit der Tür ins Haus: «Sie haben mir neulich nicht die Wahrheit gesagt, Herr Ehlenbruch.»

Ehlenbruch hielt seinem Blick stand. «So?», sagte er leichthin. Mehr nicht.

«Lina Jungnickel war öfter mal in Ihrer Wohnung. Oder haben Sie das vergessen?»

«Und wenn?», sagte Ehlenbruch aufsässig. «Was wäre dabei? Dafür dürfte sich doch höchstens ihre Mutter interessieren. Und die wusste, dass Lina bei mir saubermacht.»

«Sie haben sie bezahlt?»

«Ja, selbstverständlich.»

«Und es ist zu keinerlei ... Vertraulichkeiten zwischen Ihnen gekommen?»

Ehlenbruch blickte an ihm vorbei aus dem Fenster. Vermutlich überlegte er, wie viel ein eventueller Beobachter aus dem Vorderhaus gesehen haben konnte. Er zog die Luft durch die Nase und sagte: «Sie müssen nicht jeden Klatsch und Tratsch glauben.»

Kappe zuckte die Achseln. «Solange Sie mir nicht das Gegenteil beweisen ...»

«Ich habe nichts mit ihr gehabt. Sie war ein hilfloses, armes Ding. Und sie hat sich mal bei mir ausgeheult. Da habe ich sie vielleicht mal in den Arm genommen und getröstet. Mehr war da nicht. Gucken Sie sich mal die Familie an. Ich fange doch nichts mit einer an, die schon ein Kind und solche Brüder hat!»

«Wenn sie sich bei Ihnen ausgeheult hat – wurde dabei der Kindesvater erwähnt?»

«Ich habe sie darauf angesprochen. Sie hat dann so etwas geschluchzt, dass der ihr Geld gäbe. Und dass sie, wenn sie genug hätte, von zu Hause türmen würde.»

Also hatte doch eine Verbindung zu dem Mann bestanden! Kappe registrierte es mit Befriedigung.

«Hat sie erwähnt, dass sie wieder ein Kind erwartet?»

Zu Kappes Überraschung nickte Ehlenbruch. «Das war ja der Hauptgrund für ihren Kummer. Sie hatte Angst, ihr Bruder würde ihr was antun, wenn er es erfährt. Anscheinend hatte er damit gedroht.»

«Welcher? Max oder Otto?»

«Der Boxer. Otto. Der andere hat ja selber versucht, sie auf den Strich zu schicken.»

Nette Familie, dachte Kappe. Er war drauf und dran, Ehlenbruch zu glauben, dass er mit denen möglichst nicht intim werden wollte.

«Hat sie denn gesagt, ob sie wieder von dem gleichen Mann schwanger ist wie beim ersten Kind?»

Ehlenbruch überlegte. «Nicht direkt. Nun ist es wieder passiert, hat sie nur gesagt.»

Kappe erhob sich. «Wo waren Sie eigentlich am Freitagabend?», fragte er von der Tür her.

«Wo soll ich gewesen sein? Ich habe hier gesessen wie jeden Abend.» Er wies zur Zimmertür.

«Und Sie haben nicht zufällig aus dem Fenster geguckt und gesehen, ob die Lina vorne zum Tor raus ist?»

«Nein. Ich habe gezeichnet. Aber damit ist es ja nun auch bald vorbei.»

Kappe sah ihn fragend an.

«Meine Einberufung», sagte Ehlenbruch ohne jede Spur von Begeisterung. «Heute Nachmittag sind Extrablätter mit der Mobilmachung verteilt worden.»

ACHTZEHN

ÜBER DIE NACHRICHT von der Mobilmachung wurde auch in den hinteren Räumen der Sportklause in der Alexandrinenstraße heftig debattiert. Paule mit den Blumenkohlohren, dessen Schwager bei Scherl in der Expedition arbeitete, wusste genau, dass es sich nur um eine Ente der Konkurrenzfirma Mosse gehandelt hatte und das Extrablatt sofort zurückgezogen worden sei.

«Als ob det wat ändat!», fasste Richard, der gewöhnlich den Ringrichter machte, die allgemeine Stimmung zusammen. «Isset heut nich, isset morjen. Und nu druff uff de Franzosen, ihr Saftsäcke!»

Das ließen die Sportfreunde sich nicht zweimal sagen. So erbittert wie heute war selten geboxt worden. Dass es ihr letzter Trainingsabend werden sollte, ahnten die wenigsten. Auch Otto kam zum Zuge und durfte seine nagelneuen Sportschuhe zünftig einweihen. Woher das Geld dafür stammte, war aus Mutter nicht herauszukriegen gewesen, und nach dem dritten siegreichen Kampf und dem sechsten Bier dachte Otto nicht länger darüber nach.

Er war in angriffslustiger Stimmung. Das allgemeine Kriegsgerede wirkte ansteckend und stachelte die dumpfe Wut noch an, die ihn seit dem Abend im Leichenschauhaus nicht mehr verlassen hatte. Am liebsten hätte er auf alles eingeschlagen, was ihn umgab. Selbst Richard hatte das zu spüren gekriegt, als er väterlich meinte, für heute sei es genug für Otto. Der fand das ganz und gar nicht und stänkerte ein bisschen rum, und als gegen halb zehn ein Fremder den Saal betrat, richtete sich seine Aufmerksamkeit sofort auf den. Es kam häufig vor, dass Gäste aus der Kneipe nach hinten kamen und eine Weile den Kämpfenden zusahen, gelegentlich ein bisschen fachsimpelten, als verstünden sie was vom Boxen, auch mal eine Runde ausgaben und wieder verschwanden.

Der hier war anders, das bemerkten auch die anderen sofort. Misstrauische Blicke trafen den Eindringling, und als Otto sich bedächtig von seinem Platz löste und auf den Mann zutrat, zog er damit die allgemeine Aufmerksamkeit auf sich.

«Da sind Sie ja», begrüßte ihn Kappe erleichtert. «Unter all den Halbnackten habe ich Sie nicht gleich erkannt.»

Ich dich schon, dachte Otto voller Ingrimm. Auf der Linken trug er noch den Handschuh, in der Rechten hielt er sein Bier. Er trank einen Schluck und musterte den Kriminalen über den Rand des Glases hinweg. Was hatte der hier rumzuschnüffeln?

«Wollte mir den Boxbetrieb mal angucken», meinte Kappe harmlos, als wäre er nicht alleine Ottos wegen hier aufgetaucht. Der schwieg noch immer und registrierte mit Genugtuung, wie sich um sie herum allmählich ein lockerer Kreis bildete.

Auch Kappe schien es zu bemerken. Er klopfte Otto auf die Schulter und sagte: «Wir gehen besser mal einen Schritt zur Seite. Ich habe noch ein paar Fragen an Sie.»

Otto schüttelte die Hand ab und machte sich steif. «Wüsste nicht, was ich Ihnen zu sagen habe», sagte er streitlustig und so laut, dass es alle hören konnten.

Auf Kappes Stirn zeigte sich eine steile Falte. «Sie können natürlich auch mitkommen, und wir klären das auf dem Präsidium», sagte er leise.

«Red lauter. Wir ham hier keene Jeheimnisse vornander», rief einer aus der Runde. Einige lachten. Allen war klar, dass da was gegen Otto lief, und da hatte der Verein zusammenzuhalten.

Kappe blieb ruhig. «Ich warne Sie, Unrauh! Wenn Sie hier einen Aufstand organisieren, nimmt das ein böses Ende.»

«Habter jeheert? Et nimmt 'n böses Ende mit 'n!», krähte Paule mit den Blumenkohlohren, der sich dicht neben Otto aufgebaut hatte.

Kappe sah ihn kühl an. «Ich rede mit Herrn Unrauh und nicht mit Ihnen», sagte er vernehmlich.

«Det is hier unsa Vaeinslokal. Und wer hier mit wen redet, det bestimm' janz alleene wir, vastehste. Und jetz mach dir von Hoff, du Jakob, sonst machen wa dir Beene!»

Kappe sah sich im Kreise um. Furcht war ihm nicht anzumerken. Wahrscheinlich überlegte er, ob es sich lohnte, die Dienstmarke vorzuzeigen.

«Wir sehen uns morgen früh um neun im Präsidium», sagte er zu Otto. Als er sich zum Gehen wandte, traf ihn ein leichter Schlag in die Nieren. Er drehte sich um. Paule mit den Blumenkohlohren griente dreist. «Mach dir dünne, Junge. Du bist hier mitten mang die Scharfen vom Moritzplatz jeraten!»

Jemand stellte ihm ein Bein, und Kappe riss endgültig der Geduldsfaden. Er sah sich von erwartungsvoll grinsenden Gesichtern umgeben und wählte eins davon aus. Noch ehe jemand ihn festhalten konnte, traf seine Rechte Paules narbiges Antlitz. Der taumelte zur Seite. «Donnerwetter!», entfuhr es ihm. «Der Junge schlächt ja wien Alta!»

«Lasst ihn. Das ist meiner!» Otto stand vor Kappe und trank mit gefährlicher Ruhe seine Bierneige. Unerwartet schoss seine behandschuhte Linke vor und traf Kappes Kinn.

Der hörte noch, wie sie ihn auszählten.

NEUNZEHN

KAPPE verdankte es seiner gesunden Konstitution, dass er am Freitag wie an jedem anderen Tag im Präsidium erschien. Zwar war die Schwellung am Kinn trotz nächtlicher Kühlung noch nicht abgeklungen, und die rechte Hand schmerzte beträchtlich, aber er fühlte sich dennoch eher seelisch als körperlich angeschlagen. Sich von so einem heimtückischen Fliegengewicht glatt aufs Parkett schicken zu lassen!

Er hatte nicht vor, aus der Sache eine Staatsaktion zu machen und sich damit der Lächerlichkeit preiszugeben. Außerhalb des Dienstes und mutterseelenalleine in Ringvereinskreisen zu ermitteln – das konnte nur einem passieren, der geistig noch immer im idyllischen Storkow beheimatet war und nicht in der rauen Großstadt. Ein wahres Glück, dass er nicht die Dreyse 07 bei sich getragen hatte, die Kerle hätten ihn womöglich noch entwaffnet!

Er nuschelte also etwas von einem entzündeten Zahn, als Galgenberg ihn auf die Beule ansprach, und war zufrieden, dass den andere Sorgen bewegten als das kollegiale Äußere. *«Getreideausfuhrverbot in Deutschland»*, zitierte er sein Leib- und Magenblatt, und dann erzählte er sorgenvoll von dem Extrablatt mit der erfundenen Mobilmachung.

«Ich weiß gar nicht, wo Ihr ganzer Patriotismus hin ist», lästerte Kappe. «Vielleicht sind Sie bald Polizeichef in St. Petersburg!»

So leicht war Galgenberg nicht aufzuheitern. «Ich weiß nicht», sagte er griesgrämig, «aber wenn ich an unsere österreichischen Verbündeten denke, werde ich ein mulmiges Gefühl nicht los.»

«Wie ich, wenn ich an unseren Fall denke. Aber dafür habe ich 'ne Adresse, wo wir vielleicht den Max Unrauh finden.»

«Ach nee!», sagte Galgenberg. «Da haben Sie wohl wieder Ihren ganzen Spürsinn spielen lassen, was?»

Kappe überhörte den ironischen Ton und berichtete knapp über die Ergebnisse des gestrigen Abends, ohne dessen leidigen Ausklang zu erwähnen.

Galgenberg hörte ihm ohne besondere Aufmerksamkeit zu, was Kappe ebenso ärgerte wie das beinahe hämische Lächeln, das dabei um Galgenbergs Lippen zuckte.

«Nun passen Se mal Obacht, Herr Kollege», sagte Galgenberg, der kaum auf das Ende von Kappes Kurzbericht gewartet hatte, und nahm den Telefonhörer ab. Er wählte drei Zahlen und meldete sich mit seinem Namen. «Schicken Sie uns mal den bestellten Herrn rüber», äußerte er jovial und blinzelte Kappe dabei zu.

Den überkam ein ungutes Gefühl. Was hatte Galgenberg da ausgeheckt?

Es verging keine halbe Minute, und die Tür öffnete sich. Es war jedoch nur Kniehase, der hereintrat und triumphierend verkündete: «Es handelt sich um ein G, meine Herren!»

Kappe verstand sofort, und postwendend fiel ihm dazu der Name Gustav ein. Galgenberg hingegen fragte: «Dur oder moll?»

Kniebusch, ohne den albernen Einwand zu beachten, hielt einen Zettel in der Hand und erläuterte: «Es ist mir gelungen, noch mehr zu entziffern. M - o - r -, Punkt Punkt Punkt, klein Ha, klein Err, groß El, klein Be, dann ein Ge, Punkt.»

«Morgens geht der kleine Herr zur großen Elbe?», fragte Galgenberg. Kniehases vernichtender Blick ließ ihn verstummen.

Indes hatte sich Kappe über das Papier gebeugt.

Mor ... hr Lb – G.

«Ich würde das so deuten: Morgen um soundsoviel Uhr am Treffpunkt Lb. Gustav.»

Kniehase zog eine anerkennende Grimasse. «Obwohl ich nicht

weiß, wie sie gerade auf Gustav kommen. Der Kerl kann ebenso gut Gottfried oder Gisbert heißen.»

«Oder Grigoschewski», schlug Galgenberg vor. «Heißt so nicht der Damenschneider von vier Treppen?»

An Grzegoszewski hatte Kappe ebenfalls gedacht. Dennoch wandte er ein: «Weshalb sollte der sich außerhalb des Hauses mit der Kleinen treffen?»

Galgenberg lachte hässlich. «Menschenskind, um sie umzubringen! Was denn sonst? Meinen Sie, das macht der in seiner Stube?»

Kappe starrte auf den Zettel. Kniehase hatte alle entzifferten Buchstaben in seiner sorgfältigen Bürohandschrift nachgeahmt. «So ordentlich war das geschrieben?», fragte er.

Ein kräftiges Klopfen an der Tür unterbrach ihren Exkurs. Ein beleibter Wachtmeister führte an einer Knebelkette einen mit Handschellen gefesselten Mann in den Raum.

«Max Unrauh», stellte Galgenberg ihn vor. Kappe hätte in dem so flott Verkleideten kaum den Gesuchten erkannt. Jetzt verstand er Galgenbergs hintergründiges Lächeln von vorhin, ließ sich seine Überraschung jedoch nicht anmerken. Vielmehr sagte er zu dem wartenden Wachtmeister: «Es wird ein Weilchen dauern mit dem Herrn. Wir melden uns wieder.»

«In Ordnung. Aber die vom Diebstahl warten auch schon auf ihn.»

Kniehase, ein wenig irritiert darüber, die allgemeine Aufmerksamkeit verloren zu haben, sagte pikiert: «Sie wissen, wo Sie mich finden», und schloss sich dem Wachtmeister an.

Galgenberg bot Max Unrauh einen Stuhl an und sagte jovial: «Na, dann schieß mal los, mein Junge.»

Max sah von einem zum anderen, als wolle er die Gefährlichkeit der Gegner einschätzen, und sagte dreist: «Ick weeß ja nich, wat Sie von mir wollen ...»

Galgenberg richtete sich zu seiner vollen Sitzgröße auf. «Als Erstes wollen wir uns von dir nicht die Zeit stehlen lassen!», donnerte er unerwartet los. «Sätze mit ‹Ich weiß gar nicht …› wollen wir nicht hören, verstanden? Wir klären hier Tötungsverbrechen und Mordfälle, keine *Flatterfahrten* oder *Torfdrückereien*.»

Galgenberg brüstete sich gerne mit seinen Kenntnissen der Ganovensprache. *Flatterfahrer* war eine glatte Beleidigung. Die stahlen Wäsche. *Torfdrücker* aber waren Taschendiebe. Er maß Max vom heute gar nicht so glatt gezogenen Scheitel bis zu den nagelneuen Schuhen. «Nicht mal für *Masematten* wie im Schuhhaus Tack!», fügte er bissig hinzu.

Max erbleichte. «Die Schuhe sind nich von da …», sagte er.

«Aber du bist trotzdem *treefe* gegangen», entgegnete Galgenberg mit Genugtuung und meinte damit: mit dem Diebesgut in der Tasche verhaftet worden.

«Ick w …»

«Bist du taub?», brüllte Galgenberg. «Ich will keine Ich-weiß-nicht-Sätze hören! Und mir ist scheißegal, ob du Schuhe geklaut hast oder Spazierstöcke oder alten Frauen die Taschen ausräumst!»

Kappe, einigermaßen erstaunt über Galgenbergs ungewohnten Ausbruch, hatte bis dahin geschwiegen. Jetzt fragte er ruhig: «Wo sind Sie am vergangenen Freitagabend gewesen, Herr Unrauh?»

Erleichtert wandte Max sich ihm zu. «Dit weeß ick doch jetzt nicht mehr. Is ja 'ne ganze Woche her …»

«Es war der Tag, an dem Ihre Schwester verschwand.»

«Da war ick nicht zu Hause.» Es klang erleichtert.

Galgenberg stöhnte auf. «Nu sieh mal einer an! Und wo warst du?»

«Kann mir nich erinnern …»

Wenn Galgenberg wollte, konnte er auch «Flöte anlegen», einen Delinquenten durch Freundlichkeit zum Geständnis überreden. Er rückte seinen Stuhl etwas näher zu Max heran und begann mit ganz normaler Stimme: «Sieh mal, mein Junge. Da ist nämlich etwas ganz Dummes passiert. Deine Schwester ist nach einem Streit mit der Mutter von zu Hause weg und war verschwunden, bis wir sie am Montag aus dem Kanal gefischt haben.»

Max war keine Regung anzumerken.

«Und nun suchen wir ganz einfach den, der sie da reingeschubst hat.»

Max spürte die bohrenden Blicke der beiden Kriminalen. «Det is doch Quatsch!», sagte er heiser. «Wer sollte denn so wat machen?»

«Genau das wollen wir von dir wissen.»

«Dit gloobe ick einfach nich.» Er schüttelte den Kopf. «Die hätte doch jeschrien wie am Spieß.»

Galgenberg fuhr sich mit Daumen und Zeigefinger an den Hals. «Vielleicht hat ihr ja vorher jemand die Kehle zugedrückt», meinte er beinahe gemütlich.

Endlich schien Max zu begreifen, was da auf ihn zukam. «Damit hab ick nischt zu tun!», erklärte er, und man merkte ihm die Beunruhigung an. «Ick hab mir immer jut mit Linan verstanden …»

«Na ja. Wie gut, das wird sich noch rausstellen», sagte Kappe. «Also: Wo waren Sie am Freitagabend?»

Man merkte Max an, dass er mit sich rang. «Freitagabend …», sagte er gedehnt. «Bestimmt war ick irjendwo 'ne Molle zischen.»

«Na, nun wollen wir doch mal *Kalches* machen und die Wahrheit sagen», meinte Galgenberg. «Du trinkst doch dein Bier nicht alleine. Mit wem warst du denn unterwegs?»

Ein zaghaftes Klopfen an der Tür enthob Max der Antwort. Auf Galgenbergs donnerndes «Herein!» öffnete sich die Tür, und Otto Unrauh betrat zaghaft den Raum, verlegen seine Mütze in der Hand knautschend.

Kappe glaubte seinen Augen nicht zu trauen.

«Ich sollte mich um neun hier melden», äußerte Otto höflich, wobei sein Blick von Kappe zu Max und den Handschellen wanderte.

«Das sollten Sie in der Tat!», sagte Kappe. Sofort war der

Schmerz an seiner Kinnlade wieder da. Mit manchem hatte er gerechnet, aber kaum mit Ottos Erscheinen.

«Ich wollte mich zuerst mal entschuldigen», begann der auch noch demütig, was ihm einen befremdeten Blick Galgenbergs einbrachte.

Kappe winkte ab. «Schon gut», sagte er. Das fehlte noch, dass Otto sich jetzt über den gestrigen Abend ausließ. «Darüber reden wir beide gelegentlich noch mal.»

Max nutzte die Gelegenheit. «Hör ma, Otto, die wolln mir hier wat inne Tasche schieben ...»

«Maul halten!», bellte Galgenberg. «Bei euch Kerlen wird es wirklich Zeit, dass ihr zu den Preußen einrückt und Gehorsam lernt!»

«Ick hab meine Schwesta trotzdem nischt jetan!», begehrte Max auf. «Fraren Se doch mal Otton, wo er Freitagabend jewesen sein wird.»

Galgenberg und Kappe verständigten sich mit einem Blick. «Kommen Sie», forderte Kappe Otto auf. «Wir unterhalten uns nebenan.»

Die Frage wollte Otto jedoch auch nebenan nicht klar beantworten. Er saß wie ein Häufchen Elend vor Kappe und gab sich alle Mühe, den einigermaßen bei Laune zu halten, aber an den Freitagabend wollte er sich merkwürdigerweise nicht recht erinnern. «Ick verstehe ja, dass Sie mir wegen Körperverletzung drankriegen werden. Aber davon fällt mir auch nicht ein, was ich ausgerechnet am Freitag gemacht habe. Wahrscheinlich war ich in der Sportklause.»

«Waren Sie nicht», beharrte Kappe. «Freitags ist kein Training, und vorne in der Gaststube hat man Sie auch nicht gesehen.»

Otto hob hilflos die Schultern. «Dann weiß ich es nicht», sagte er mit treuem Hundeblick. «Als die Lina aus dem Haus gelaufen ist, war ich jedenfalls nicht zu Hause. Das kann meine Mutter bestätigen.»

Es war hoffnungslos. Kappe versuchte es trotzdem noch einmal. «Sie scheinen nicht zu begreifen, Unrauh. Möglicherweise ist Ihre Schwester Opfer eines schweren Verbrechens geworden. Wir untersuchen hier Mordfälle ...»

Otto starrte ihn offenen Mundes an. «Wie denn – Sie meinen, ick hätte ...?»

«Ich meine, es wäre besser, Sie könnten nachweisen, wo Sie an dem Abend gewesen sind. Sie waren doch ganz sicher nicht alleine.»

Otto versank in tiefes Sinnen, schüttelte aber schließlich den Kopf. «Ich kann es nicht sagen. Da müsste ich erst mit jemandem sprechen ...»

Kappe lachte. «Das nenne ich ein Alibi, wenn Sie es vorher mit jemandem absprechen müssen.»

«Nee, nee, so ist das nicht. Aber wenn Sie mich jetzt hoppnehmen, denn sage ick sowieso nischt.»

«Und wenn wir Sie nicht festnehmen?»

In Ottos kantigem Gesicht blitzte Hoffnung auf. «Dann kläre ich das. Das verspreche ich Ihnen!» Und dann kam ihm wohl zum Bewusstsein, worum es eigentlich ging. «Und Sie meinen, die Lina hätte einer ... ertränkt?»

«Und wenn es so wäre?»

«Mann, wenn ich den kriege!» Er rieb seine linke Faust mit der rechten Hand, ohne zu bemerken, dass Kappe diese Geste nicht sonderlich sympathisch fand.

«Wo würden Sie ihn denn suchen?»

Aber auch auf diese Frage gab Otto keine klare Antwort.

ZWANZIG

IN DER BELETAGEWOHNUNG am Luisenufer herrschte das absolute Chaos. Ein einziges Gerenne, Gescheppere, Gekeife und dazwischen die hysterischen Anfälle der ach so glücklichen Braut Mechthild verwirrten den sonst so geordneten Tagesablauf im Hause Nothnagel. Unter dem Vorwand, auch an diesem Freudentag arbeiten zu müssen, hatte sich der Herr Professor in sein Arbeitszimmer zurückgezogen, den Hemdkragen geöffnet und eine der teuren Zigarren angezündet, deren Bestand sich auf rätselhafte Weise vermindert zu haben schien. Diese Angelegenheit bedurfte einer Klärung, und er würde damit nicht bis nach dem Ereignis warten, das für morgen ins Haus stand: die Nottrauung seiner einzigen Tochter mit dem Prokuristen August Pankratz.

Seine Zustimmung hatte Nothnagel erst erteilt, nachdem mit Gewissheit feststand, dass angesichts der Kriegswirren selbst das kaiserliche Haus eine solche Zeremonie für geboten erachtete. Wie es hieß, hatte sich Prinz Adalbert mit der Prinzessin Adelheid von Sachsen-Meiningen verlobt, während sein Bruder Oskar just an diesem Wochenende die Gräfin Bassewitz zu ehelichen gedachte.

Balthasar Nothnagel paffte seine Zigarre und dachte darüber nach, mittels welcher kriminalistischer Methode es ihm wohl gelingen könnte, den Zigarrenschwund aufzuklären, als es wieder einmal an der Wohnungstür schellte. Das passierte alle Augenblicke, Boten brachten die unterschiedlichsten Dinge ins Haus oder entschwirrten mit Aufträgen. Vor zwei Stunden hatte es einen Riesenskandal gegeben, als die Frau Professor erfahren musste, dass sich das Kaufhaus Wertheim am Moritzplatz nicht in der Lage sah, die umfangreiche Lebensmittellieferung für die Feier zu realisieren. Man habe der Großbestellungen an den Vortagen wegen, so hieß es, den Verkauf weitgehend einschränken, ja teilweise gänzlich einstellen müssen. Außerdem – und das erschien dem Herrn Professor als das wahre Argument – rechne man für die nächsten Tage mit gänzlich neuen Preisen. Die Zufuhr von russischen Gänsen sei bereits eingestellt ...

Vergebens hatte Frau Professor der unbeholfenen Emmi die Schuld für dieses Verhängnis zugeschoben und war persönlich zum Moritzplatz geeilt, um die Sache zu klären, kehrte jedoch erfolglos und völlig echauffiert aus dem erregten Gewimmel der Menge zurück. Nun sollte Emmi ihr Glück noch einmal im Delikatessengeschäft in der Skalitzer Straße versuchen, doch das Getöse im Korridor ließ den Professor ein neues Unheil befürchten.

So war es denn auch. Unerhörtes geschah. Ohne anzuklopfen, stürzte Mechthild ins geheiligte väterliche Arbeitszimmer und schreckte den Professor mit dem Ausruf «Die Kriminalpolizei ist im Hause! Sie wollen Emmi verhören!» auf.

Schwerfällig erhob sich Nothnagel. Was sollte das nun wieder? Für einen Moment zögerte er, die Zigarre aus der Hand zu legen, erinnerte sich jedoch rechtzeitig an die strenge Anweisung seiner Frau, nirgendwo anders in der geräumigen Wohnung seinen blauen Dunst zu verbreiten.

Gemessenen Schrittes trat er in den Flur, wo seine Frau heftig auf einen vierschrötigen jungen Mann mit Bart einredete, der davon nicht sehr beeindruckt schien. Daneben verharrte mit verknäulten Fingern Emmi, anscheinend unfähig, auch nur ein Wort von sich zu geben.

Mit sonorer Stimme wandte sich der Herr Professor an den Fremden: «Darf man erfahren, worum es sich handelt?»

Kriminalwachtmeister Kappe deutete eine Verbeugung an und sagte höflich: «Ich habe es Ihrer Gattin bereits erläutert. Es geht lediglich um eine vermutlich ganz unbedeutende Zeugenbefragung.»

Professor Nothnagel nickte verständnisvoll. «Tja – und was stünde dem entgegen, Hedwig?»

«Das fragst du noch? Am hellerlichten Tage dringt die Polizei hier ein und verhört das Personal? Muss man sich so etwas gefallen lassen?»

«Ich fürchte ja, Hedwig. In solchen Zeiten ist jeder dazu aufgerufen, das Seine für Recht und Ordnung beizutragen. Und wenn unsere Emmi da mit einer Auskunft helfen kann ...»

«Wie siehst du überhaupt aus!», fuhr ihn seine Gemahlin an und machte sich sofort an seinem Hemdkragen zu schaffen, was dem Herrn Professor sichtlich peinlich war.

«Lass doch bitte den dummen Kragen», sagte er ärgerlich. «Und lass den Herrn seine Pflicht tun und seine Fragen stellen.»

«Aber verstehst du nicht? Er will uns verbieten, dabei zu sein! Man verhört unsere Dienstboten in unserem eigenen Hause und teilt uns nicht einmal mit, worum es überhaupt geht!»

«Das musst du schon einsehen, meine Liebe. Bei der Kriminalpolizei ist eben alles geheim.» Er wandte sich vermittelnd an Kappe: «Aber eine kleine Information wäre natürlich außerordentlich hilfreich. Vielleicht haben wir ja auch irgendwelche Erkenntnisse beizutragen ...»

«Bedaure», entgegnete Kappe knapp. «Aber während des fraglichen Zeitraums hielten Sie sich wahrscheinlich im Urlaub auf.»

Hedwig Nothnagel riss die Augen unnatürlich weit auf und kreischte: «Emmi! Was hat sich hier während unserer Abwesenheit zugetragen?»

«Nichts, gnädige Frau. Absolut nichts!», versicherte Emmi mit versagender Stimme. «Ich schwöre es Ihnen!»

Kappe fand, dass es nunmehr genug war mit dem Getue. «Darf ich jetzt meiner Dienstpflicht nachkommen?», erkundigte er sich nüchtern. «Vielleicht gibt es ja einen Raum, wo ich das Fräulein für zehn Minuten ungestört befragen kann.»

Der in der ganzen Wohnung herrschenden Unordnung wegen und weil Emmis winzige Kabuse nun wirklich zu armselig für einen Polizeibesuch war, bot der Professor schließlich sein Heiligtum an. Noch in der Tür flüsterte er Kappe zu: «Vielleicht können Sie bei dieser Gelegenheit ganz unauffällig den Verbleib eines guten halben Dutzends meiner besten Zigarren aufklären ...»

Kappe schenkte ihm nur einen säuerlichen Blick. Im Zimmer bot er Emmi einen der beiden mächtigen Ledersessel am Rauchtisch an und ließ sich in dem anderen nieder. «Sie brauchen keine Angst zu haben», sagte er mit gedämpfter Stimme. «Im Grunde geht es nur um die Antwort auf eine einfache Frage.»

Emmi hockte sprungbereit auf der Sesselkante und brach in Tränen aus.

«Sie wissen also, worum es sich handelt?»

Sie nickte kaum merklich, hob jedoch plötzlich den Kopf und erklärte laut: «Ich weiß nicht, wovon Sie sprechen. Ich habe nichts Unrechtes getan!»

«Das behauptet ja niemand.» Kappe hielt seine Stimme gesenkt. Natürlich war auch ihm klar, dass da draußen mindestens zwei Ohrmuscheln am Türblatt klebten und begierig auf jedes Wort lauschten.

«Wann ist der Mann zum ersten Mal hier in der Wohnung gewesen?» Kappe flüsterte beinahe.

Emmi antwortete mit einem neuen Aufschluchzen.

«Es war in der vergangenen Woche», raunte Kappe. «Sie brauchen nur zu nicken.»

Emmi nickte.

«Am Donnerstag?»

Kopfschütteln.

«Freitag?»

Sie schloss zustimmend die Augen.

«Mittags? Nachmittags? Am Abend?»

Kaum merkliches Nicken.

«Um sechs? Sieben? Acht?»

«Vor acht», wisperte Emmi kaum verständlich. «Das Haus war noch nicht abgeschlossen.»

«Ist er noch einmal weggegangen?»

Heftiges Kopfschütteln.

«Bestimmt nicht? Haben Sie ihm den Schlüssel gegeben?»

Empörtes Kopfschütteln.

Kappe vergewisserte sich noch einmal: «Er war also vom Freitagabend gegen acht an bis Dienstag ununterbrochen hier bei Ihnen?»

Sie nickte unter Tränen.

«Na gut», sagte Kappe und erhob sich. «Das wäre schon alles.»

Hilflos blickte Emmi zu ihm auf. «Und was sagen Sie jetzt da draußen?»

«Gar nichts. Und Sie sagen einfach, ich hätte Sie zu der Wasserleiche im Kanal befragt. Davon haben Sie doch gehört?»

Ihre Augen weiteten sich. «Hat der Anton etwa was damit zu tun?», fragte sie stockend.

Im Flur läutete es an der Wohnungstür.

«Machen Sie sich keine Sorgen», sagte Kappe. «Und wischen Sie sich die Tränen aus dem Gesicht.»

Hedwig Nothnagel befand sich verdächtig nahe an der Tür des Arbeitszimmers, als Kappe heraustrat. «Schon erledigt», sagte er locker. «Ich danke Ihnen vielmals für ihre bereitwillige Unterstützung.»

Sie begleitete ihn den langen Korridor entlang, in dessen vorderem Teil sie auf den Professor und den Mann trafen, dem er die Tür geöffnet hatte. Die Herren nickten einander höflich zu. «Schönen Tag noch allerseits», wünschte Kappe und verschwand im Treppenhaus.

«Was wollte der denn hier?», erkundigte sich August Pankratz misstrauisch bei seinem Schwiegervater in spe.

Der lächelte verkniffen. «Kriminalpolizei», sagte er bedeutungsvoll. Er hielt Emmi, die gerade in der Küche verschwinden wollte, am Arm zurück. «Nun mal raus mit der Sprache, Emmi! Was wollte er von Ihnen?»

Emmi sah ängstlich von einem zum anderen. «Es war wegen der Leiche ...», sagte sie stockend. «Die Frau da im Kanal – ob ich was gesehen hätte ...»

Der Professor schien erleichtert, während seine Frau den Kopf schüttelte. Nur Pankratz fragte: «Und? Was haben Sie gesehen?»

EINUNDZWANZIG

KAPPE verschwendete keinen weiteren Gedanken auf das Zusammentreffen im Nothnagelschen Flur. Er wusste nicht einmal, ob der Besucher ihn überhaupt kannte, er jedenfalls hatte den korpulenten kleinen Mann sofort als den Nachttopf-Indianer aus dem Nachbarhaus in der Waldemarstraße identifiziert. Die Luisenstadt war eben auch nur ein großes Dorf.

Viel wichtiger war, dass Nothnagels Dienstmädchen Gomollas Alibi bestätigt hatte. Um acht Uhr war es noch taghell gewesen, da konnte der Bootsmann kaum eine Leiche in den Kanal gestoßen haben. Noch vor der Haustür am Luisenufer machte sich Kappe eine entsprechende Notiz und eine weitere, die ihn daran erinnern sollte, Martha Jungnickel noch einmal zu befragen, wann genau die Tochter das Haus verlassen habe.

Vorher jedoch wollte er das Fräulein Mulkwitz am Heinrichplatz aufsuchen. Nach Max Unrauh brauchte er bei ihr nicht mehr zu fahnden. Mit dem war Galgenberg mit seiner Brachialmethode einigermaßen erfolgreich zurechtgekommen. Bei dem Schuh-Einbruch hatte er tatsächlich Schmiere gestanden, und wenn sie die anderen Täter fassten, würden die möglicherweise sogar Maxens Alibi für den Freitagabend bestätigen, als der Bruch verabredet worden war.

Martha Jungnickel aber hatte die Mulkwitz auch als Freundin der Tochter bezeichnet. Vielleicht wusste diese Erna doch etwas mehr über Lina.

Wenn es sich um Erna Mulkwitz handen sollte, die ihm da gleich über dem Café am Heinrichplatz die Tür öffnete, so sah sie nicht aus wie 17, sondern eher wie 27, eine stark geschminkte Frau mit pechschwarzem Haar und dem Teint einer Zigeunerin.

«Komm rein», forderte sie Kappe liebenswürdig auf, noch bevor der sein Sprüchlein loswerden konnte, und ging ihm schon mit wiegenden Hüften voran. Unter dem viel zu kurzen Rock guckten ihre seidenbestrumpften Waden hervor. Teils amüsiert, teils ein wenig verdattert folgte ihr Kappe. In dem schmalen Stübchen, in das sie ihn führte, standen nur ein Bett, ein Stuhl und eine Waschkommode mit gesprungener falscher Marmorplatte, einem Krug und einer angeschlagenen Schüssel darauf.

«Mach dir man schon immer frei», sagte sie und reckte in ihrer knappen Bluse herausfordernd den Busen. Ein Bäuchlein hatte sie allerdings auch.

«Sie sind Erna Mulkwitz?», erkundigte sich Kappe sicherheitshalber. Jetzt bereute er es doch, nicht in Galgenbergs Begleitung zu sein.

Sie drängte sich an ihn. «Du kannst mir Mulle nennen», entgegnete sie kokett. Kappe trat einen Schritt zurück, und ein gewisses Misstrauen überzog plötzlich Mulles hübsches Gesicht, soweit man es unter ihrer Kriegsbemalung wahrnehmen konnte. Ihre Miene wurde vollends zur Grimasse, als Kappe die Marke hervornestelte und sich vorstellte.

«So wat muss ausjerechnet mir passiern!», schimpfte sie. «Habter nischt andret ze tun, jetz, wot Krieg jehm soll?»

Kappe versuchte etwas einzuwenden, doch sie ließ sich nicht unterbrechen in ihrer Tirade: «Wat wolln Sie eijentlich von mir? Ick hab Ihn' nich injeladen, und von Asche wa ooch nich die Rede!»

Kappe hob beruhigend die Hand. «Ich bin nicht von der Sitte», erklärte er. «Ich möchte nur ein paar Auskünfte von Ihnen, weiter nichts.»

«So?» Sofort fühlte sie sich wieder obenauf. «Na, da kann ja vielleicht doch noch'n Pärchen aus uns werden ...»

Kappe rückte ihr den Stuhl zurecht. «Setzen Sie sich doch bitte, Fräulein Mulkwitz.»

«Na, scheen' Dank ooch. Manchet erledje ick lieber im Stehen.» Sie lächelte anzüglich. «Oder ick setz mir uff mein Bette.» Damit ließ sie sich rücklings auf die quietschende Matratze fallen und schlug dabei den Rock bis über die Knie zurück.

Kappe bemühte sich, ihr ins Gesicht zu schauen. Sie wich seinem Blick nicht aus und fragte: «Warum nehm Se denn nich ooch Platz? Is allens im Preis inbejriffen.»

Kappe drehte den Stuhl mit der Lehne zu ihr und setzte sich. Das erschwerte den Blick auf ihre Beine.

«Sie kennen die Familie Jungnickel, respektive Unrauh?», begann er, und sofort verschleierte sich ihr Blick. «Is det een Unjlück», sagte sie weinerlich. «Wo doch die Lina so wat wie meine beste Freundin war ...»

«Deswegen komme ich ja zu Ihnen. Sie kannten Lina schon aus der Schulzeit?»

«Na, und ob! Wir warn beede wie ssusamm'jewachsn. Und jetzt isse dot ... Ick kann et noch ja nich jlooben.»

«Wann haben Sie denn Lina zum letzten Mal gesehen?»

«Hab ick selba schon iebalecht. Muss vorchste Woche Donnerstach jewesen sein. Da kam se hier uff'n Sprung vorbei. Aba ick hatte jrade 'n ... Na ja, ick wa ehm beschäfticht. Und da isse jleich wieda wech.» Sie wischte sich mit einem Spitzentaschentuch die feuchten Augen. «Wat jloo'm Sie, wat mir dit leid tut. Konnt ja keen Mensch nich ahn', dess it dit letzte Mal sein könnte.»

Das Taschentuch hatte an ihrer Augenummalung beträchtlichen Schaden angerichtet. Ein bisschen sah sie jetzt aus wie ein unglückliches kleines Mädchen, dem die Schminke davonlief.

«Hat sie am Donnerstag etwas von einer Verabredung für den Freitag gesagt?»

«Dassu sind wa ja nich jekomm'. Ich hab ihr ja anne Düre abfertjen müssn, vastehnse?»

«Aber bei anderen Gelegenheiten hat sie Ihnen von ihren Verabredungen erzählt?»

«Manchmal schon. Jedenfalls frieha.»

«Hat sie jemals einen Freund oder Bekannten mit einem Namen wie Gustav oder Georg oder Gundolf erwähnt?»

Sie schüttelte den Kopf. «Namen hat se nie jenannt. Und so viel war da ooch nich, seit se dit Kind hatte.»

«Sicher hat sie Ihnen anvertraut, wer der Vater ist.»

Erna Mulkwitz lachte. «Na, da kenn' Se Linan schlecht! Keen Wort hab ick aus se rausjekricht, sooft ick ooch danach jefraacht habe. Da wa se janz eisern.»

«Wussten Sie, dass sie wieder schwanger war?»

Ihr Gesicht war erstaunlich wandlungsfähig. Jetzt sah es beinahe grau aus, und sie stöhnte: «Mann, Sie könn' Fraren stelln! Ick hab et ihr uffn Kopp ssujesaacht, aba sie hats abjestritten. Dabei weeß ick selba ...»

Sie verstummte. Kappe dachte an die Rundung, die ihm vorhin unterhalb ihres Busens aufgefallen war. Er ergänzte: «... wie es ist, wenn man schwanger ist, nicht wahr?»

Sie schlug die Augen nieder. «Man sieht et also doch schon», gab sie kleinlaut zu. «Na ja, Sie als Jeheimer müssen für so wat wohl'n Blick haben ...»

Draußen klingelte es zweimal; im Flur tappten Schritte. Nach einem Weilchen klopfte es an der Stubentür.

«Ick bin besetzt», rief Mulle laut.

Draußen ertönte eine Frauenstimme. «Er saacht, et wäre dringend.»

Mulle stand nicht einmal auf. «Der soll inne Stunde wiedakomm, wenn et so pressiern tut», rief sie, und die Schritte entfernten sich.

«Entschuldjen Se. Aba so is nu mal dit Le'm», sagte Mulle.

Kappe tat, als hätte er den Vorgang nicht erfasst. «Linas Bruder, den Max Unrauh, den kennen Sie doch auch ...», sagte er, und wieder veränderte sich Mulles Gesicht auf dramatische Weise.

«Der Scheißkerl! Da sind Se also ooch schon hintajekomm?»

«Wollen Sie damit andeuten, er wäre der Vater ...?»

«Na, nich bei Linan. Obwohl der ooch davor nich zurück-
jeschreckt is. Aba mir hat der *Bofke* anjebufft! Und denn noch
anje'm, er kennt da 'n Dokter ...» Sie hielt sich die Hand vor den
Mund. «So wat sollt ick vor Ihn' ja nich saren. Aba dit Jeld hätter
ja sowieso nich ranjeschafft. Vadien dir dit selba, wenn de nich uff-
passen kannst – so wat saacht der ssu unsereins! Und von wejen:
Neue Schuhe wollta mir besorjen. Und wat is? Nischt is. Der soll
mir ma komm'!»

Nun weinte Erna Mulkwitz wirklich. Nach einiger Zeit sagte
sie: «Wat soll denn nu wern, wenn die Kerls vleicht alle im Kriech
müssen?»

Das wusste Kappe auch nicht. «Und zu Lina fällt Ihnen gar
nichts weiter ein?», erkundigte er sich behutsam. «Kein Verehrer,
keiner, der einen Rochus auf sie gehabt haben könnte?»

«Die war so lieb und jut, die Lina. Wer sollte denn uff ihr 'n
Rochus ham?»

Kappe stand auf und reichte ihr eine Karte mit der Telefon-
nummer im Präsidium. «Rufen Sie uns an, wenn Ihnen noch jemand einfällt.»

Auch sie erhob sich und bedrängte ihn in dem engen Durchgang mit Ihrem Busen. «Wolln Se nich noch'n halbet Stündchen
bleim? Sie sind so'n netta Mann. Janz anders als alle die Schmal-
machers hier aus de Jejend.»

Kappe zog ein strenges Gesicht und entfleuchte in den Flur.
«Apropos Max Unrauh», sagte er dort. «Das mit den Schuhen –
wann hat er Ihnen denn die versprochen?»

Sie staunte. «Wie kommse denn jetz dadruff?»

«Er war an dem Einbruch bei Tack beteiligt. Seit gestern sitzt
er in Untersuchungshaft.»

Sie nahm die Mitteilung anders auf, als er es erwartet hatte.
«Na, wenichstens eene jute Nachricht», meinte sie. «Der is e'm
sojar zum Klauen ssu dämlich.»

«Und weshalb nennt man ihn Max, das Untier?»

«Ach, dit kommt bloß von sein' Nam und weil er immer jleich

losjehn tut wie son Baserka oder so wat. Ooch in't Bette, wenn se't jenau wissen wolln.»

Nein, so genau wollte es Kappe nun auch wieder nicht wissen. Immerhin erfuhr er, dass Max ihr die neuen Schuhe am Sonnabend versprochen und damit die Verabredung für den Einbruch vermutlich tatsächlich am Freitagabend stattgefunden hatte. Über Linas Liebhaber jedoch wusste Mulle nichts Erhellendes mitzuteilen. Oder wollte sie bloß nicht?

Und dann – Kappe war schon auf der Treppe, und sie stand in der offenen Wohnungstür – fiel ihr doch noch etwas ein. «Sie hat mal von een Frisör jesprochen, der ihr heiraten wollte. Trotzdem se den Hugo hat, anjeblich. Er wär aus jutem Hause, hat se assählt. Aba dit is schon 'ne janze Weile her.»

«Und wie hieß dieser Frisör?»

Mulle hob die Schultern, und der Busen bebte. «Keene Ahnung. Ick dachte damals, sie hat die Jeschichte vielleicht bloß erfunden.»

Vielleicht auch nicht, dachte Kappe und winkte Erna Mulkwitz vom Treppenabsatz aus fröhlich zu.

ZWEIUNDZWANZIG

CLÄRCHEN LANGANKE langweilte sich. Und sie ärgerte sich, weil ihre Mutter sie nicht zu Linas Beerdigung mitgenommen hatte. «Das ist nichts für Kinder», hatte sie befunden. «Und außerdem hast du nichts Dunkles anzuziehen bei dem Wetter.»

Nicht mal auf Hugo durfte sie aufpassen. Lina hatte ihr das immer erlaubt, aber heute hatte die Jungnickeln das Kind ausgerechnet bei der Kirchwitz abgegeben, und die war bei dem schönen Wetter mit ihm im Kinderwagen loskariolt.

An sich war der Sommer natürlich eine herrliche Jahreszeit, man durfte den lieben langen Tag barfuß rumrennen, sich in den Höfen rumtreiben, bis einen die Portjeschen vertrieben, konnte am Kanal rumlungern oder bei den Marktständen – und man brauchte nicht zur Schule. Obwohl Clärchen gerne in die Schule gegangen wäre, hätte ihr nicht das ältliche Fräulein Schlosshauer mit ihrer Vorliebe für den «gelben Onkel» das Vergnügen an Lesen und Schreiben vergällt. Clärchen las fließend und fehlerfrei, hatte eine schöne Handschrift und kam auch mit dem Rechnen gut zurecht. Nur mit dem Betragen haperte es. Sie war ein bisschen vorlaut und schwatzte gerne mal mit der Nachbarin. Wahrscheinlich konnte die Schlosshauern sie deshalb nicht leiden und hieb ihr bei jeder Gelegenheit mit dem Rohrstock über die Finger. Beim letzten Mal, kurz vor den Ferien, waren die Schläge besonders schlimm ausgefallen. Irgendjemand musste dem alten Drachen Clärchens Anspielung hinterbracht haben, die Schlosspaukerin wäre ja nur Lehrerin geworden, weil sie keinen Busen habe.

Clärchen beklagte sich nicht. Damit wäre sie bei ihrer Mutter schlecht angekommen, von der sie übrigens die Bemerkung über den fehlenden Busen der Lehrerin aufgeschnappt hatte. Die redselige Frau Langanke besaß zwar keinen Rohrstock, aber der geflochtene Ausklopfer, den sie mit Schwung zu führen wusste, bestand aus ähnlichem Material. Allzu oft hatte Clärchens Hintern schon Bekanntschaft damit gemacht.

Dennoch war Clärchen ein sonniges blondes Ding von elf Jahren, rundlich und aufgeweckt und vielleicht ein bisschen frühreif für ihr Alter. Aber so wie ihre Mutter aus dem Fenster jede Regung der Mieter im Hinterhaus beobachtete, verfolgte auch Clärchen wachen Auges, was rings um sie geschah. Wenn die Eltern sich des Abends im Bett stöhnend miteinander vergnügten und Mutter ihrem Ehegespons den Klatsch des Tages als Nachtisch servierte, schlief Clärchen noch längst nicht.

So kam es, dass sie über die Hausbewohner mindestens so viel wusste wie ihre Mutter. Über die meisten ein bisschen mehr. Kein Mensch achtete auf Kinder, die irgendwo spielten oder Maulaffen feilhielten. Erwachsene glaubten immer, Kinder würden das meiste, was sie sahen oder hörten, sowieso nicht begreifen. Dabei verstand Clärchen beispielsweise durchaus, weshalb der Kriminalfritze sich nach Belästigungen erkundigte, denn derlei war ihr auch schon passiert, ohne dass sie gleich zur Mutter gerannt war, um ihr zu erzählen, wer da versucht hatte, ihr unter den Rock zu greifen.

Natürlich hatte sie die ganze Zeit an der Küchentür gelauscht und nachher am Schlafzimmer, aber was richtig Unanständiges war ihr dabei nicht zu Ohren gekommen. Was Maxe mit seiner Schwester getrieben hatte, wusste sie aus eigenem Augenschein, und dass der lockige Willy aus dem dritten Stock die Lina umarmt und geküsst hatte, auch. Und sosehr sie die Eifersucht plagte – den hätte sie nie verraten. Die Lina sowieso nicht, die immer ein lustiges Wort für sie gefunden hatte, wenn sie die Treppe fegte und wischte und die stinkigen Klos putzte.

Clärchen war Lina oft genug auch in den anderen Aufgängen begegnet, weil da ihre beiden Freundinnen Lisa und Hilde wohnten, und manchmal war sie extra bei Lina stehengeblieben, wenn Rataizik die Treppe raufkam und mal wieder Stielaugen machte. Der hatte ihr mal ganz scheißfreundlich Bonbons angeboten, und sie hatte ganz patzig geantwortet: «Meine Mutter hat mir verboten, mit fremden Männern zu reden und Geschenke zu nehmen!»

Im Allgemeinen hielt sie sich an dieses Verbot, obwohl sie vor fremden Männern keine Angst hatte. Die meisten waren ganz freundlich zu ihr, nicht so mürrisch wie der Kerl, der sie vor gut einer Woche um die Ecke in der Dresdener Straße angesprochen und gefragt hatte, ob sie Lina Jungnickel kenne. Einen Groschen hatte er ihr in die Hand gedrückt und einen zusammengeknifften Zettel, den sie Lina geben sollte. Und wehe, wenn nicht!

Sie hatte sich gewundert, was Lina mit einem so unfreundlichen und abgerissenen Kerl zu schaffen haben sollte, und ihm misstrauisch hinterhergeguckt, aber der war blitzschnell um die Ecke verschwunden. Woher wusste der überhaupt, dass sie Lina kannte?

Darüber zerbrach sich Clärchen den Kopf, seit ihre Mutter sich so lange mit dem bärtigen Kriminalmenschen unterhalten hatte. Im Stillen hatte sie gehofft, der würde auch ihr ein paar Fragen stellen, aber dann war er auf und davon, weil er den Maxe im Hof gesehen hatte. Und wenn Clärchen jemanden hasste, dann den. Das war ein ganz fieser Kerl, nicht bloß zu seiner eigenen Schwester!

Otto dagegen mochte sie. Der hatte sie sogar mal mit in die Badeanstalt genommen und versucht, ihr das Schwimmen beizubringen, aber sie hatte zu viel Angst gehabt und Wasser geschluckt. Dabei wäre Schwimmen an einem Tag wie heute der richtige Zeitvertreib. Die Sonne sengte schon wieder den ganzen Vormittag, aber an der Pumpe vergnügten sich fremde Bengels, denen sie nicht traute. Und raufgehen, um Wasser zu trinken, wollte sie auch nicht. Mutter hatte sonst wieder tausenderlei Beschäftigungen für sie, da langweilte sie sich lieber auf der Straße und beobachtete die Leute. Seit dauernd vom Krieg die Rede war, schienen alle viel unruhiger als sonst, standen trotz der Hitze in Gruppen zusammen oder riefen sich irgendwelche Neuigkeiten zu, die Clärchen nicht interessierten. Gerade wollte sie in den Hausflur schlüpfen, um zum siebenten Mal nachzugucken, ob Lisa nicht endlich runterkäme, als plötzlich der Kriminale vor ihr stand.

«Guten Tag», sagte er so höflich, als wäre sie eine Erwachsene. «Du bist doch die Tochter von Frau Langanke, nicht wahr?»

Clärchen nickte. «Von Herrn Langanke auch», antwortete sie naseweis. Der sollte bloß nicht glauben, dass sie Angst vor ihm hatte. «Meine Mutter ist aber noch nicht von der Beerdigung zurück.»

Er nickte düster. «Die arme Lina ... Du hast sie bestimmt gut gekannt.»

«Na klar. Sie war meine Freundin.» Das war ein bisschen übertrieben, aber Lina konnte ja nicht mehr widersprechen. Ein Schauer lief Clärchen über den Rücken, als ihr einfiel, dass Lina in einem finsteren Sarg lag und gerade jetzt in der kalten Erde eingebuddelt wurde. Für immer! Bis die Würmer ...

Die Stimme des Kriminalen drang in ihr Bewusstsein: «Hatte sie denn auch einen Freund?»

Na, der konnte Fragen stellen! Glaubte er, der Klapperstorch hätte Klein-Hugo in der Portierswohnung abgegeben?

«Bestimmt hatte sie einen. Sie war nämlich sehr hübsch.»

«Hast du sie mal mit einem gesehen?»

Sagte sie jetzt nein, war das Gespräch beendet. Und so einfach war die Sache ja auch gar nicht. Gesehen hatte sie Lina nie mit einem Mann zusammen, der zu ihr gepasst hätte, aber oft genug hatte die sich in versteckten Andeutungen über einen schönen Abend ergangen. Oder es hatte ihr mal jemand was geschenkt. Ein «Freund» – wer sonst? Oder ein «Liebster», wie die Mutter abfällig sagte. Einer, der ihr das Gör angedreht hatte ...

«Einmal habe ich sie mit einem Mann gesehen», sagte Clärchen, ohne zu zögern. «Der war ziemlich groß. Und hatte so lockiges Haar ...»

«Wie der Herr Ehlenbruch aus dem Hinterhaus?»

Clärchen erschrak. «Nein, nicht wie der! Der Mann war viel größer. Und seine Locken waren schwarz.»

«Du würdest ihn also wiedererkennen?»

«Bestimmt ...» Das klang nun doch nicht mehr ganz so sicher.

«Wo hast du denn die beiden gesehen?»

Clärchen zeigte mit einer unbestimmten Handbewegung nach rechts. «Da vorne an der Gitschiner Straße. Zum Kanal hin», fügte sie eilig hinzu.

«Und wann war das?»

«Ist schon 'ne ganze Weile her ...»

«Na, schönen Dank auch, mein Kind.»

Das habe ich versaut, dachte Clärchen. Warum hatte sie sich eine so blöde Geschichte ausgedacht?

Der Kriminale öffnete das Haustor. Er hatte sie durchschaut, das spürte Clärchen.

«Da ist noch was», sagte sie zaghaft.

«So?»

«Ich sollte doch Lina den Brief geben ...»

Er ließ das Haustor wieder zufallen. «Was für einen Brief?»

«Bloß so 'n Zettel ...» Und dann erzählte sie ihm von dem abgerissenen Kerl, der ihr den Brief und einen Groschen gegeben hatte. Er hörte interessiert zu, und als sie den Mann beschrieb, kritzelte er etwas in sein Notizbuch.

«Was stand denn auf dem Zettel?», wollte er wissen.

Clärchen lief rot an. «Das weiß ich doch nicht!»

Er sah sie an und legte seine große Hand vertraulich an ihre Wange. «Pass mal auf», sagte er. «Natürlich darf man fremde Briefe oder Zettel nicht einfach lesen. Aber in diesem Fall würde es mir sehr helfen, wenn du vielleicht einen Blick auf das Papier geworfen hättest.»

Clärchen nickte stumm.

«Es erfährt ja niemand außer uns beiden.»

Wieder nickte Clärchen. «Es war kein Liebesbrief», sagte sie leise, als wäre das eine Entschuldigung. «Bloß so was wie ‹Morgen um ...›, und dann lauter Buchstaben.»

«Versuche mal, dich genau zu erinnern. War da nicht eine Uhrzeit angegeben?»

Clärchen sah das Papier noch vor sich und erinnerte sich an ihre Enttäuschung beim Lesen. «Ich glaube, um neun, stand da.»

«Sehr gut. Und jetzt überlege mal genau. An welchem Tag ist das gewesen, an dem der Mann dir den Zettel gab?»

Da brauchte sie nicht nachzudenken. «Am vorigen Donnerstag. Da habe ich nämlich hier im Flur noch den Otto getroffen. Der wollte zu seinem Boxtraining.»

«Aber der trainiert auch an anderen Tagen.»

«Ja, aber am nächsten Tag war Freitag, da habe ich ihn auch gesehen. Da schleicht er sich immer zu unserer Nachbarin, weil der Kirchwitz am Freitagabend nämlich seinen Stammtisch ...»

«Was erzählst du denn da für Räuberpistolen!», fuhr eine bellende Stimme mitten in ihr Gespräch.

Oh Schreck, die Mutter!

«Und Sie sollten sich was schämen, unschuldige Kinder auf der Straße auszuhorchen! Darf denn so was überhaupt sein?»

«Oh, Frau Langanke. Das trifft sich ja gut. Ich habe da noch ein paar Fragen ...»

«Damit Sie hinterher mit meiner Tochter auf der Straße darüber tratschen können? Daraus wird nichts, das sage ich Ihnen!»

«Wir haben lediglich ...»

Sie schnitt ihm das Wort ab. «Nichts da! Und du kommst erst mal nach oben!» Sie ergriff Clärchens Arm und zerrte das Mädchen mit sich ins Haus.

Hilfesuchend wandte sich das Kind noch einmal zu ihm um, aber mehr als ein mitfühlendes Gesicht brachte Kappe auch nicht fertig.

DREIUNDZWANZIG

HERMANN KAPPE hätte die ganze Sache mit der Wasserleiche gerne hinter sich gebracht, am liebsten noch in dieser Woche. Wenn er allerdings an die Protokolle dachte, die es noch zu schreiben galt, wusste er, dass es eine vergebliche Hoffnung war. Der Gedanke, den Schneidermeister noch einmal richtig in die Mangel zu nehmen oder heute noch raus nach Lichtenberg zu fahren, um den Barbier Gustav Pankratz zur Rede zu stellen, hatte etwas Verlockendes, aber einmal musste er vielleicht auch an sich denken. Oder vielmehr an Klara. Dieser Pankratz fühlte sich in Sicherheit und rannte ihm nicht weg.

Klara hingegen ... Ein stechender Schmerz durchfuhr ihn, als sie endlich aus dem Personaleingang trat, den Dandy mit der Glocke in ihrem Schlepptau, der diesmal allerdings ein anderes Mädchen umtänzelte. Die gehörte anscheinend zu ihm, denn schon an der Ecke verabschiedeten sich die beiden von Klara. Quer über die Straße kam sie direkt auf ihn zu.

«Da bist du ja endlich mal», sagte sie, und zu seiner Freude klang es erleichtert.

Er drückte sie sehr förmlich für einen Moment an sich und sagte: «Ich habe viel zu tun.»

Klara schien erstaunlicherweise nicht in der Stimmung, ihm Vorwürfe zu machen. Sie hängte sich bei ihm ein und presste seinen Arm an ihren Körper. «Ich hatte Angst, du seist schon einberufen», sagte sie. «Es gibt so viele Gerüchte ...»

«Nicht bloß Gerüchte.» Ganz gegen seine Gewohnheit hatte Kappe sich vom Geschrei der Zeitungshändler animieren lassen und die Abendausgabe des *Tageblatts* gekauft. Die zog er jetzt aus der Tasche und zeigte auf die Titelzeile: *Deutschland in Kriegszustand erklärt.*

Klara sah ihn bestürzt an. «Also ist wirklich Krieg?»

Kappe schüttelte den Kopf. «Noch nicht», sagte er. «Das sind erst mal die Regelungen für die Zensur und für den Belagerungszustand. Der Telegraphenverkehr und die Seeschifffahrt sind unterbrochen. Als Nächstes folgt dann die allgemeine Mobilmachung.»

«Du erklärst das so ruhig, als würde es dich nicht betreffen.»

Ihre Sorge tat ihm wohl. Leichthin sagte er: «Erst mal muss ich noch einen Mörder fangen.»

«Du immer mit deinen Mördern! Kannst du dich nicht endlich in eine harmlosere Abteilung versetzen lassen?»

«Zur Sittenpolizei beispielsweise? Die sitzen gleich nebenan bei uns in der Dircksenstraße.»

«Das könnte dir so passen! Ich meine es ernst!»

«Ich auch. Heute Vormittag hatte ich mit so einer zu tun. Sie war sehr freundlich und aufgeschlossen …»

Klara entriss ihm ihren Arm und blieb stehen. «Ich hoffe, du bist nach vierzehn Tagen nicht bloß aufgetaucht, um mich zu verkohlen! Ich mache mir Sorgen um dich, und du …»

«Klara!» Er packte ihre beiden Oberarme, und wenn nicht so viele Leute auf der Straße gewesen wären, hätte er sie womöglich geküsst. Wohin wollten die nur alle?

«Ich war vor einer Woche schon mal hier.» Er hatte es ihr eigentlich nicht verraten wollen. «Da bist mit so einem flotten Gecken mit Glocke aus dem Haus gekommen …»

Sie lachte. «Du bist ein richtiges Schaf! Das war Gretes Liebster. Das hast du doch vorhin selber gesehen. Die Grete war letzte Woche … krank, und da wollte ich ihn ein bisschen aufheitern. Obwohl er es gar nicht verdient hat …»

Ihr Zögern vor dem Wort krank machte ihn stutzig. «Was hatte sie denn?», fragte er.

«Ach, irgendso 'ne Frauensache …»

«War sie schwanger?»

Klara tat empört. «Wie kommst du denn darauf?»

«Ach, nur so …», sagte Kappe. «Es erinnert mich an den Fall, den wir gerade aufklären.»

Sofort forderte Klara, bei der die alte Neugierde durchschlug: «Erzähl mal!»

Kappe schüttelte störrisch den Kopf. «Darf ich nicht», sagte er. «Außerdem erzählst du mir ja auch nichts.»

«Wegen Grete? Mein Gott, ja. Natürlich war sie schwanger. So geht es uns armen Frauen doch immer. Und der Kerl schwenkt die steife Glocke und macht sich an die Nächste ran.»

«Wie oft ist dir denn das schon so passiert?», fragte Kappe.

Sie presste seinen Arm so doll sie konnte. «Ich bin nicht so eine! Das weißt du ganz genau!»

«Na, eben», sagte Kappe. Sie waren die Brüderstraße entlanggegangen, und je näher sie dem Schloss kamen, umso mehr Menschen versperrten ihnen den Weg. Plötzlich befanden sie sich inmitten einer gewaltigen Menschenmenge, die den Platz vor dem Schloss bis in den letzten Winkel füllte. Von rechts drohte Neptun mit dem Dreizack über die Köpfe der Menge hinweg, die in ein brüllendes «Hurra!» ausbrach, als sich an den Fenstern des Rittersaals Bewegung zeigte. «Der Kaiser!», tönte es ringsum. Jetzt sah ihn Kappe auch, dazu die huldvoll winkende Kaiserin und Prinz Adalbert.

Unbeirrt pflügte sich Kappe durch das Gewühl und zog Klara mit sich. Wenn sie nun schon hier waren, wollten sie auch hören, was Seine Majestät zu sagen hatte.

«Eine schwere Stunde ist heute über Deutschland hereingebrochen», verstand Kappe mit Mühe. «Man drückt uns das Schwert in die Hand. Ich hoffe, dass, wenn es nicht in letzter Stunde Meinen Bemühungen gelingt, die Gegner zum Einsehen zu bringen und den Frieden zu erhalten, wir das Schwert mit Gottes Hilfe so führen werden, dass wir es mit Ehren wieder in die Scheide stecken können.»

Die Menge brach in Hochrufe und ein vielstimmiges «Hurra!» aus. Lieder wurden angestimmt, und es verging einige Zeit, bis der Kaiser wieder zu Worte kam.

«... den Gegnern aber würden wir zeigen, was es heißt, Deutschland anzugreifen. Und nun empfehle ich Euch Gott. Jetzt geht in die Kirche, kniet nieder vor Gott und bittet ihn um Hilfe für unser braves Heer!»

«Deutschland, Deutschland, über alles ...», brauste der Gesang über den Platz.

Kappe fühlte sich in einer solchen Menschenmasse nicht wohl. Und öffentlich singen wollte er schon gar nicht. Er zog Klara hinter sich her, bis sie endlich in der Breiten Straße eine etwas weniger turbulente Umgebung fanden.

«Hast du dir schon mal überlegt, was aus uns beiden wird, wenn ich in den Krieg muss?», fragte er Klara.

Ihr traten Tränen in die Augen. «Daran denke ich die ganze Zeit», sagte sie und drückte wiederum seinen Arm, aber diesmal durchaus liebevoll. «Wollen wir zu Liepe ins Adlon gehen?», fragte sie in einem plötzlichen Entschluss. «Ich lade dich ein. Einverstanden?»

Kappe fiel ein, dass er seinen besten Freund Liepe Lubosch seit drei Wochen nicht mehr gesehen hatte. Und dass der vielleicht auch bald einrücken musste. Und die Jungs vom Verein ebenfalls. Nicht mal zum Fußball war er in dieser Woche gegangen, hatte sich verkrochen wie ein Einsiedlerkrebs und nur an den Mörder vom Luisenstädtischen Kanal gedacht. Wer war es? Gustav Pankratz? Oder der Schneider Grzegoszewski? Er sah das schreckliche Gesicht des toten Mädchens vor sich.

Klara weckte ihn aus seinen bösen Träumen. «Ich habe dich etwas gefragt.»

«Zu Liepe? Ich weiß nicht ... Möchtest du dich unbedingt bei der Hitze zwischen all den Menschen die Linden langdrängeln?»

Klara resignierte. «Ich weiß, du hockst am liebsten zu Hause», meinte sie entsagungsvoll. «Ich dachte, wenigstens heute könnten wir gemeinsam etwas unternehmen.»

«Wir könnten ins Kino gehen», schlug Kappe vor, wobei ihm natürlich sofort Lotte Klawonde einfiel. Hoffentlich kam Klara nie dahinter, dass er mit der im Café gesessen hatte. Und erst die Sache mit Rieke …

Großherzig sagte er: «Weißt du was? Heute darfst du bestimmen, was wir machen, und ich muss mich fügen. Einverstanden?»

Klara sah ihn lange an. Sehr lange, wie Kappe fand. Und dann machte sie eine überraschende Mitteilung: «Meine Wirtin ist zu ihrem Sohn nach Eberswalde gefahren, bevor der ins Feld muss. Die kommt erst am Montag wieder …»

VIERUNDZWANZIG

HERMANN KAPPE hatte sich für den Sonnabendvormittag fest vorgenommen, endlich die noch ausstehenden Protokolle der vergangenen Woche zu erledigen, obwohl ihm der Kopf nach dieser Nacht wahrlich nach anderen Dingen stand. Er kannte schließlich von Canows Vorliebe fürs Papierne. Diese allerdings konzentrierte sich heute fürs Erste auf die Morgenzeitung, die er wie eine Fahne schwenkte, als er ins Zimmer trat, um seinen Untergebenen die wesentlichen Teile der Rede des Kaisers vorzutragen.

Stumm und in strammer Haltung ließen es Kappe und Galgenberg über sich ergehen, wobei Kappe heftig gegen einen schier übermächtigen Gähnreiz anzukämpfen hatte. Er war todmüde.

«Ich werde mich an das Wort des Kaisers halten», sagte Galgenberg, nachdem von Canow den Raum verlassen hatte, ohne sich mit einem einzigen Wort nach dem Stand im Mordfall Jungnickel zu erkundigen.

Kappe staunte. «Sie lassen sich das Schwert in die Hand drücken?»

«Immer langsam mit die jungen Pferde! Ich gehe in die Kirche und bitte Gott um Hilfe für unser braves Heer. Beim Alter unserer Generäle scheint mir das nötig.»

Immerhin ließ sich Galgenberg überzeugen, statt in die Kirche – in der er seit der letzten Kindstaufe in der Familie nicht mehr gewesen war – hinüber zur Registratur zu gehen und dort das Sündenregister von Gustav Pankratz zu überprüfen.

Kappe machte sich an seine Protokolle und kam damit trotz seiner Müdigkeit ganz gut voran, wobei seine Gedanken immer wieder zu Klara abschweiften. Hatte sie wirklich nur der drohende Krieg zu dieser gemeinsamen Nacht mit ihm bewogen?

Galgenberg tauchte schneller wieder auf als erwartet und schwenkte triumphierend seine Notizen. «Feine Leute, haben Sie gesagt, Kappe? Und was ist mit der Schwester Wilhelmine, die in der Barnimstraße einsitzt? Diebstahl und Trickbetrug – das nennen Sie feine Leute?»

Kappe staunte. «Guck an», sagte er. «Von der war bisher gar nicht die Rede. Und was ist mit dem Barbier?»

Galgenberg zog den Zeigefinger unter der Nase durch. «Nischt, mein Lieber. Fehlanzeige. Ist unlängst raus nach Friedrichsberg verzogen. Übrigens vom Militärdienst freigestellt. Möchte wissen, wie die Kerle so was fertigkriegen!»

Kappe besann sich auf das Photo im Flur bei Pankratzens. «Da müsste aber noch ein weiterer Bruder existieren», sagte er.

«Darauf habe ich gewartet, Kappe.» Galgenberg sah ihn triumphierend an. «August Pankratz, Prokurist. Und was glauben Sie, wo der wohnt?»

«Keine Ahnung. Er hat bisher in unserem Fall keine Rolle gespielt.»

«Ach nee! Wo wohnen Sie eigentlich, Kappe?»

Kappe sah ihn befremdet an. «In der Waldemarstraße. Das wissen Sie doch. Nummer 73.»

«Denn er hieß Waldemar ...», jodelte Galgenberg leise vor sich hin, denn immerhin hieß ja auch von Canow so, «... weil es im Walde war ...»

«Sein Sie nicht albern», sagte Kappe, dem Galgenbergs Frivolität heute unpassend erschien. «Wo wohnt der Mann denn nun?»

«Mensch, Sie haben heute wohl wieder die kleinen Hände dran, dass Sie so schwer begreifen! In der Waldemarstraße! Und zwar in Nummer 72. Was sagen Se nu?»

«Nichts. Weshalb darf der nicht bei mir im Nebenhaus wohnen?»

«Na ja, ich dachte, Sie kennen ihn vielleicht ...»

«Kennen Sie alle Leute aus den Nachbarhäusern in Ihrer Gegend?»

Zu seiner Überraschung nickte Galgenberg. «Die meisten schon. Jedenfalls die Männer, soweit sie die örtlichen Kneipen frequentieren.» Er lachte. «Und die Frauen nur, wenn sie hübsch sind ...»

«Sie sind doch ein verheirateter Mann.»

Galgenberg lachte noch mehr. «Deswegen muss man ja nicht gleich blind werden, mein Lieber. Da kommen Sie auch noch hin.» Er zwinkerte Kappe zu. «Wollen Sie nicht ganz auf die Schnelle? Seit heute sind Militärpflichtige vom Aufgebot befreit.»

Genau darüber hatte er heute Nacht mit Klara auch gesprochen. Allein schon deswegen wollte er nicht mit Galgenberg über das Thema debattieren.

«Im Augenblick habe ich noch was anderes zu tun als zu heiraten», sagte er. «Ich werde jetzt in die Adalbertstraße fahren und mir den Schneidermeister noch mal vorknöpfen. Und dann fahre ich nach Lichtenberg und klopfe bei Gustav Pankratz mal richtig auf den Busch.»

«Sehr löblich!», äußerte Galgenberg im von Canowschen Ton. «Das Vaterland wird es Ihnen danken.»

Kappe erhob sich. Es war zwar heiß draußen, aber rauszugehen war immer noch besser, als in dieser stickigen Amtsstube einzuschlafen. «Eigentlich sollten Sie mitkommen», schlug er vor. «Zu zweit erfahren wir vielleicht ein bisschen mehr.»

Galgenberg verzog das Gesicht und stimmte ihm überraschenderweise zu: «Keine schlechte Idee.»

«Na, dann kommen Sie.»

«Momang mal. Nicht so hastig. Haben Sie sich das mal auf der Zunge zergehen lassen, was unser oberster Kriegsherr gestern verkündet hat?»

Kappe wollte los. Spöttisch erkundigte er sich: «Hatte es was mit der Adalbertstraße zu tun?»

«Na, und ob!» Galgenberg griff nach seinem *Tageblatt* und blätterte darin. «*Wir Wilhelm, von Gottes Gnaden Deutscher Kaiser, König von Preußen* … Nee, das isses nich. Einführung der Passpflicht, Deutsche Kriegsfreiwillige, Volle Sicherheit der Spareinlagen, Falsche Gerüchte … Hier: *Haussuchungen und Verhaftungen können von den dazu berechtigten Behörden und Beamten jederzeit vorgenommen werden.*»

Kappe griff nach dem Blatt. «Wer sagt das?»

«Der Oberbefehlshaber in den Marken. Ist der Ihnen nicht hoch genug?»

«Und das gilt auch für uns?»

«Für wen sonst? Wir sind allemal berechtigte Beamte!»

Kappe blieb skeptisch. «Na, ich weiß nicht so recht …», sagte er. «Außerdem: Bei wem sollte uns denn eine Haussuchung was bringen?»

Das wusste Galgenberg auch noch nicht so genau. «Ist ja nur für alle Fälle …», brummte er, und dann zogen sie endlich los.

Brütende Hitze lag über der Stadt. In der Adalbertstraße verharrte Kappe einen Augenblick im Torweg und wischte sich den Schweiß von der Stirn. Sie hatten den Hof noch nicht ganz überquert, als sich im zweiten Stock ein Fenster öffnete und eine resolute Stimme «Herr Kappe!» rief. Frau Langanke. Ärgerlich winkte Kappe ab und gab ihr gestisch zu verstehen, er werde sich später bei ihr melden. Die hatte ihm gerade noch gefehlt! Mit ihrer Lautstärke hatte sie Galgenberg und ihn auch dem letzten Hausbewohner angekündigt.

Und richtig. Martha Jungnickel erwartete sie im Parterre schon in der offenen Wohnungstür, als sie das Hinterhaus betraten. «Sie renn' ja imma noch hier rum!», äußerte sie vorwurfsvoll. Hinter ihr quarrte Hugo.

«Ich hoffe, Sie haben nichts dagegen», sagte Kappe höflich. «Ich habe auch nur eine einzige Frage an sie.»

«So? Aba wenn Se jestatten, hab ick davon jleich mehrere an Ihnen! Zum Bleistift, wat Se von meine Jungs wolln! Und warum Se den Maxe jleich ham hoppnehm' müssen!»

«Das erklären wir Ihnen besser drinnen», sagte Galgenberg

schroff und schob sie ohne weitere Umstände zur Seite. Vergebens protestierte Martha Jungnickel, worauf Galgenberg sie mit der Bemerkung, er halte eine Haussuchung für dringend angeraten, endgültig zum Schweigen brachte. «Ihr holder Sohn ist da in mehrere schwere Straftaten verwickelt, und bei Ihnen besteht der begründete Verdacht der Beihilfe!»

Martha war völlig verdattert und blickte Kappe hilfesuchend an. «Und allens wejen den een Paar Botten», hauchte sie schließlich tonlos.

Galgenberg triumphierte. «Na, sehen Sie, so ist es schon besser. Dann zeigen Sie mal die Schuhe her. Aber alle, wenn ich bitten darf!»

Es blieb jedoch bei dem einen Paar. Misstrauisch beäugte Galgenberg die ausgetretenen blauen Stiefeletten, die sie ihm reichte. «Die sind ja schon getragen!», monierte er.

«Na, wat soll unsaeens denn machen!», jammerte Martha. «Ick kann schließlich nicht in Holzpantien uff de Straße jehn!»

«Nun, soweit ich sehen kann, geht es Ihnen doch seit dem Tod Ihrer Tochter gar nicht so schlecht», schaltete sich Kappe ein. Die Veränderungen in der Wohnung und in Marthas wie Hugos Kleidung waren nicht zu übersehen, sodass ihm da eine Idee kam. «Hat Ihnen jemand eine größere Summe zukommen lassen, Frau Jungnickel?»

«Na, det wär scheen!», entgegnete sie. Es klang reichlich kleinlaut.

Galgenberg hakte auch sofort nach. «Wird wohl der feine Herr Sohn gewesen sein, der den älteren Damen vor der Sparkasse die Taschen leert, nicht wahr?»

«Det is 'ne jlatte Lüje! So wat machen meine Jungs nich! Und wenn Se Maxe meen' – von den hab ick in mein Le'm noch nie nich eene *Puseratze* jekricht!»

Und dabei blieb sie. Und wollte auch von keiner anderen Seite irgendeine Unterstützung empfangen haben. Kappe glaubte ihr nicht, hielt jedoch andererseits eine Haussuchung für überflüssig.

Und einen Tag nach der Beisetzung der Tochter auch für unpassend. Was sollte die Durchsuchung auch bringen?

Als Martha schließlich damit begann, dem quengelnden Kind die Windel zu wechseln, verzichtete auch Galgenberg auf weitere Aktionen. «Sonst noch was?», fragte er naserümpfend an Kappe gewandt.

«Ja. Frau Jungnickel wird uns jetzt noch sagen, wann ihre Tochter an dem bewussten Freitagabend die Wohnung verlassen hat.»

Die ließ sich beim Windeln nicht stören. «Wat Sie imma mit meine Tochter ham! Davon wird se ooch nich wieder lebendich!»

«Frau Jungnickel!» Kappe trat zu ihr an den Tisch, ohne sich vom Anblick und dem Geruch der Ausscheidungen des kleinen Hugo beeinflussen zu lassen. «Ich habe Ihnen doch schon einmal erklärt: Ihre Tochter ist nicht freiwillig ins Wasser gegangen.»

Martha schniefte durch die Nase. «Det hätte mir ooch sehr vawundert.»

«Sie ist ermordet worden. Erdrosselt! Und deshalb stellen wir alle diese Fragen, verstehen Sie?»

«Ick bin ja nich doof!» Damit klatschte sie das feuchte Paket neben sich auf den Boden und brach in Tränen aus. «Wenn ick den Mistkerl kriege, der se det anjetan hat – den mach ick alle!»

«Wir geben uns alle Mühe, den Täter zu finden. Aber Sie müssen uns dabei helfen.»

«Als wie ick? Wat weeß ick denn schon, wer zu so 'ne Jemeinheit fähich is.»

Kappe wies auf das halbnackte Kind auf dem Tisch. «Sie haben uns immer noch nicht gesagt, wer Hugos Vater sein könnte.»

«Weil ick et nich weeß!», fuhr ihn Martha an. «Wat jloom Sie denn, wat ick mir schon jeärjert hab, det ick et nich aus se raujeprüjelt hab! Aba det hat nich mal der Otto jeschafft, und mit den stand se sich eijentlich immer janz jut.»

«Es ist davon die Rede», sagte Kappe behutsam, «ein Barbier hätte mal die Absicht gehabt, sie zu heiraten ...»

Martha lachte schrill. «Een Barbier? Sie meen' doch nich etwa den Gustav vonne Pankratzen? Det is wohl nich Ihr Ernst! Warum sollte ausjerechnet dit halbe Hemde ihr ehelichen? Und wat jlooben Sie, wat die ehrpusslije Pankratzen dazu saren täte!»

«Aber irgendetwas muss doch an der Geschichte mit dem Gustav dran sein. Vielleicht haben die beiden sich heimlich getroffen?»

Das bestritt Martha energisch. «Det schlaren Se sich mal aus ihrn Kopp, bester Herr. Die Pankratzens, det sind feine Leute, die jeh'm sich nich mit die Tochter vonne Waschfrau ab. Höchstens mal ...» Sie verstummte.

«Höchstens mal so zum Vergnügen», ergänzte Galgenberg.

Martha wickelte den Jungen mit festen Griffen. «Na, Sie vastehn mir schon ...», murmelte sie und wurde sofort wieder laut. «Aba um eens bitt ick Ihnen inständich: Lassen Se die Foten vonne Familie Pankratz! Ick will noch länga für die Leute arbeeten!»

Kappe und Galgenberg verständigten sich mit einem Blick und verabschiedeten sich. Hier würden sie nicht mehr erfahren.

«Also los, rauf zu dem Damenschneider», drängte Galgenberg. «Der fängt schließlich auch mit G an.»

«Wie Galgenberg», sagte Kappe ein wenig abwesend. Ihm war etwas eingefallen. Wie hatte Rataizik gesagt? «Mal habe ich sie abends mit dem Sohn von irgendwelcher Kundschaft der Alten auf der Straße beobachtet ...»

Auf diesen Satz wollte sich Rataizik nicht mehr festlegen lassen. Erst Galgenbergs plumpe Drohung, man könne sich ja mal in seiner Wohnung umsehen, ob man nichts Verdächtiges finde, machte ihn gesprächiger. «Ja, ich erinnere mich dunkel ... Es war auch schon schummerig. Da habe ich sie drüben an der Luisenbrücke mit einem Mann gesehen ...»

«Luisenbrücke!», sagte Kappe erregt. Ihm ging ein weiteres Licht auf. *Lb* hatte Kniehase auf dem Zettel entziffert!

«Und wie sah der Mann aus?»

Rataizik hob die Schultern. «Er war nicht sehr groß.»

Galgenberg mischte sich ein. «Aber Sie kannten ihn?»

«Nein.»

Galgenbergs Miene verfinsterte sich. «Woher wussten Sie dann, dass es sich um den Sohn ...», polterte er.

Rataizik zuckte zusammen. «Das hat sie mir am nächsten Tag erzählt. Ich wollte ihr ein bisschen auf den Zahn fühlen, aber sie war wieder mal ganz schnippisch. ‹Die Kundschaft von meine Mutta jeht Ihn' janischt an ›, hat sie gesagt.»

Kappe nickte. Am liebsten wäre er sofort aufgebrochen nach Lichtenberg. Galgenberg aber war noch nicht fertig mit Rataizik. «Und der Schneidermeister ...?» Er wies nach oben. «Hat sie sich mit dem auch außerhalb des Hauses getroffen?»

Rataizik tat dumm. «Davon weiß ich nichts.»

«Aber doch wohl von seinen sonstigen Bekanntschaften. Die Damen müssen ja schließlich hier an Ihrer Tür vorbei.»

Rataizik blieb abweisend. «Andere Leute gehen mich nichts an. Der Schneider arbeitet den ganzen Tag da oben, den kriege ich kaum zu sehen.»

«Der Pollacke hat ihm was gezahlt, damit er das Maul hält», vermutete Galgenberg, als sie eine Treppe höherstiegen.

Kappe klopfte an Ehlenbruchs Tür. Ein Namensschild war nicht mehr vorhanden. «Der ist heute früh in seine Heimat abgereist», erklärte die Nachbarin, die hinter ihrer Tür gelauert hatte. «Er muss zum Militär, hat er gesagt.»

Auch in Grzegoszewskis Berliner Zimmer sah es aus wie in einer Kleiderkammer des Heeres. Überall lagen und hingen Militärhosen und -röcke. «Sie können fragen», sagte der Schneider, «aber ich muss dabei weiterarbeiten. Alle brauchen ihre Uniform ...»

«Ich dachte, Sie sind Damenschneider», stellte Galgenberg anzüglich fest.

Grzegoszewski wiegte seinen Bärenschädel hin und her. «Man muss sich nach der Decke strecken. Sagt man so in Deutsch?»

«Ich werde Ihnen jetzt mal was auf gut Deutsch sagen, mein Lieber!», entgegnete Galgenberg. «Sie erzählen uns alles, aber auch wirklich alles, was zwischen Ihnen und dem Fräulein Lina aus dem Parterre stattgefunden hat – oder wir stellen Ihre Bude hier derart auf den Kopf, dass Sie bis zum Kriegsende mit den Aufräumarbeiten beschäftigt sind. Haben wir uns verstanden?»

Wortlos starrte der Schneider Galgenberg an. Auch Kappe schwieg bestürzt. Was war denn bloß in den sonst so gemütlichen Galgenberg gefahren? Fürchtete er wirklich, in den nächsten Tagen einrücken zu müssen, und kehrte schon jetzt den gnadenlosen Krieger heraus?

«Also los!», drängte Galgenberg. «Als Erstes möchte ich hören, wie viel Sie dem Rataizik gezahlt haben, damit er das Maul über Ihre Weibergeschichten hält.»

«Der Rataizik …», begann Grzegoszewski zögernd.

«… hat schon alles zugegeben», fuhr Galgenberg fort. «Na, wird's bald?»

«Ich werd ihm was nähen, hab ich gesagt. Einen Anzug … Aber nun nicht mehr!»

«Also haben Sie was zu verbergen. Was weiß er denn so Schlimmes, der Rataizik?»

«Nichts! Es ist nur …»

«Nur?»

«Ich bin ein Pole. Und er ist – wie sagt man? Ein Denunziant. Wird reden über alle Frauen, die gekommen sind zu mir.»

«Zum Beispiel Lina Jungnickel.»

Störrisch schüttelte der Schneider seinen großen Kopf. «Die nicht. Hat nur paar Mal saubergemacht für mich.»

«Und was haben Sie mit ihr gemacht?»

«Nicht, was Sie denken! Ich schwöre bei Schwarze Madonna von Tschenstochau. War gutes Mädchen. Wir viel geredet. Außerdem ich viel zu alt für sie. Und hat schon Kind …»

«Dennoch haben Sie es immer wieder versucht. Sie haben ihr doch einen Brief geschrieben.»

Grzegoszewski verstand nicht. «Keinen Brief», sagte er. «Ich schreibe nie Briefe.»

«Aber Sie können lesen und schreiben?»

«Natürlich. Aber bei uns andere Buchstaben als hier.»

Galgenberg und Kappe sahen sich an. «Dann schreiben Sie jetzt bitte mal», forderte Kappe den Schneider auf. «Papier und Bleistift werden Sie haben.»

«Natürlich. Muss ich Maße aufschreiben.»

Galgenberg reichte ihm einen der herumliegenden Reklamezettel. «Schreiben Sie auf die Rückseite: Morgen, Kinder, wird's was geben. Und dann Ihren Namen darunter.»

«Was ist das?», fragte Grzegoszewski misstrauisch. «Ich unterschreibe nichts.»

«Nun fangen Sie erst mal an!», sagte Galgenberg ungeduldig. Sichtlich widerstrebend malte der Schneider ein lateinisches M und ein O, beim R zögerte er.

«Versuchen Sie es mal mit deutschen Buchstaben», bat Kappe freundlich.

Grzegoszewski schüttelte den Kopf. «Hab ich nicht gelernt in Schule. Nur Russisch und bisschen Polnisch.»

Wieder wechselten Galgenberg und Kappe einen Blick.

«Schreiben Sie mal Ihren Namen», forderte Galgenberg erneut, diesmal etwas höflicher.

Enttäuscht mussten sie beide feststellen, dass die gemalte Unterschrift des Schneiders keinerlei Ähnlichkeit mit Kniehases Forschungsergebnissen aufwies.

«Na schön», sagte Kappe. «Wenn Sie uns nun noch nachweisen können, wo sie am vergangenen Freitagabend waren, lassen wir Sie in Frieden.»

Der Schneider knüllte den Zettel mit seiner Schriftprobe in seinen großen Händen. «Wäre schön: Frieden!», sagte er bekümmert. «Aber ist bald Krieg ...»

«Freitagabend!», erinnerte ihn Galgenberg schon wieder ein wenig schärfer.

«Wahrscheinlich ich habe gearbeitet. Ich arbeite immer.»

«So wie am Montag, als ich hier klingelte», lästerte Kappe.

«Nun ja. Bisschen Vergniegen braucht jeder Mensch. Obwohl diese Frau ...» Er machte eine unbestimmte Handbewegung und verzog säuerlich das Gesicht.

«Weshalb haben Sie sich denn so schnell von der Lotte Klawonde getrennt?», fragte Kappe.

Grzegoszewski wollte nicht recht mit der Sprache heraus, gab aber schließlich zu, womit ihn Lotte tödlich beleidigt hatte: «Sie gesagt ‹Russischer Spion› auf mich! Dabei ich bin polnischer Patriot!»

FÜNFUNDZWANZIG

«DEN KÖNNEN WIR endgültig vergessen.» Mit diesem Urteil Galgenbergs stimmte Kappe überein. Nach vielem Hin und Her hatte der Schneider schließlich gestanden, den Freitagabend bei einer Versammlung polnischer Landsleute im Hinterzimmer eines Lokals in der Prinzessinnenstraße verbracht zu haben. Kurz vor acht sei er dorthin aufgebrochen, und im Hofeingang hätte ein schmächtiger junger Mann gestanden, von dem er sich Feuer für seine Zigarette habe geben lassen. Gekannt hatte er den Mann nicht.

Obwohl nunmehr Kappe drängte, wollte Galgenberg, von plötzlicher Gewissenhaftigkeit gepackt, diese Aussage überprüfen. Er kannte Frau Langanke noch nicht. Kaum waren sie aus dem dunklen Torweg auf die belebte Straße getreten, schallte es über ihnen aus dem Fenster: «Herr Kappe, ich muss Sie dringend sprechen!»

Kappe seufzte. «Die kostet uns mindestens 'ne halbe Stunde», sagte er gottergeben. «Aber vielleicht ist ihr ja wirklich was Wichtiges eingefallen.»

Galgenberg, der vor dem Zigarrengeschäft stehengeblieben war, meinte: «Dann erledigen Sie das mal lieber alleine» und verschwand in dem Laden.

Frau Langanke war nichts eingefallen außer einer neuerlichen Beschwerde über die Einbeziehung ihrer minderjährigen Tochter in gefährliche polizeiliche Untersuchungen, die nun tatsächlich zu gewissen Folgen geführt hätten, welche es notwendig erscheinen ließen, ebendieser Tochter polizeilichen Schutz angedeihen zu lassen ...

Kappe verstand kein Wort. Er fragte: «Was ist denn nun wirklich passiert?»

Noch ehe die Langanken zu einem neuerlichen Wortschwall auszuholen vermochte, sagte Clärchen klar und deutlich: «Ick hab den Mann wiederjesehn!»

«Du sollst nicht berlinern!», fuhr die Mutter sie an, aber darauf achtete Kappe gar nicht, sondern fragte wie elektrisiert: «Welchen Mann?»

«Na den, der mir den Groschen und den Zettel für Linan gegeben hat.»

Frau Langanke platzte beinahe vor Empörung. «Jawohl! Und der Kerl hat das Kind natürlich ebenfalls bemerkt. Nun muss man ja wohl mit dem Schlimmsten rechnen!»

Es stellte sich heraus, dass Clärchen den Mann am Hochbahnhof wiedererkannt hatte und ihm gefolgt war, bis er am Zeitungsstand stehenblieb, aber nichts kaufte. «So'n ganz Dünner, dem der Wind durch die Stoppelbacken pfeift», beschrieb sie ihn. Sie hatte ihn lange beobachtet, wie er da mit dem Zeitungsverkäufer schwatzte und schließlich einen Blick in ihre Richtung sandte, der nichts Gutes verhieß. Also war sie eilends im Hausflur verschwunden und konnte nicht mal sagen, ob er ihr gefolgt war.

«Und daran sind ganz alleine Sie schuld!», schimpfte Frau Langanke. «Das Kind war völlig aufgelöst!»

«Haben Sie den Mann gesehen?», fragte Kappe.

«Eben nicht! Obwohl ich gleich ans Fenster gegangen bin – der blieb verschwunden. Das ist doch richtig unheimlich! Und das in solchen Zeiten, wo man auch noch auf Spione und Brunnenvergifter achten muss!»

Es gelang Kappe nicht, die aufgebrachte Frau zu beruhigen. Clärchen hingegen schien die Sache gar nicht so tragisch zu nehmen. Sie fragte: «Wenn ich ihn noch mal sehe – wat soll ick 'n denn machen?»

«Clärchen!», donnerte die Mutter.

«Du tust nichts und gehst brav zu deiner Mutter», empfahl

Kappe und verabschiedete sich eilig. Vielleicht konnte der Zeitungshändler sich an den Mann erinnern.

Galgenberg stand vor dem Haus, die Taschenuhr in der Hand. «23 Minuten», stellte er fest und setzte sich in Bewegung.

«Momang noch», sagte Kappe. «Wir müssen erst noch zu dem Zeitungsfritzen da drüben am Kottbusser Tor.»

Der einbeinige Zeitungshändler wollte natürlich von nichts was wissen und musterte sie unwillig. «Jleich zwee Jeheime», äußerte er abfällig. «Wat soll denn der Mann ausjefressen ham?»

«Wir suchen ihn lediglich als Zeugen», sagte Kappe.

«Zeujen wofür? Hatta unsan Kaiser an sein russ'schen Kusäng varaten?»

Galgenberg verlor die Geduld. «Nun machen Sie mal keine Fisimantenten, mein Lieber! Es herrscht immerhin Kriegsrecht, und wir könnten Ihnen allerhand Schwierigkeiten einbrocken.»

Kappe ergänzte: «Sie haben sich lange mit dem Mann unterhalten. Das ist beobachtet worden.»

«Ja, Denunzjanten jib's jenuch. Wann sollte det jewesen sein?»

«Gestern gegen Mittag.»

Der Zeitungsverkäufer hob die schlaffen Schultern. «Da fällt ma hechstens Bollen-Emil in. Der jampelt imma 'ne janze Weile hier rum, bissa denn abzwitschat nach 'n Moritzplatz.»

Kappe zückte sein Notizbuch. «Und wie heißt dieser Emil, und wo wohnt er?»

Der Zeitungsmann griente. «Bei dit Wetta hat der keene feste Bleibe nich. Und wie er heeßt? Bollen-Emil ehm. Manche denken ja, weil er lauta Lecha inne Strümpe hat. Aba ick jloobe eha, et ist wat Unanständjit …»

«Und der kommt regelmäßig bei Ihnen vorbei?»

«Wat heeßt schon rejelmäßich? Detter rejelmäßich besoffen is wien Ijel, det kennt ick Ihn' schriftlich jehm. Aba sonst …»

Kappe erläuterte: «Wir brauchen den Mann dringend für eine Zeugenaussage.»

Der Zeitungshändler wurde hellhörig. «Is da 'ne Belohnung bei?»

Die beiden schüttelten die Köpfe. «Aber vielleicht können wir ein Zeugengeld für ihn locker machen», versprach Galgenberg großzügig.

«Na, det wird nischt nitzen bei den. Aba warten Se mal – montags, da kommta immer hier vorbei und kiekt nach die Erjebnisse von't Ferderennen. Als wenn der wat jewinn' kennte!»

Sie erfuhren, dass besagter Emil gewöhnlich irgendwann zwischen elf und eins auftauchte und es nie eilig hatte.

In der brütenden Sonne überquerten sie den runden Platz und hielten sich in der Reichenberger Straße im Schatten; die Mittagshitze hatte längst ihren Höhepunkt erreicht. «Da vorne ist die Luisenbrücke. Dorthin hat der Täter das Mädchen bestellt. Kaum zweihundert Meter weiter ist die Leiche gefunden worden.» Sie schlenderten über die Brücke. Unter den Bäumen am Ufer war es ein wenig kühler. Drüben an der Ufermauer lag noch immer die *Wanda*, aber die Betriebsamkeit an Bord verriet, dass sie kurz vor dem Ablegen war.

«Brauchen wir die beiden Schiffer noch?», fragte Kappe und beantwortete sich die Frage gleich selbst. «Ich denke nicht.»

Brummend stimmte Galgenberg zu. Während Kappe sich vergebens nach etwas Auffälligem auf der Brücke oder in deren Nähe umsah, wurde Galgenbergs Aufmerksamkeit von einem Schauspiel gefesselt, das sich am Luisenufer abspielte. Dort fuhr eben vor dem herrschaftlichen Haus, in dem Kappe vor zwei Tagen die Nothnagelsche Köchin befragt hatte, eine weiße Hochzeitskutsche vor, die sofort von einem Ring Gaffender umgeben war. «Habe ich's nicht prophezeit?», meinte Galgenberg. «Heute findet noch mancher verbeulte Topp seinen passenden Deckel!»

Wer in diesem Fall der Topf und wer der Deckel sein mochte, darüber dachte Kappe nicht nach. Aus der Kutsche, die dem Brautpaar folgte, stieg nämlich gerade der Herr Professor Nothnagel, während dem weißen Gefährt ein kaum mittelgroßer Mann in der Uniform der Füsiliere entstieg und um die Kutsche herumstiefelte, um seiner frisch Angetrauten den Schlag zu öffnen. Kappe musste unwillkürlich grienen: Es war der Nachttopfhändler aus der Waldemarstraße. Jetzt verstand er, weshalb der ihm in Nothnagels Wohnung begegnet war. Weshalb er allerdings keine hübschere Braut als dieses ein wenig fade wirkende Gewächs aus dem Hause Nothnagel erwählt hatte, blieb das Geheimnis der strammen Bräutigams, der sich den Schweiß von der Stirn wischte, seine Halbglatze aber sofort wieder unter der trutzigen Kopfbedeckung verbarg.

«Stell dir den mal mit Zylinder vor!», feixte Galgenberg. Als echter Berliner brachten ihn keine zehn Pferde auch nur einen Schritt weiter, bevor das Schauspiel zu Ende war. Dass Kappe eine dicke Madame im Brautgefolge mit besonderer Aufmerksamkeit betrachtete, fiel ihm nicht auf. Er kannte Klothilde Pankratz nicht.

In der dusteren Spelunke gleich nebenan in der Prinzessinnenstraße trank Galgenberg erst einmal ein großes Bier, und Kappe genehmigte sich eine Weiße mit Schuss. Dazu aßen sie jeder zwei Bouletten. Der Wirt, auf die Versammlung am vergangenen Freitag angesprochen, reagierte mürrisch, und seine Miene hellte sich auch nicht auf, als Galgenberg ihm die Marke unter die Nase hielt. «War ja noch nich vaboten!», sagte er. «Und außadem warn't allet honette Leute, ooch wenn se aus Polen komm'.»

Kappe beruhigte ihn, es ginge lediglich um die Anwesenheit einer bestimmten Person. «Ach, den Damenschneider mit die jroßen Foten meinse? Der war ooch dabei.»

Seine Zeitangaben blieben allerdings vage, und wann immer auch Grzegoszewski das Lokal verlassen hatte – er war direkt am Fundort der Leiche vorbeigekommen. Dass der Tatort kaum weit davon entfernt liegen konnte, hatte Kniehase ihnen bereits vor Tagen in einem längeren Diskurs über Temperatur und Leichenauftrieb, Strömungsgeschwindigkeiten und die Schwierigkeit, eine korpulente Frauenleiche unauffällig zu transportieren, auseinandergesetzt. Es bot sich an, die Luisenbrücke als Treffpunkt mit dem Mörder sowie als Tatort anzunehmen.

«Am besten, wir nehmen gleich die Hochbahn und fahren nach Lichtenberg», schlug Kappe vor. Er konnte es gar nicht erwarten, den Barbier in die Zange zu nehmen. Gustav mit G – da gab es doch gar keinen Zweifel mehr! Oder sollte er sich besser in der Britzer Straße eine Schriftprobe beschaffen?

Galgenberg enthob ihn des weiteren Nachdenkens. «Ist Ihnen schon aufgefallen, Herr Kollege, dass die Leute alle in eine Richtung rennen?»

Kappe hatte es nicht bemerkt, musste Galgenberg jedoch recht geben. Und es war auch klar, wohin sich der Menschenstrom unaufhaltsam bewegte: ins Zentrum und ins Zeitungsviertel.

«Umso besser, dann ist die Hochbahn zur Warschauer Brücke leer.»

Galgenberg sah ihn strafend an. «Jetzt passen Sie mal auf, Sherlock Holmes! Hier spielt sich direkt vor unseren Augen Weltgeschichte ab – und Sie rennen einem Karnickeldieb hinterher!»

«Einem Mörder», verbesserte Kappe.

«Meinetwegen. Zu Mördern werden wir alle noch früh genug werden ...» Er sah sich um, ob auch niemand seine despektierliche Äußerung gehört hatte. «Ich meine, wenn in den nächsten Stunden der Krieg beginnt, läuft uns dieser Gustav nicht davon.»

Kappe kam nicht umhin, dem zuzustimmen. Irgendwie übten diese eilig dahinströmenden Menschenmassen eine Sogwirkung auch auf ihn aus. «Bis zum Schloss ist es aber ein ganzes Ende», wandte er als Letztes ein. An einen geregelten Straßenbahn- und Omnibusverkehr war wohl kaum noch zu denken.

Galgenberg wollte gar nicht zum Schloss. «Da kommen wir sowieso nicht dicht genug ran, um was zu verstehen. Wir gehen zu Mosse in die Jerusalemer.»

So standen sie zwanzig Minuten später in der Menge verkeilt vor dem Redaktionsgebäude von Galgenbergs Leib- und Magenblatt und harrten der Neuigkeiten, die ja unweigerlich kommen mussten. In seiner Nähe vernahm Kappe eine bekannte Stimme, die gerade verkündete: «Unbesonnenheit schadet in diesem Augenblick unserer Sache! Und der werden wir treu bleiben.»

Kappe hatte sich nicht geirrt. Es war Theodor Trampe, der da seine Ansichten losließ. Die klangen allerdings längst nicht mehr so forsch wie vor drei Tagen. Dennoch rief einer ihm zu: «Die Sozen sollen das Maul halten!»

«Wir sind alle Deutsche!», brüllte ein anderer.

Unruhe kam auf, die sich aber sofort auf einen Zeitungsjungen konzentrierte, der das Gebäude verließ.

«Immer noch kein Extrablatt?», wurde er gefragt.

Das Blatt ließ auf sich warten, doch die Menge harrte aus, bis schließlich der noch druckfeuchte Anschlag an der Scheibe erschien: *Mobilmachung!*

Das Deutsche Reich hatte Russland den Krieg erklärt.

Benommen von dem langen Stehen in der Hitze, machten sich Kappe und Galgenberg auf den Weg zum Präsidium. Angesichts der aktuellen Lage konnten sie nicht einfach Feierabend machen. In den Amtsräumen aber trafen sie nur Kniehase an, der wieder mal den Chef herauskehrte, ohne sich zu einer klaren Anweisung durchzuringen. Kappes Bericht über die anstehende Festnahme des Gustav Pankratz verfolgte er nur mit halbem Ohr. «Das hat ja wohl bis morgen Zeit!», sagte er.

«Morgen ist Sonntag», wagte Kappe einzuwerfen.

«Na und? Wir befinden uns im Krieg, Kappe! Der Herr Präsident hat die Sonntagsruhe für morgen aufgehoben!»

Das war keine gute Nachricht. Insgeheim hatte Kappe immer noch mit der Möglichkeit gerechnet, den Abend zu nutzen, um Gustav Pankratz dingfest zu machen, doch bei dem Gedanken an Klara verbot sich das von selbst. Es war vielleicht ihre letzte gemeinsame Nacht, und sie würde ihm nie verzeihen, den Abend davor auf Mörderjagd verbracht zu haben. Siedend heiß fiel ihm außerdem sein Versprechen ein, in einer Drogerie einen gewissen Gummiartikel zu erwerben – eine Aktion, vor der ihm im Stillen graute. Insgeheim hatte er sich ein bisschen gewundert über ihre Kenntnisse auf diesem Gebiet: «Es soll da was ganz Neues geben, ohne Naht.»

Aber vielleicht sprachen ja Frauen untereinander öfter über so etwas als ausgerechnet Kriminalbeamte.

Für den Sonntag hatten Klara und er eine gemeinsame Fahrt nach Wendisch Rietz geplant. Die fiel nun auch ins Wasser, denn wie sich herausstellte, musste nicht nur Kappe am Sonntag früh zum Dienst antreten, sondern auch die großen Berliner Kaufhäuser nutzten die Aufhebung der Sonntagsruhe und öffneten ab acht Uhr ihre Pforten für den Ansturm der Käufer.

«Du kannst dir nicht vorstellen, was schon heute bei uns los war», klagte Klara ihm ihr Leid. «Und das nach dieser Nacht ...» Sie sah ihn aufmerksam an.

Kappe wich ihrem Blick nicht aus und legte seine Hand auf die ihre. Sie saßen in einem Biergarten in der Nähe des Landwehrkanals und nicht weit von Klaras möbliertem Zimmer und wollten Abendbrot essen.

Klara war untröstlich. «Ich bin todmüde, und mir dreht sich alles vor Augen, und jetzt ist auch noch der einzige freie Tag futsch.»

«Es ist Krieg, Klara», sagte Kappe mit ungewohntem Ernst.

«Weißt du schon, wann du ...?»

Er schüttelte den Kopf und drängte ihr die Karte auf. «Such dir das Beste aus. Wer weiß, wie lange wir noch so gut leben können wie jetzt.»

«Hast du so viel Geld?», fragte Klara besorgt, doch er winkte ab. Darauf kam es jetzt nicht mehr an.

«Und hast du ...?»

Er lief feuerrot an und nickte. Falls er jemals graue Haare bekommen würde – dieser Einkauf hatte gewiss die erste Strähne verursacht. Der Drogist hatte sich schwergetan, Kappes Wunsch zu verstehen, und ihm das Päcken mit sichtlichem Missbehagen hingeschoben. Dabei hatte er Kappe prüfend angeschaut und ihm zugeraunt: «Sie sollten besser einen Helden zeugen, bevor Sie ins Feld ziehen.»

Kappe war sicher, dass jedermann, vor allem aber jede Frau in dem Laden das Päckchen gesehen und den Drogisten verstanden hatte.

SECHSUNDZWANZIG

WIE ERWARTET, wusste am Sonntag niemand so recht, was er an seinem Arbeitsplatz tun sollte. Vergeblich versuchte Kappe, sich auf seine Protokolle zu konzentrieren. Dabei war er heute ausgeschlafen. Die Nacht war leider ganz anders verlaufen, als er sie sich ausgemalt hatte. Und der peinliche Einkauf war beinahe umsonst gewesen. Kaum waren sie nämlich in Klaras kleinem Zimmer angelangt, hatte sie sich zwar von ihm beim Auskleiden helfen lassen, doch als er von der Toilette zurückkehrte, lag sie schon in tiefem Schlaf. Er brachte es nicht übers Herz, sie zu wecken, kuschelte sich an sie und war ebenso schnell eingeschlafen. Erst in den Morgenstunden, in das Rasseln des Weckers hinein, hatten sie sich hastig und viel zu kurz geliebt und waren mit schlechtem Gewissen auseinandergegangen.

Galgenberg las sein *Tageblatt*. Von Canow fegte von einer Amtsstube in die nächste, widerrief die Befehle, die er eine halbe Stunde zuvor erteilt hatte, und erläuterte, dass auch und gerade für die Kriminalpolizei höchste Alarmbereitschaft geboten sei. Ausländische Spione hätten es auf die innere Sicherheit des Reiches und auf die Transportwege des Militärs abgesehen. Dem sei mit rigorosesten Mitteln zu begegnen. Doch vorläufig habe jeder, es sei denn, er sei einberufen, an seinem Platz auszuharren. Abschiedsfeiern seien genehmigt.

Außerdem, so erfuhren sie bei von Canows nächstem Durchritt, sei für Berlin Einquartierung angekündigt, womit zusätzliche Überwachungen verbunden wären.

«Meine Frau hat vorgeschlagen, in unserer guten Stube einen

General unterzubringen», sagte Galgenberg, kaum dass von Canow wieder raus war. «Das gibt pro Tag neun Mark Vergütung.»

«Donnerwetter.» Kappe hatte mal ausgerechnet, dass er pro Tag nicht mehr als sieben Mark verdiente.

«Ein Hauptmann bringt nur die Hälfte ein und ein Gemeiner bloß eine Mark», fuhr Galgenberg fort. «Pferde fuffzich Pfennig.»

«Das wird ein teurer Krieg.»

«Deswegen haben sie für Dienstag den Reichstag einberufen. Der soll fünf Milliarden Kredit bewilligen. Und der Kriegsschatz im Spandauer Juliusturm wird auch geplündert. Seit anno '74 lagern dort 120 Millionen.»

Kappe rechnete. «Das sind gerade mal zwei Mark pro Nase der Bevölkerung ...»

«Na, den kleinen Rest holen sie bei den Preisen rein.»

Es blieb ihnen nicht viel Zeit an diesem Tag zum Rechnen und zum Philosophieren. Gegen Mittag versammelte man sich in von Canows großzügigem Büro, um von den Einberufenen Abschied zu nehmen, unter denen sich auch der Oberleutnant der Reserve Kniehase befand. Von Canow hielt eine markige Rede und drückte jedem Einrückenden persönlich die Hand. Danach verkündete er, von nun an herrsche im ganzen Hause der stramme Geist des Kriegsrechts. Alle Aufgaben würden in den nächsten Tagen neu verteilt. Bis dahin habe jeder gefälligst die Fälle und Akten abzuschließen, an denen er gerade arbeite.

Kappe hätte das gerne als Aufforderung betrachtet, endlich den Barbier festzunehmen, musste sich damit aber bis zum Abend gedulden, denn für von Canow waren die Akten allemal wichtiger als der Delinquent.

Als Kappe gegen sechs den roten Backsteinbau verließ, war eine Menschengruppe gerade dabei, dem Präsidium im Triumphzug zwei zerzauste und blutende Individuen zuzuführen, von denen behauptet wurde, sie wären Russen. Kappe schauderte es. Ob es den Deutschen in Russland jetzt auch so erging?

Eine Straßenbahn war weit und breit nicht zu sehen. Waren

die Fahrer und Schaffner schon alle eingerückt? Dass die Kraftomnibusse für den Kriegseinsatz benötigt wurden, war ja klar. Wohl oder übel machte sich Kappe zu Fuß auf den Weg zur Frankfurter Allee. Er war schon fast am Strausberger Platz angelangt, als sich endlich in der Ferne gegen die Abendsonne ein Gefährt abzeichnete, das wie ein Pferdeomnibus aussah und sich glücklicherweise auch tatsächlich als ein Wagen der Linie 29 erwies, die bis zum Ringbahnhof Frankfurter Allee verkehrte. Nur mit Mühe gelang es Kappe, einen Platz auf dem verhassten Oberdeck zu ergattern.

Endlos zog sich die von Linden umsäumte Allee gen Osten. Kurz hinter dem Rose-Theater war Berlin zu Ende, ohne dass eine Lücke in der Bebauung es verraten hätte. Die fünfgeschossigen Häuser in Friedrichsberg unterschieden sich kaum von denen im Berliner Westen. Postalisch hieß die Gegend hier O 112. Kappe achtete auf die Straßennamen. Blumenthalstraße, Jungstraße, Weichselstraße – die nächste musste es sein. Er kletterte die Treppe hinunter und sprang ab.

Müggelstraße. Hier war er richtig. Die angegebene Adresse war ein solider Neubau mit flaschengrün gekacheltem Sockel, in dessen Erdgeschoss sich ein «Lichtspieltheater» befand – vermutlich einer der üblichen schmalen Handtuch-Kintöppe, die sich überall in den Nebenstraßen ausgebreitet hatten. *Eine venezianische Nacht* war ankündigt, dazu die neueste Eiko-Woche mit Bildern des Kaisers und seiner Söhne.

Kappe betrat das Haus und fand den Namen der Witwe Klopsch am Stillen Portier für den zweiten Stock angegeben. Das widersprach seiner Erfahrung, der gemäß Menschen, die man suchte oder besuchte, immer ganz oben wohnten. So wie Grzegoszewski. Ob den die Hausbewohner in der Adalbertstraße inzwischen als Russen entlarvt und misshandelt hatten?

Die Witwe Hertha Klopsch jedenfalls vermochte vermutlich keiner Fliege etwas zuleide tun, sie war ein zartknochiges altes Weiblein, kaum mehr als ein hungriger Spatz in der Hand, und dazu noch schwerhörig und mit einem klappernden Gebiss behaftet, was Kappes Gespräch mit ihr zusätzlich erschwerte. Außerdem war der Herr Pankratz nicht da. Er hielte sich eigentlich nie in seinem möblierten Zimmer auf, allenfalls mitten in der Nacht. Selbst dann hörte sie ihn nicht heimkommen, sah ihn nur, wenn sie ihm morgens eine Kanne mit warmem Wasser und den Kaffee an die Zimmertür brachte. Ein höflicher und grundsolider Herr. Nun ja, manchmal vielleicht ein wenig brummig.

Gäste? Nein, er hatte noch nie jemanden mitgebracht. Sie jedenfalls hatte keinen bemerkt, und eine Frau schon gar nicht! An solche Herren vermiete sie auch nicht, das sei wohl selbstverständlich.

Wo er sich jetzt und auch sonst aufhalte, könne sie nicht sagen. Er hätte ihr ja manchmal etwas erklärt, aber sie verstünde eben nicht alles, und immer nachzufragen sei ja auch lästig.

Kappes Wunsch, Pankratz' Zimmer zu besichtigen, setzte sie misstrauischen Widerstand entgegen. Die Hundemarke überzeuge sie nicht, ihre Augen seien ohnehin nicht mehr so gut. Kappe musste seine ganze Beredsamkeit aufwenden, bis sie ihn endlich widerstrebend zu Pankratz' Stubentür führte, in welcher sie die ganze Zeit stehenblieb, während er sich in dem kärglich eingerichteten Raum umsah. Das Zimmer erinnerte ihn in unangenehmer Weise an sein eigenes. Etwas Auffälliges oder gar Verdächtiges konnte er nicht entdecken. Post oder irgendetwas Schriftliches lag nicht herum.

Er fragte Frau Klopsch: «Hat der Herr Pankratz Ihnen mal etwas aufgeschrieben?»

«Wo ist er geblieben? Das weiß ich doch nicht!»

«Geschrieben!», brüllte Kappe.

Sie schüttelte den Kopf. «Er ist doch Barbier», sagte sie verständnislos.

Vor dem Spiegel auf dem *Trumeau* im schmalen Korridor fand Kappe doch noch, was er suchte: ein Oktavheftchen mit der säuberlichen Aufschrift *Mietzahlungen G. Pankratz*. Dazu die Eintragungen in gutlesbaren Sütterlin-Buchstaben und mit der krakeligen Unterschrift der Witwe Klopsch dahinter. «Hat er das geschrieben?», erkundigte sich Kappe in größter Lautstärke.

«Herr Pankratz? Selbstverständlich. Wer denn sonst?»

Das M im Monat Mai hatte durchaus Ähnlichkeit mit dem auf Kniehases Zettel. «Das nehme ich mal mit», brüllte Kappe. «Sie bekommen eine Quittung!»

Damit war Frau Kopsch gar nicht einverstanden, musste aber schließlich klein beigeben. Im verschlossenen Kuvert hinterließ Kappe dem Barbier außerdem eine Vorladung für den kommenden Tag. Ob das klug war, fragte er sich selber und wusste keine eindeutige Antwort. Wenn Gustav Pankratz die Flucht ergreifen sollte, war alle Mühe umsonst, aber ihn am hellerlichten Tag im Barbiersalon festzunehmen, war auch nicht nach Kappes Geschmack.

Als er das Haus verließ, stand im Eingang des Kinos ein Mann und rauchte gelassen seine Manoli. So zufrieden konnte eigentlich nur der Kinochef selber den ersten Kriegsabend genießen. Kappe sprach ihn an. Ja, ja, auch die Leute aus dem Haus besuchten gerne seine Vorstellungen. Als Kappe ihm Gustav Pankratz beschrieb, nickte er. «Der Barbier? Der war schon öfter mal bei uns drinne.»

«Alleine?»

Der Kinofritze überlegte. «Meistens», sagte er.

«War er mal mit einer Frau zusammen?»

Der Mann sah ihn abschätzend an. «Warum vaintressiert Ihnen denn dis?»

Kappe zeigte seine Marke. «Muss aber nicht jeder wissen», sagte er.

Der Kinofritze nickte verständnisvoll. «So 'ne sieße Kleene wa mal mit. Bissken mollich, aba niedlich ...»

Hoffnungsvoll griff Kappe in die innere Jacketttasche und zog Linas Einsegnungsphoto hervor. «Könnte es die gewesen sein?»

Fachmännisch begutachtete der Mann das Photo. «Könnte», sagte er. «Ick bin ma beinah sicher. Blond war se jedenfalls.»

Kappes Herz tat, wie man so sagt, einen Sprung. Er war auf der richtigen Fährte! «Danke. Wenn Sie mir nun noch sagen würden, wo ich den Mann finden kann ...»

«Bedaure. Ick bin ja meistens drinne ...»

Wie zur Bestätigung dieser Feststellung schallte im gleichen Augenblick ein Notschrei von drinnen: «Film is jerissen!», und der Mann verschwand wie der Blitz.

Kappe war dennoch guten Mutes. Jetzt hatte er ihn, den Gustav – so oder so. Und wenn es sein musste, konnte er warten. Außerdem blieb immer noch die Möglichkeit, diesen Bollen-Emil zu finden und ihn nach seinem Auftraggeber zu fragen. Dass der Penner das Mädchen selber umgebracht hatte, glaubte Kappe nicht. «Mit die Weiba hattat nich so», lautete die Meinung des Zeitungshändlers.

Die Kneipe an der nächsten Ecke zum Traveplatz hin schien mit ihrem einladenden Biergarten für Kappe der rechte Ort zum Warten. Er fand Platz an einem Tisch, an dem ein junges Pärchen saß, ganz mit sich selbst beschäftigt. Ihr Abschiedsabend, wie er schnell begriff.

Mit Genuss trank er das erste Bier, ließ ein zweites und ein drittes folgen, aß eine fade Wurst mit einer altbackenen Schrippe und trank noch ein Bier. Es war ein weicher, warmer Sommerabend, und nichts außer den Mücken störte ihn – bis auf den Gesang, der in ansteigender Lautstärke von drinnen erschallte. Da traktierte einer unermüdlich das Klavier und stimmte all die vaterländischen Kriegsgesänge an, die für den heutigen Tag so gut passten. 2. August 1914, dachte Kappe. Ein Datum, das man sich vermutlich merken musste.

Und am 3. würde er mal wieder einen Mörder fassen. Solche Gewalttäter waren eben zu dämlich. Hängten einem braven Mädchen ein Kind an, schwängerten es zum zweiten Mal und brachten es einfach um, damit sie nicht zahlen mussten. Saßen lieber in Kneipen wie dieser hier herum und lachten sich die Nächste an. Kappe blickte sich aufmerksam um, entdeckte aber keinen Gustav

Pankratz. Den Klavierspieler konnte er von seinem Platz aus nicht sehen.

«Ich hatt einen Kameraden», sang der jetzt aus voller Brust, und der ganze Laden stimmte ein. An Kappes Nebentisch brach ein beleibter Riesenkerl in Tränen aus. Seine noch dickere Ehehälfte vermochte ihn nicht zu trösten. «In vier Wochen bist du wieder zu Hause», sagte sie ein ums andere Mal. Er glaubte ihr nicht.

Kappe beschloss, zu zahlen und sich in der Müggelstraße noch einmal nach Pankratz zu erkundigen. Er hatte nicht bedacht, dass auch in O 112 abends die Haustüren abgeschlossen wurden. Und er hatte nicht bedacht, dass des Nachts erst recht keine Straßenbahnen mehr fuhren.

SIEBENUNDZWANZIG

GUSTAV PANKRATZ fiel das Aufstehen von jeher schwer. An diesem sonnigen Augustmorgen kämpfte er noch heftiger als sonst sowohl gegen den inneren Schweinehund als auch gegen die tausend Teufelchen, die seine Haarwurzeln mit dröhnenden Hämmern bearbeiteten. Mein Gott, was hatte er sich da heute Nacht wieder für einen Affen aufgeladen! Er erinnerte sich nicht einmal daran, wann er überhaupt mit dem Klavierspiel aufgehört hatte. Mit zitternden Fingern kontrollierte er seine Geldbörse. Bezahlt hatte er anscheinend nichts.

Vor der Tür polterte die Klopsch mit ihrem Wasserkrug und dem angeschlagenen Topf voll Pferde-Urin, den sie ihm als Kaffee kredenzte. Pfui Deibel!

Gustav erhob sich mühsam und stellte dabei fest, dass er noch die Sonntagshose anhatte. Na, Prost Mahlzeit, die Woche fing gut an.

Das Klopfen an der Tür wurde heftiger. «Ja, ja», brabbelte Gustav und merkte, dass er am Vorabend auch noch seine Stimmbänder überstrapaziert hatte. Seiner Kehle entrang sich nur ein heiseres Krächzen.

Er riss die Tür auf und nahm der Klopschen Krug und Kaffeetopf aus den Händen. «Sie sehen ja schrecklich aus, Herr Pankratz», sagte die mit klickendem Gebiss. «Sie sind doch noch ein junger Mensch! Sie dürfen sich nicht so gehen lassen ...»

«Lassen Se mich man gehen, wie ich will», knurrte Gustav und wollte die Türe schließen, doch die Alte war noch nicht fertig mit ihrem Sermon. Scheißfreundlich erkundigte sie sich: «Hat der junge Mann von der Kriminalpolizei Sie gestern noch erreicht?»

Vor Schreck verschüttete Gustav die Hälfte von dem blassen Zichorienwasser. «Was für 'ne Kriminalpolizei?», fragte er und konnte sich dabei doch gut denken, um wen es sich handelte. Was wollte der Kerl von ihm?

Das hätte auch Frau Klopsch gerne gewusst, und sie beharrte auf einer Antwort, denn: «So was hat man nicht gerne, wenn die Polizei sich nach dem Mieter erkundigt und das Quittungsbuch beschlagnahmt!»

Gustav verstand gar nichts mehr. Das wurde ja immer besser. Die Mietquittungen beschlagnahmt – was sollte denn der Quatsch?

«Und seinen Brief haben Sie wohl auch noch nicht gelesen?» Anklagend streckte sie ihm das zugeklebte amtliche Papier entgegen. Wahrscheinlich hatte sie es längst gelesen.

Gustav stellte Krug und Kaffee auf der Waschkommode ab und entriss ihr das Schreiben. «Geht um meinen Militärdienst», sagte er barsch und schob die Stubentür zu. Der Gedanke, dass dieser Kriminale die Klopschen über ihn ausgefragt hatte, behagte ihm nicht.

Er riss das gefaltete Blatt auf: eine amtliche Vorladung ins Polizeipräsidium. Für heute zehn Uhr. Das hatte ihm gerade noch gefehlt! Andererseits eine günstige Gelegenheit, dem Despoten Adomeit für ein paar Stunden zu entkommen.

Er kleidete sich in aller Gemütsruhe an, trank den sogenannten Kaffee und aß das letzte alte Brötchen aus dem Fensterspind dazu. Griesgrämig sah er in den gelb gefliesten Hof hinaus, auf dem sich eine einsame Birke reckte. Wenn er jetzt das Fenster aufriss und sich einfach über die Brüstung schwang ...

Er grunzte verächtlich. Nicht einmal das würde bei seinem sprichwörtlichen Pech klappen. Wahrscheinlich würde er sich nur den Knöchel brechen oder die Zähne ausschlagen und als lächerliche Figur im Hof rumliegen. «Wieder einer, der zu feige ist, fürs

Vaterland zu kämpfen!», würde es heißen. Die Zeitungen waren in den letzten Tagen voll von Meldungen über solche Selbstmörder.

Nein, richtig feige war Gustav Pankratz nicht, jedenfalls nicht feiger als all die Helden, die nicht schnell genug aufs Schlachtfeld kommen konnten. Er würde jetzt erst mal den Kampf mit dem Kriminalen aufnehmen, und dazu brauchte er auch all seinen Mut.

Adomeit bekam einen Wutanfall, als Gustav ihm mit der Vorladung vor der Nase herumfuchtelte und dabei mit dem Daumen wohlweislich die Uhrzeit verdeckte. Ein, zwei Stunden gedachte er wenigstens an Freizeit rauszuschlagen, und die nutzte er ein Stück die Allee runter erst mal für ein ausgiebiges Frühstück und einen kleinen Frühschoppen. Der dämpfte das flaue Gefühl im Magen ein wenig. Er las das *Morgenblatt*, das voll war von Abschiedsberichten, neuen Preisen für Lebensmittel und Einschränkungen im Eisenbahn- und Postverkehr. Am meisten amüsierte ihn eine Meldung, nach der das Prinzesscafé am Kurfürstendamm am Vorabend vollständig demoliert worden war, hatten doch die Gäste geglaubt, die Kapelle habe die russische Nationalhymne intoniert! *Siedepunkt der nationalen Leidenschaft*, nannte das die Zeitung. Jetzt musste man auch noch bei der Musik Vorsicht walten lassen!

Gesättigt und beinahe zufrieden machte Gustav sich auf den Weg zum Alex und musste bald feststellen, dass er sich in seiner Zeitplanung mal wieder gründlich vertan hatte. Es fuhr nämlich keine Elektrische, und als endlich eine kam, hingen die Menschen in solchen Trauben daran, dass selbst für einen schmalen Hering wie ihn kein Handgriff und kein Zentimeter mehr frei waren.

So kam es, dass er nach einem fast einstündigen Fußmarsch erst zehn Minuten nach zehn an die hohe Tür des angegebenen Amtszimmers klopfte, in welchem ihn die beiden Kriminalbeamten anscheinend nicht mehr erwartet hatten, denn sie blickten ihn einigermaßen überrascht an, als er eintrat. «Entschuldigen Sie, der Verkehr ... Es ist wegen der Mobilmachung ...»

Der Kriminalwachtmeister Kappe, der die Vorladung unterschrieben hatte, winkte großzügig ab und stellte ihn seinem älteren Kollegen Galgenberg vor: «Herr Gustav Pankratz höchstpersönlich!»

Galgenberg musterte ihn von oben bis unten und sagte: «Na, dann nehmen Sie mal Platz, Herr Pankratz. Hier sind Papier und Bleistift, und dann schreiben Se mal.»

Gustav verstand nicht. «Was soll ich denn schreiben?»

«Am besten das volle Geständnis», meinte Galgenberg aufgeräumt. «Das würde die Sache sehr vereinfachen.»

Gustav sah von einem zum anderen. «Ich habe nichts verbrochen», sagte er irritiert.

«Schreiben Sie», sagte Kappe: «Morgen früh um acht Uhr treffen wir uns ...»

Gustav schrieb schnell und flüssig und sah auf.

«El Be», fuhr Kappe fort.

«Elbe?», fragte Gustav.

«Stellen Sie sich nicht so an! Ein L und ein kleines B. Punkt. Gustav.»

Achselzuckend schrieb Gustav, was Kappe verlangte.

«Lb sagt Ihnen nichts?», fragte Galgenberg hinterhältig.

Gustav fand das alles recht eigenartig und schüttelte den Kopf.

«Könnte Luisenbrücke heißen, nicht wahr?» Das war wieder Kappe.

«Könnte auch Lichtenberg heißen», meinte Gustav achselzuckend.

«Richtig», hakte Kappe sofort ein. «Da war sie ja auch mal bei Ihnen!»

Gustav erstarrte. Wohin ging das jetzt?

«Erinnern Sie sich nicht? Sie waren mit ihr im Kino. Oder wollen Sie das bestreiten?»

«Ich gehe öfter ins Kino ...»

«Das wissen wir. Meistens alleine. Aber sie waren auch mit Lina Jungnickel in dem Kino in Ihrem Haus.»

Gustav schwieg und starrte vor sich hin.

Kappe nahm das Papier vom Tisch und trat damit ans Fenster. Galgenberg folgte ihm. Im Flüsterton verglichen sie es mit einem anderen Zettel und kamen anscheinend zu keinem Ergebnis.

Kappe setzte sich wieder und sah Gustav bedeutungsvoll an. Galgenberg hingegen zog seine Taschenuhr hervor, deutete darauf und wies zur Tür. Kappe nickte heftig. Darauf griff Galgenberg unwillig nach seinem Hut und verschwand.

«Mein Kollege trifft sich jetzt nämlich mit Bollen-Emil», erläuterte Kappe genüsslich. «Sie wissen doch, wer das ist?»

Gustav erinnerte sich dunkel. «So 'n ganz Hohlwangiger, der immer am Moritzplatz rumschwirrt.»

«Richtig. Weshalb heißt er eigentlich Bollen-Emil?»

Zum ersten Mal griente Gustav. «Das müssen Sie die Nutten fragen, die ihm den Namen angehängt haben.»

Kappe räusperte sich. «Vor ungefähr zehn Tagen haben Sie jedenfalls diesem Bollen-Emil einen Auftrag erteilt. Erinnern Sie sich?»

«Nein», entgegnete Gustav kopfschüttelnd. «Ich hab ihm in meiner Lehrzeit mal die verlausten Zotteln geschnitten. Seitdem habe ich nie wieder ein Wort mit ihm gewechselt.»

«Na, das wird sich herausstellen. Wie war das nun mit dem Kino?»

Gustav zögerte lange, gab dann aber zu: «Kann sein. Gleich nachdem ich umgezogen bin, habe ich sie mal eingeladen.»

«Und da ist es dann passiert ...»

«Da ist nichts passiert.»

«Sie wollten sie doch heiraten, nicht wahr?»

Gustav richtete sich auf. «Wer sagt denn so was?», fragte er entrüstet.

«Nun, Lina selber hat es überall rumerzählt.»

«Das glaube ich nicht!» Da war sich Gustav ganz sicher. «Und außerdem war das, bevor ...»

Er verstummte.

«Bevor was?», fragte Kappe scharf. «Bevor sie erneut schwanger wurde?»

Gustav schwieg und guckte durch ihn hindurch. «Davon weiß ich nichts», sagte er schließlich.

Kappe verzog den Mund. «Könnte es sein, dass Sie der Vater dieses Kindes gewesen wären? Und ist es nicht sehr wahrscheinlich, dass Sie auch der Vater des kleinen Hugo sind?»

Wieder überzog ein Lächeln Gustavs Gesicht. «Nee», sagte er beinahe fröhlich. «Dafür komme ich nun wirklich nicht in Frage.»

«Sind Sie ganz sicher? Es gibt Erbgutachten, mit denen sich so etwas feststellen lässt.» Das war eine Weisheit, die Kappe Kniehase verdankte. Gustav Pankratz schien sie nicht zu erschüttern.

«Ganz sicher!», sagte er.

«Dennoch wollten sie Lina Jungnickel heiraten.»

Das war keine Frage sondern eine Feststellung, an der Gustav eine Weile kaute.

«Ich habe mal darüber nachgedacht ...», gab er schließlich zu. «Ich bin nicht so 'n Mensch, der an jeder Ecke eine findet. Und die Lina – na ja, an den Hugo hätte ich mich eben gewöhnen müssen. Außerdem musste sie da raus bei der Alten und diesen beiden ... Verbrechern ... Sie können sich gar nicht vorstellen, was sich da abgespielt hat.»

Das wollte Kappe auch gar nicht. Er sagte: «Und dann ist Lina zum zweiten Mal schwanger geworden, und der schöne Plan war zum Teufel. Stimmt's?»

Gustav brütete dumpf vor sich hin und antwortete nicht.

«Und aus Wut darüber haben Sie sich ein letztes Mal mit ihr auf der Luisenbrücke verabredet, sind noch mal zärtlich geworden – und dann haben Sie das Mädchen einfach umgebracht.»

Gustav hob den Kopf und starrte ihn offenen Mundes an. «Wie kommen Sie denn darauf?», flüsterte er heiser. «Ich hab doch die Lina nicht umgebracht! Ich denke, sie ist von selber ins Wasser gegangen, weil sie so verzweifelt war ...»

«So sollte es jedenfalls aussehen. Aber wie den meisten Verbrechern sind auch diesem Mörder einige entscheidende Fehler unterlaufen.»

Gustav hörte ihm gar nicht zu. Entweder war er ein glänzender Schauspieler, oder er war wirklich so tief betroffen, wie es den Anschein hatte.

Kappe nutzte die Gelegenheit und redete ihm zu. «Erleichtern Sie Ihr Gewissen, Pankratz. Sie haben sich für Freitagabend mit ihr verabredet und dabei erfahren, dass sie wieder ein Kind erwartet, und da sind die Pferde mit Ihnen durchgegangen ...

Gustav schüttelte den Kopf. «So 'n süßes kleenes Mädel», sagte er bedrückt. «Trauen Sie mir wirklich zu, ich hätte sie umgebracht?»

«Wer sonst, Pankratz? Nennen Sie mir ein Motiv und einen anderen Täter. Wo waren Sie denn an dem bewussten Freitag?»

Gustav sah ihn an mit Augen wie ein waidwundes Reh. «Das ist es ja. Ich wollte an dem Abend noch mal mit ihr reden ...»

«Na, sehen Sie!»

Gustav schüttelte den Kopf. «Nicht, was Sie denken. Ich habe nur in der Einfahrt vom Hof gestanden, und sie hat mich auch bemerkt. Da hat sie ganz traurig den Kopf geschüttelt und gewunken, ich soll verschwinden.»

«Und weiter?»

«Nichts weiter. Da habe ich sie zum letzten Mal gesehen. Dann bin ich in die nächste Kneipe und bin so richtig versackt ...»

«Und das soll ich Ihnen glauben?», fragte Kappe spöttisch. Aber seltsamerweise klang alles, was Pankratz vorbrachte, ziemlich überzeugend.

«Um welche Zeit war das denn, als sie da im Haustor standen?»

«Das muss so gegen acht gewesen sein. Ich dachte nämlich, Lina kommt raus und schließt die Haustür ab. Aber im Sommer machen sie das erst später.»

«Also haben Sie weiter gewartet.»

«Worauf denn? War ja sowieso sinnlos. Sie hatte mir ja schon davor gesagt, dass es nichts wird mit uns beiden.»

Kappe wurde nicht klug aus der Geschichte, so überzeugend dieser Gustav sie auch vorzubringen wusste. Irgendetwas war da noch.

«In welcher Kneipe waren Sie denn anschließend?»

«Im ‹Weißen Zossen› in der Reichenberger. Die erinnern sich bestimmt noch an mich, weil ich den ganzen Abend bloß traurige Lieder gespielt habe, und die wollten immer nur Marschmusik.»

Kappe begann etwas zu ahnen. «Sie spielen Klavier?»

Gustav nickte.

«Gestern Abend auch? Am Traveplatz?»

Wieder nickte Gustav.

Kappe verdrehte die Augen. «Menschenskind, ich werde nicht schlau aus Ihnen», sagte er kopfschüttelnd. Sollte er dem schmächtigen Barbier mit den Künstlerhänden wirklich zutrauen, mir nichts, dir nichts seine Geliebte umzubringen und anschließend den ganzen Abend in einer Kneipe zu musizieren? Traurige Lieder, zugegeben, aber das war noch kein Beweis. Und da war noch etwas offen.

«Nun erklären Sie mir mal, weshalb Sie angeblich nicht als Erzeuger für Hugo und das zweite Kind in Frage kommen.»

Gustav lächelte still vor sich hin, aber es war ein bekümmertes Lächeln. «Aus dem gleichen Grund, aus dem ich nicht gedient habe», sagte er schließlich. «Ich hatte als Dreizehnjähriger einen Unfall. Gehirnerschütterung, Kieferbruch, und außerdem 'ne hässliche Verletzung in dieser Gegend.» Er wies auf seinen Schoß. «Da ist nichts mit Kindern bei mir. Keine strammen Enkel für die stolzen Großeltern. Und ob Gustl die mit seiner dürren Mechthild zeugen wird …»

«Wer sind Gustl und Mechthild?»

Jetzt lachte Gustav wirklich. «Mein Bruder August. Seit drei Tagen ist er mit der Tochter von Professor Nothnagel verlobt.»

Kappe öffnete und schloss den Mund wie ein aufs Land geratener Karpfen. So schloss sich also der Kreis. Er vergewisserte sich: «So 'n kleiner» – er vermied das Wort «dicker» – «untersetzter Feldwebel aus der Waldemarstraße?»

Gustav nickte. «Sie kennen ihn also.»

«Er hat seine Mechthild am Sonnabend geheiratet», sagte Kappe.

Die Neuigkeit schien Gustav nicht zu überraschen. «Da wissen Sie mehr als ich», sagte er gleichmütig.

Das Gefühl hatte Kappe allerdings ganz und gar nicht. Er saß da wie die Gans wenn's donnert und wusste sich keinen Reim auf das Ganze zu machen. Wieder mal fehlte ihm Galgenberg mit seinen bissigen Einfällen.

Immerhin fiel ihm noch ein zu fragen: «Hatte Ihr Bruder möglicherweise mal eine Beziehung zu der Lina Jungnickel?»

Gustav Pankratz machte ein abweisendes Gesicht und sagte: «Das müssen Sie ihn schon selber fragen.»

ACHTUNDZWANZIG

KAPPE hatte Pankratz' Tonfall noch im Ohr, der still auf seinem Stuhl hockte, während er das Vernehmungsprotokoll schrieb und sich die ganze Zeit fragte: Ist das nun ein Zeuge oder doch ein Tatverdächtiger?

Galgenbergs Rückkehr enthob ihn der Antwort. Der öffnete ruckartig die Tür, wie es seine Art war, und schob eine Elendsgestalt in schäbiger Kleidung vor sich her: Bollen-Emil. Kappe sah auf. Dem Kerl konnte man ja wirklich das Vaterunser durch die unrasierten Backen blasen.

Emil musterte Gustav mit seinen Vogelaugen und nickte ihm zu.

«War es der?», wollte Galgenberg wissen.

«I Jott, bewahre! Ick hab doch jesacht: 'n kleener Dicker. Nich so 'n halbet Hemde von Barbutz.»

«Nu brat mir eener 'n Storch!», sagte Galgenberg halblaut zu Kappe und hob hilflos die Hände.

… aber die Beene recht knusprig, dachte Kappe automatisch. Im Verlauf von vier Jahren hatte er Galgenbergs Sprüche-Repertoire zur Genüge kennengelernt. «G wie Gustav» gehörte auch dazu. Oder wie Gustl … Von plötzlicher Tatkraft gepackt, sprang er auf und zog Galgenberg am Arm zum Fenster. «Ich weiß, wen er meint», sagte er leise. «Wenn wir uns beeilen, kriegen wir ihn noch.»

Sie kriegten ihn nicht mehr. In der Nothnagelschen Beletage trafen sie nur den Herrn Professor nebst Gattin und die bleiche Kriegerfrau Mechthild an. Ihr Mann war am Sonntagmorgen eingerückt und befand sich bereits auf Transport ins Feld. «Darf man erfahren, was nach allen bisherigen Belästigungen die Kriminalpolizei nun auch noch von meinem Schwiegersohn will?», erkundigte sich der Herr Professor ärgerlich. Seine Frau wollte sich einmischen. Er verbot ihr glatt das Wort.

«Man darf es nicht», antwortete Galgenberg seelenruhig. «In solchen Zeiten haben auch wir unsere Geheimnisse. Aber mit Ihrer Tochter hätten wir gerne ein paar Worte gewechselt.»

Mechthild bestand darauf, dass ihr Vater an dem Gespräch teilnahm. Kappe hätte ihr die Befragung gerne erspart, doch Galgenberg kannte keine Gnade. «Wenn es Ihnen nichts ausmacht, die Intimitäten Ihrer jungen Ehe vor Ihrem Herrn Vater auszubreiten – bitte schön.»

Errötend schickte Mechthild den vor Wut zitternden Professor vor die Zimmertür.

Galgenberg hielt sich nicht lange mit der Vorrede auf. «Wussten Sie, dass Ihr Herr Gemahl seit längerer Zeit ein Verhältnis mit einem inzwischen sechzehnjährigen Mädchen unterhielt?»

Mechthilds unschönes Gesicht nahm eine kirschrote Färbung an. «Ich weiß nicht, ob Sie verheiratet sind. Und ich weiß ebenso wenig, ob Sie gänzlich unbefleckt in diese Ehe eingetreten sind!», sagte sie spitz.

Donnerwetter, dachte Kappe. So viel Mumm hätte er dieser blassen Zicke gar nicht zugetraut.

Galgenberg blieb ungerührt. «Falls es Sie interessiert: Ich hatte keinerlei voreheliche Beziehung zu einer Minderjährigen. Und ich habe auch kein Kind mit einer solchen Person.»

«Wollen Sie damit andeuten, August hätte …»

«Ja», sagte Galgenberg lakonisch. «Hat er Ihnen das nicht erzählt? Einen Sohn mit der Tochter der Waschfrau. Und jetzt war sie zum zweiten Mal schwanger von ihm.»

Nun schnappte Mechthild doch nach Luft. «Das ist eine Ungeheuerlichkeit, was Sie da behaupten. Mein Mann ist Feldwebel in einem Garderegiment des Kaisers! Er wird Sie wegen Verleumdung …»

Galgenberg winkte ab. «Gemach, gemach! Wir haben das Zeugnis seines eigenen Bruders. Der war sogar bereit, das Mädchen zu heiraten. Aber Ihr Herr Gemahl fand einen bequemeren Weg. Und einen billigeren.»

So leicht war Mechthild Pankratz nicht unterzukriegen. «Pff!», machte sie verächtlich. «Dieser Bruder und seine Vorliebe für das weibliche Dienstpersonal sind uns hinlänglich bekannt. Davon kann meine Schwiegermutter ein ganzes Lied singen! Da bedarf es kaum Ihrer ungerechtfertigten Verdächtigungen gegen die Ehre meines Gatten!»

«Frau Pankratz», mischte sich Kappe jetzt in sehr ruhigem Ton ein. «Unser Verdacht ist keineswegs ungerechtfertigt. Wir haben Beweise dafür, dass Ihr Mann die Lina Jungnickel erdrosselt und zur Verdeckung seiner Tat dort drüben in den Luisenstädtischen Kanal geworfen hat.»

«Ich glaube Ihnen kein Wort. Und was immer er auch getan haben mag – er war es seiner Ehre als Soldat Seiner Majestät des Kaisers schuldig!»

Wortlos sahen sich Galgenberg und Kappe in die Augen.

«Ein Ehrenmord», sagte Galgenberg kopfschüttelnd, als sie aus der Haustür in die grelle Sonne traten. Ein Zeitungsjunge lief vorbei. «Extrablatt!», rief er. «Kreuzer Augsburg beschießt russischen Kriegshafen Libau!»

NACHBEMERKUNG

Der Ehrenmord und die handelnden Personen in diesem Roman sind erfunden. Die Angaben zu den Zeitumständen, Wetterverhältnissen, Tagesereignissen und zur Kriminalität verdanke ich dem *Berliner Tageblatt*, der *Berliner Morgenpost* und dem *Vorwärts* von Ende Juli/Anfang August 1914 sowie den Literaturbeständen und Internetveröffentlichungen des Zentrums für Berlin-Studien.

J. E.

Es geschah in Berlin ...

Horst Bosetzky: **Kappe und die verkohlte Leiche (1910)**
ISBN 978-3-89773-554-5

Sybil Volks: **Café Größenwahn (1912)**
ISBN 978-3-89773-555-2

Jan Eik: **Der Ehrenmord (1914)**
ISBN 978-3-89773-556-9

Horst Bosetzky/Jan Eik: **Nach Verdun (1916)**
ISBN 978-3-89773-585-9

Iris Leister: **Novembertod (1918)**
ISBN 978-3-89773-577-4

Horst Bosetzky: **Der Lustmörder (1920)**
ISBN 978-3-89773-578-1

Peter Brock: **Das schöne Fräulein Li (1922)**
ISBN 978-3-89773-600-9

Wolfgang Brenner: **Stinnes ist tot (1924)**
ISBN 978-3-89773-601-6

Petra A. Bauer: **Unschuldsengel (1926)**
ISBN 978-3-89773-602-3

Ebenfalls bei Jaron: Die Reihe «Berliner Mauerkrimis»

Horst Bosetzky: **Nichts ist verjährt**
ISBN 978-3-89773-589-7

Wolfgang Brenner: **Honeckers Geliebte**
ISBN 978-3-89773-590-3

Anja Feldhorst: **Teufels Genossen**
ISBN 978-3-89773-591-0

Horst Bosetzky/Steffen Mohr: **Schau nicht hin, schau nicht her**
ISBN 978-3-89773-603-0

Jürgen Ebertowski: **Tränenpalast**
ISBN 978-3-89773-604-7